Mémoires
d'un quartier

• TOME 3 •

Évangéline

LOUISE TREMBLAY-D'ESSIAMBRE

Mémoires
d'un quartier

• TOME 3 •

Évangéline

1958 – 1959

www.quebecloisirs.com

UNE ÉDITION DU CLUB QUÉBEC LOISIRS INC.
© Avec l'autorisation de Guy Saint-Jean Éditeur inc.
© 2009, Guy Saint-Jean Éditeur inc.
Dépôt légal — Bibliothèque et Archives nationales du Québec, 2009
ISBN Q.L. 978-2-89430-948-3
Publié précédemment sous ISBN 978-2-89455-316-9

Imprimé au Canada

À Monique de Varennes,
pour toutes ces heures de lecture,
ses commentaires judicieux, mais surtout,
pour sa grande gentillesse...

NOTE DE L'AUTEUR

Juillet 2008. Contre toute attente, après l'hiver mémorable de neige que nous avons connu, il fait beau. Il fait même très beau depuis une semaine. Parfait, je suis censée être en vacances. Vendredi dernier, j'ai envoyé le manuscrit d'*Antoine* à mon éditrice, satisfaite du travail accompli. Devant moi, donc, une pile de livres, du soleil à n'en savoir que faire et la piscine. Que pourrais-je demander de plus, moi qui affirme haut et fort, et très sérieusement d'ailleurs, que j'aurais dû naître lézard au Mexique?

J'avais même pris entente avec Laura, Antoine, Évangéline et compagnie de ne pas me déranger durant ces quelques jours de repos que je voulais m'accorder. Et ils avaient acquiescé! Je vous le répète: qu'aurais-je pu demander de plus?

Rien... J'aurais sincèrement pu ne rien vouloir d'autre puisque j'avais la sensation bien réelle de tout posséder! Vous la connaissez peut-être, vous aussi, cette sensation de plénitude qui fait, l'espace de quelques minutes, que l'on se dit que rien n'est plus merveilleux que de sentir la vie battre en soi? Quand j'ai remis mon manuscrit, il y a quelques jours, j'en étais là.

C'était sans compter le désir en moi, inassouvi, inquiet, envahissant, de connaître la suite de la vie de Laura, Antoine, Bernadette, Évangéline...

Brusquement, et fort curieusement, je vous l'avoue, je n'ai pas envie de lire autre chose que la suite de mon propre livre. C'est bien la première fois que cela m'arrive, mais j'ai trop hâte de savoir ce qui s'en vient dans la vie de la famille Lacaille.

Alors, contrairement à ce qui se passe habituellement alors que les personnages rôdent à n'en plus finir autour de moi pour que je me remette à l'ouvrage, ce matin, c'est moi qui les ai conviés à ce rendez-vous inattendu dans mon bureau. Pourtant, par la fenêtre grande ouverte, j'entends les oiseaux qui s'apostrophent comme s'ils me reprochaient de ne pas être dehors. Le soleil, ce vilain coquin, caresse la peau de mon bras, se faisant enjôleur. Mais je vais résister pour quelques heures au moins. J'ai trop envie de retrouver ceux qui, au fil de tous ces derniers mois, sont devenus une seconde famille pour moi.

Et puis, il y a le sourire d'Antoine, fragile comme une promesse, éthéré comme un espoir, mais qui, en même temps, s'accorde si bien aux chants des oiseaux qui envahissent mon antre d'écriture, ce matin.

Il y a une éclaircie de soleil dans la vie d'Antoine, comme dans ma cour, et je voudrais tellement que cela suffise à éloigner les nuages orageux.

C'est donc vers lui que je me tourne encore, par réflexe, juste pour admirer son sourire et brusquement, c'est l'ombre grandissante d'Évangéline qui se rapproche de lui comme si elle voulait le protéger.

Curieux...

Je croyais que l'aide tant espérée viendrait plutôt de Bébert, d'Anne, de Laura à la rigueur...

Je ferme les yeux en essayant de comprendre ce qui arrive et la voix d'Évangéline me rejoint, éraillée, râpeuse.

Et quand Évangéline veut parler, je vous le jure, je n'ai rien d'autre à faire que de l'écouter...

P.-S.: Bien entendu, tout comme dans les deux premiers tomes de cette série, vous aurez aussi la chance de retrouver Cécile, Gérard et la tante Gisèle des *Années du silence*[1], tout comme Anne, Charlotte et Blanche des *Sœurs Deblois*[2]... Bonne lecture!

---

1 Louise Tremblay-D'Essiambre, *Les années du silence*, Laval, Guy Saint-Jean Éditeur, 1995-2002, 6 tomes.

2 Louise Tremblay-D'Essiambre, *Les sœurs Deblois*, Laval, Guy Saint-Jean Éditeur, 2003-2005, 4 tomes.

CHAPITRE 1

Buenas noches mi amor
Bonne nuit que Dieu te garde
À l'instant où tu t'endors
N'oublie jamais
Que moi je n'aime que toi

Buenas noches mi amor,
CHANTÉ PAR MICHEL LOUVAIN,
LE 15 MAI 1958 AU GALA DES SPLENDEURS,
DIFFUSÉ PAR LA SRC.

Mardi 23 septembre 1958

—Bâtard, la belle-mère, où c'est que vous allez endimanchée de même à matin? Y aurait-tu une messe spéciale qui m'aurait échappé?

Dès les premiers mots de Bernadette, Évangéline s'arrêta dans l'embrasure de la porte de la cuisine et jeta un coup d'œil à la pointe de ses souliers vernis pour remonter sur sa robe grise à gros boutons. D'un petit geste sec, elle ajusta le revers blanc d'une de ses manches en tirant dessus.

— Pantoute, fit-elle enfin en relevant la tête pour soutenir le regard de sa belle-fille. Y a pas de messe spéciale, ni de réunion des Dames de Sainte-Anne, ni rien pantoute de particulier. C'est à cause de la Cécile docteur si chus swell de même à matin.

Bernadette fronça les sourcils.

— Cécile? Cécile Veilleux? Je vous suis pas, moé là... A' s'en viendrait-tu vous chercher sans que je le sache?

— Pantoute, répéta Évangéline en tirant cette fois-ci sur la seconde manchette. Pourquoi c'est faire qu'a' viendrait me chercher? On est pas du même bord de la clôture, elle pis moé, si tu vois ce que j'veux dire. Pis en plus, cré maudit, a' demeure à Québec.

— C'est ben ce que je me disais, aussi.

— Mais c'est quand même à cause d'elle si j'ai mis ma robe grise pis mes souliers de cuir patent, rapport qu'a' m'a donné des pilules pour arrêter mon mal de genoux.

Les sourcils de Bernadette remontèrent illico à leur place et elle ouvrit les yeux tout grands.

— Que c'est que les pilules que Cécile vous a prescrites ont à voir avec votre robe du dimanche?

— Je m'en vas magasiner.

— Ah bon... Là, je comprends un peu plus la robe même si je vois toujours pas ce que Cécile Veilleux vient faire là-dedans.

Évangéline claqua la langue d'impatience.

— Me semble que c'est clair, non? soupira-t-elle en haussant les épaules. Si j'ai moins mal aux genoux, je peux marcher plus longtemps pis si je peux marcher plus longtemps, ben, je peux aller magasiner. C'est pour ça que je dis que c'est à cause de la Cécile docteur que j'ai mis ma robe du dimanche.

— Là, c'est clair, approuva Bernadette en hochant de la tête.

— Pis c'est pas toute. C'est encore la docteur qui m'a faite comprendre, l'autre jour quand est venue reconduire Laura après leur pique-nique, rapport qu'a' m'a vue descendre l'escalier d'en avant pis que je devais faire une grimace comme d'habitude pasque ça me tirait dans les jambes, ben a' m'a fait comprendre que mettre mes chaussons de laine à journée longue, ça aidait pas mes genoux. Pis que mettre des godasses usagées quand j'vas faire les commissions, c'était pas le diable mieux. Ça fait que, à matin, je m'en vas magasiner avec Noëlla pour m'acheter des souliers neufs. Des souliers de marche, comme la docteur m'a conseillé. Avec juste un p'tit peu de talon pour aider mon dos pis mes genoux, pis ben ben confortables. Faut que mes pieds soyent aussi ben dans ces souliers-là que dans mes chaussons de laine. C'est ça qu'a' l'a dit, la docteur, pour que je soye capable de les endurer toute la journée.

— Bonne idée, approuva Bernadette qui n'avait jamais vu sa belle-mère avec autre chose dans les pieds, quand elle était dans la maison, que des chaussons de laine bariolés de toutes les couleurs, chaussons qu'elle avait toujours trouvés hideux, d'ailleurs, sans jamais oser le dire franchement.

Maintenant qu'elle avait tiré sur tous les plis de sa robe et ajusté son col amidonné en étirant le cou,

Évangéline saisit son sac à main posé sur la table.

— Ouais... C'est vrai que c'est une bonne idée. J'espère juste qu'avec mes oignons, ça sera pas trop dur à trouver. Si tu savais comment j'espère tomber sur des souliers confortables! Ça fait des années que j'ai mal aux jambes. Mais dis-toé ben que si j'en trouve à mon goût, à partir de demain, j'vas garder mes chaussons pour le soir quand je me mets en jaquette. Bon, c'est pas que je m'ennuie avec toé, Bernadette, mais faut que je m'en aille. C'est comme rien que Noëlla doit m'attendre au coin de la rue. Le temps de mettre mon chapeau pis chus partie.

Heureusement qu'Évangéline avait déjà tourné le dos à Bernadette, car celle-ci ne put s'empêcher d'afficher un long sourire moqueur à la mention de cette antiquité de chapeau qu'Évangéline s'entêtait à porter d'avril à octobre. Un vieux chapeau de paille, noir et garni d'une grappe de raisins mauves sur le côté, qu'elle plaçait rigoureusement sur sa tête pour aller à la messe ou quand elle faisait les frais d'une toilette un peu plus soignée comme ce matin.

— Pis attends-moé pas pour dîner, lança encore Évangéline depuis l'entrée. On va se payer un club sandwich à deux, Noëlla pis moé. J'vas revenir juste à quèque part dans l'après-midi. Pour une fois que je sors ailleurs qu'aux Dames de Sainte-Anne, j'ai pas l'intention de me presser. À tantôt, Bernadette!

La porte d'entrée, fermée à la volée par une main déterminée, scella cette discussion.

Bernadette poussa un long soupir de contentement. Toute une journée à elle! Non qu'elle n'appréciât pas la présence d'Évangéline — toutes les deux, elles s'entendaient fort bien —, mais quelques heures de liberté n'étaient pas pour lui déplaire. D'autant plus qu'il faisait une splendide journée d'automne. Un rapide coup d'œil sur la cuisine, comme toujours impeccable parce qu'Évangéline détestait la moindre traînerie, une pensée pour l'époussetage qui pouvait facilement attendre une journée de plus, une autre pour le dîner qu'elle réduirait à sa plus simple expression puisqu'elle serait seule avec les enfants, et à son tour, Bernadette emprunta le corridor en direction de sa chambre, située à l'avant de la maison. Quand elle passa devant la porte de la chambre des garçons, elle lança par-dessus son épaule:

— Ramasse tes jouets, Charles! Toé pis moé, on va aller se promener. Y' fait trop beau pour rester enfermés dans maison.

— Youppi!

— Pis prends donc ton ballon avec toé, on sait jamais. On va aller voir si Daniel a envie de venir avec nous autres.

Le petit Charles, bientôt trois ans, déluré et plutôt actif, montra le bout de son nez dans l'encadrement de la porte de sa chambre qui faisait aussi office de salle de jeux. Son regard brillait de joie anticipée quand il demanda pour être bien certain d'avoir tout compris:

— Daniel? Tu veux aller chercher Daniel pour aller jouer au parc?

Bernadette s'était arrêtée sur le pas de sa chambre. Elle se retourna vers son fils et lui sourit.

— Pourquoi pas? Si ça te tente, comme de raison. On pourrait demander à la maman de Daniel si a' peut venir avec nous autres.

— Oh oui, ça me tente! Y' est gentil, Daniel, même si y' est plus p'tit que moé.

— Je pensais aussi que ça te ferait plaisir, ajouta Bernadette, malicieuse. Mais arrête de dire que Daniel est plus p'tit que toé, ça m'énerve! Je te l'ai expliqué, l'autre jour: Daniel est petête pas aussi grand que toé, mais y' a presque le même âge. C'est pour ça que vous vous adonnez ben ensemble. La grandeur, ça veut rien dire. Donne-moé deux minutes pour me changer de chandail pis on part. Si t'es prêt avant moé, va m'attendre dans l'entrée. On va sortir par en avant.

Quelques instants plus tard, main dans la main, Bernadette et son fils remontaient la rue en direction de la demeure des Veilleux, un duplex acheté l'année précédente par Gérard Veilleux, le père du petit Daniel et le frère de celle qu'Évangéline appelait «Cécile la docteur».

Curieusement, à cause d'une rencontre inopinée entre Laura, la fille aînée de Bernadette, et cette Cécile de Québec venue visiter son frère, les deux familles avaient créé des liens d'amitié qui allaient s'intensifiant au fil des semaines. Marie, l'épouse de Gérard, était devenue une bonne amie pour Bernadette, et durant l'été qui s'achevait, Laura avait passé cinq semaines chez Cécile, à Québec, pour l'aider à s'occuper de son fils, Denis, qui avait quatre ans.

Laura était revenue transformée de ce voyage prolongé. Bernadette n'aurait su dire en quoi sa fille avait changé à ce point, mais un fait demeurait: Laura n'était plus tout à fait la même. Ceci avait fait dire à Marcel, son mari, que c'était lui qui avait eu raison de s'opposer à ce séjour chez des gens qui n'étaient pas de leur milieu. Mais comme souvent, on n'avait pas tenu compte de son avis.

— Quand je te disais, Bernadette, que ça serait pas une bonne affaire, c'te voyage-là! Regardes-y l'allure, astheure. Habillée comme une fille de Westmount, a' veut manger plein d'affaires qu'on connaît pas, a' voudrait qu'on lise des livres au lieu de regarder la tivi... Calvaire! A' parle même pus comme nous autres! Ben entendu, quand j'en ai parlé, personne a voulu m'écouter. Regarde ce que ça donne, astheure!

Bernadette n'avait pu rétorquer quoi que ce soit pour défendre Laura: Marcel avait raison en affirmant que leur fille n'était plus la même.

Pourtant, de toute évidence, dès l'instant où Laura avait mis un pied en dehors du train la ramenant chez elle, Bernadette avait compris que sa fille était heureuse de retrouver les siens. Un regard comme celui qu'elle avait posé sur sa famille, rassemblée à la gare Windsor pour l'événement, un regard aussi joyeux ne pouvait mentir. Curieusement, à ce moment-là, le temps d'un battement de cœur et dans la foulée des pronostics de

Marcel, Bernadette avait été soulagée. Six semaines en compagnie de deux médecins ne semblaient pas avoir trop influencé sa fille. L'instant d'après, elle avait déjà oublié cette brève sensation d'inquiétude et elle esquissait un grand sourire. Non seulement sa Laura était de retour, mais en plus, elle semblait sincèrement heureuse de revenir chez elle. Rien d'autre n'avait d'importance.

Elle-même s'était tellement ennuyée de sa fille malgré une maison remplie de «visite» depuis le mois de juin. Le temps d'un soupir, Bernadette avait eu une pensée pour Adrien, son beau-frère, ainsi que pour Maureen, son épouse, qui avaient envahi leur appartement durant les cinq dernières semaines. La présence d'Adrien et de Maureen n'avait pas été de tout repos, et ce, pour une foule de raisons.

Toute à ses pensées, Bernadette avançait à pas lents vers la demeure de Marie sans se soucier du babillage de son fils qui passait des commentaires sur tout ce qu'il voyait. Bernadette, elle, c'est le retour de Laura qu'elle avait en tête, aussi précis que si elle était encore à la gare. Elle se rappela même avoir légèrement froncé les sourcils et repoussé machinalement ses longs cheveux derrière l'oreille droite en pensant à Adrien. C'est toujours ce geste-là qu'elle faisait quand elle se sentait mal à l'aise et elle n'était jamais tout à fait détendue quand elle songeait à Adrien. Mais ce matin-là, au moment où sa fille était enfin revenue à la maison, de façon tout à fait délibérée, Bernadette avait décidé de ne pas pousser la réflexion plus loin. Il y a certaines choses, certaines pensées, parfois, qu'il vaut mieux éviter. Tenant le petit Charles par la main, ce jour-là, elle s'était approchée de Laura pour la serrer tout contre elle. Pour une des nombreuses fois de sa vie, Bernadette avait sciemment choisi de se laisser porter par la joie toute simple de voir sa famille de nouveau réunie, d'autant plus que même Antoine, son fils de dix ans, morose et renfermé depuis des mois, avait semblé tout léger et heureux de revoir sa grande sœur, et que Marcel avait été plus patient que d'habitude. Qu'aurait-elle pu demander de plus?

Ce fut quelques jours plus tard que Bernadette comprit, le cœur en émoi, que Laura avait changé. Oh! Rien de majeur. Que des subtilités qui se glissaient parfois dans le geste, parfois dans le propos. Une attitude aussi, plus posée, plus réfléchie, celle-là même qui avait fait rugir Marcel dans l'intimité de leur chambre, vers la fin du mois d'août, alors qu'au souper, Laura avait demandé la permission pour se rendre en ville, le lendemain, afin d'effectuer quelques achats en prévision de la rentrée des classes.

— Maintenant que j'ai de l'argent, je vais pouvoir acheter des crayons à mon goût et des cahiers avec des couvertures de couleur. Et peut-être aussi un sac d'école en cuir. J'en ai assez de mon vieux sac en carton bouilli. Alors? C'est oui? Est-ce que je peux aller faire des emplettes demain?

Marcel avait failli s'étouffer avec sa gorgée de café en écoutant sa fille parler.

— Pis viens pas me faire accroire que c'est pas-qu'a' l'a vieilli que Laura est rendue de même, avait-il déclaré, catégorique, dès qu'il s'était retrouvé seul avec Bernadette dans l'intimité de leur chambre à coucher. Je te croirais pas. On change pas autant que ça en cinq semaines, c'est pas vrai. Pas sans raison, en tout cas. L'as-tu vue aller ? *Moi, toi, un potage, faire des emplettes...*

D'une voix moqueuse, Marcel avait parodié sa fille, allant jusqu'à mimer ses gestes habituels en déambulant au pied du lit avant de s'arrêter brusquement devant Bernadette qui avait esquissé un petit geste de recul instinctif. Elle ne savait jamais ce qui l'attendait vraiment quand Marcel était de mauvaise humeur.

— Calvaire ! De la soupe, c'est de la soupe, pis magasiner, c'est magasiner, avait-il enfin décrété en reprenant son timbre normal. *Du potage, des emplettes...* Ça donne quoi de prendre des mots que la moitié du monde comprend pas ? A' veut-tu se donner des grands airs juste pour nous écœurer ? Je te parie que le magasin Eaton pis celui de Dupuis Frères, ça sera pus assez bon pour elle. Watch ben demain quand a' va revenir... Comment tu gages qu'a' va nous parler de Holt Renfrew, le magasin des riches ?

Marcel avait alors poussé un long soupir que Bernadette avait préféré prendre pour du découragement plutôt que pour de la colère.

— Calvaire de calvaire ! Que c'est qu'on va faire avec ça ? J'ai pas les moyens d'y offrir la vie de château comme les riches de Québec... Pis dire que la mère pensait que c'est la Francine Gariépy qui allait changer notre fille. A' s'est ben trompée. Les Gariépy, ça sera toujours ben rien que du monde comme nous autres, pas de quoi faire lever le nez à personne. Tandis que la docteur pis son mari...

Le monologue de Marcel avait duré un bon dix minutes sans que Bernadette ne soit intervenue. Et si elle n'avait rien riposté, comme elle le faisait habituellement pour défendre ses enfants, c'était parce qu'elle n'avait rien trouvé à répliquer.

Pour une fois, Marcel avait raison. Laura était différente.

C'est ainsi que depuis plus d'un mois, Laura était au centre de ses préoccupations, au cœur de ses réflexions. Heureusement qu'Antoine semblait de meilleure humeur, car, pour l'instant, Bernadette l'avait relégué au deuxième rang de ses méditations quotidiennes.

Et c'est toujours à Laura qu'elle pensait présentement tout en se dirigeant à pas lents vers la maison de Marie et Gérard Veilleux. Même qu'elle y allait de plus en plus souvent, chez Marie, pour mille et une raisons. Parce que Marie et Gérard étaient des gens comme eux, simples et sans complexes, et qu'à force de les côtoyer, Bernadette se disait qu'elle finirait bien par comprendre pourquoi Cécile, la sœur de Gérard, était si différente. Car après tout, c'était depuis qu'elle avait passé une partie de l'été chez Cécile que Laura avait tant changé. Cette femme cultivée et médecin devait y être pour quelque chose. Pour Bernadette, il n'y avait aucun doute là-dessus.

Il aurait probablement été plus simple d'en parler directement avec Gérard. Mais Bernadette ne parlait pas de ses réflexions. Presque seize ans de vie commune avec Marcel lui avaient appris à se taire. À taire ses émotions, ses questionnements, ses déceptions. Cette façon d'être avait fait d'elle, au fil des années, une femme d'intériorité qui bâtissait des châteaux en Espagne et les démolissait aussi vite selon les impératifs du quotidien.

Bernadette et Charles arrivèrent devant la maison des Veilleux à l'instant même où Marie et son fils Daniel sortaient sur le perron. Tout comme les Lacaille, la famille Veilleux habitait à l'étage pour éviter de se faire marcher sur la tête, comme l'expliquait systématiquement Évangéline quand on manifestait une certaine surprise à voir un propriétaire renoncer au rez-de-chaussée. Dès qu'il aperçut Charles, le petit Daniel se précipita vers l'escalier et agrippant la rampe, il descendit aussi vite que le permettaient ses jambes de deux ans et demi.

— Regarde, maman, *Sharles* est là!

Cela ne faisait que quelques mois que Daniel parlait couramment et il subsistait un léger zézaiement dans son langage. Mais il avait de bonnes jambes! En moins de temps qu'il n'en fallait pour le dire, Daniel était en bas et s'élançait vers Charles en courant. Les deux mères échangèrent un sourire de connivence avant que Marie intervienne d'une voix catégorique:

— Deux minutes, mon homme! On est pas sortis pour jouer, nous autres là, on est sortis pour aller chez monsieur Perrette. Tu te rappelles pas? On a besoin d'un gros poulet pour le souper. C'est même toé qui m'as dit que tu voulais manger ça. Avec des p'tits pois.

— Oh!

La déception fusa à l'unisson et les deux gamins levèrent en même temps un regard déçu sur Marie.

— Chez Perrette?

— Ben oui. On va à l'épicerie, Daniel, pas au parc. C'est plate pour ton ami, mais j'ai pas le temps, à matin, d'aller au...

— Et si Daniel venait avec nous autres? suggéra spontanément Bernadette qui détestait voir des enfants malheureux. Ça me dérange pas pantoute de surveiller les deux p'tits ensemble. Même que je pense que ça va être moins de trouble pour moé si y' sont deux, justement.

— Ben là...

Marie était hésitante même si elle connaissait bien Bernadette et appréciait sa présence. Hormis Laura qui venait garder son fils à l'occasion, elle n'avait jamais confié Daniel à qui que ce soit d'autre. Elle fronça les sourcils tout en portant les yeux sur Daniel qui la dévisageait intensément. Le message était clair: il se mourait d'envie d'accompagner Bernadette et Charles au parc, à deux rues de là. Cette perspective était nettement plus agréable que de marcher jusqu'à l'épicerie. Marie ne put résister à cette supplication muette.

— Pourquoi pas? murmura-t-elle.

Puis elle ajouta, à voix haute:

— O.K., jeune homme, tu peux y aller. Mais j'veux que tu soyes sage, par exemple. Ben sage!

À peine plus haut que trois pommes, le petit Daniel posa un regard sérieux sur sa mère, un regard surprenant pour un enfant de son âge, et il se contenta de hausser les épaules sans répondre. Pourquoi ne serait-il pas sage? Tout le monde, tout le temps, disait qu'il était un petit garçon sage!

Daniel avait déjà glissé sa main dans celle de Charles, tout juste un peu plus vieux que lui mais déjà nettement plus grand, ce qui faisait que Daniel s'en remettait souvent à lui quand venait le temps de décider des jeux.

Les deux enfants levèrent les yeux vers Bernadette, prêts à partir et pressés de se retrouver au parc.

— On y va?

— Deux menutes, Charles.

Bernadette se glissa entre les deux gamins, prit le ballon que Charles tenait maladroitement d'un seul bras, le glissa dans le grand sac de toile qu'elle emportait invariablement avec elle quand elle quittait la maison, et saisit fermement les deux mains potelées qui se tendaient vers elle.

— Bon! Astheure, on peut y aller. Craignez rien, Marie, m'en vas m'en occuper comme faut de votre gars. Je vous le ramène pour dîner.

Mais elle n'avait pas fait trois pas que Bernadette se retourna.

— Et si on marchait ensemble jusqu'au bout de la rue, Marie? Après tout, on va dans la même direction.

— J'allais justement vous le proposer. Pis après, si j'allais vous rejoindre au parc, une fois mon poulet mis dans le four? Si chus tuseule pour aller à l'épicerie, ça devrait pas être trop long.

— La bonne idée! Mais prenez tout votre temps! Avec le beau soleil qu'on a à matin, j'vas sûrement rester au parc pour un bon bout de temps.

— Ben, c'est ça qu'on va faire!

Tout en parlant, les deux femmes avaient atteint l'intersection.

— Dans le fond, c'est vous qui avez raison, Bernadette: y' fait ben que trop beau pour rester enca-banées dans maison! Je ferai mon ménage d'armoires demain!

— Je me suis dit la même chose quand j'ai vu tout ce beau soleil-là en me levant à matin. Faut pas oublier qu'octobre s'en vient pis d'habitude, la pluie va avec. Aussi ben en profiter pendant qu'y' reste un peu d'été. J'aime ça être dehors. Ça doit être le vieux fond de mon enfance en campagne. Quand j'étais petite, je passais mes grandes journées dehors! On se revoit t'à l'heure, Marie, m'en vas vous attendre sur le banc proche des balançoires.

— C'est ça. À tout de suite. Pis toé, mon Daniel, tu restes tranquille avec madame Lacaille, ajouta Marie en pointant l'index vers son fils.

Daniel ferma les yeux en soupirant avant de répondre.

— Ben oui! À tantôt, moman!

Marie et Bernadette se quittèrent sur un éclat de rire.

Même si Bernadette dut s'arrêter devant une vitrine remplie de citrouilles et de courges parce que Charles voulait les admirer un instant et qu'elle prit le temps d'une petite leçon de sécurité devant un écureuil imprudent qui traversa la rue entre deux autos, elle eut amplement le temps de reprendre sa réflexion au sujet de sa fille. N'avait-elle pas, ce matin, une merveilleuse occasion d'essayer de comprendre ou au moins d'apprendre ce qui s'était passé à Québec pour que Laura soit revenue si transformée? Marcel n'avait pas tort quand il affirmait qu'on ne change pas à ce point en cinq petites semaines et même si Bernadette ne cessait de rabâcher qu'elle s'en faisait probablement pour rien, un certain doute s'incrustait. Indubitablement, Laura n'était plus le vif-argent qu'elle aimait tant.

Sa fille allait-elle, à son tour, devenir un être renfermé et morose comme l'était son fils, Antoine?

Dans sa famille, en campagne, on disait des gens aussi renfermés qu'Antoine qu'ils étaient atteints de neurasthénie.

Bernadette soupira.

Était-ce là une tare génétique qui allait frapper chacun de ses enfants? On ne badine pas avec l'hérédité, Bernadette en savait quelque chose. Elle avait connu une famille où vivaient deux enfants attardés, et le médecin avait été formel: c'était héréditaire. Pendant un long moment, quand le second de ces enfants eut trois ans et que, de toute évidence, on pouvait constater qu'il serait comme son frère, on avait parlé que de cela à Saint-Eustache. Les innocents... C'est ainsi qu'on les appelait à l'époque, et aujourd'hui encore, le surnom leur survivait.

Se retrouver avec deux enfants taciturnes de nature, et tant qu'à y être, pourquoi pas trois, était une perspective accablante et ramenait Bernadette à sa préoccupation première. Que s'était-il passé à Québec? Depuis le temps qu'elle ressassait la question, qu'elle l'envisageait sous toutes ses coutures, Bernadette en était venue à espérer qu'il se soit effectivement passé quelque chose, car, le cas échéant, elle pourrait intervenir et remettre les pendules à l'heure, alors qu'avec l'hérédité, il n'y aurait pas grand-chose à faire.

Bernadette poussa un second soupir, long et bruyant, d'inquiétude et d'impatience entremêlées. Un peu plus loin, devant elle, Daniel et Charles s'amusaient avec le ballon que Laura avait donné à son petit frère quand elle était revenue de Québec. Bernadette esquissa un sourire devant leurs cris de joie, ferma les yeux un instant pour apprécier la douceur du soleil sur son front, puis son visage s'assombrit. Autant elle pouvait aimer ses enfants, autant elle se sentait démunie devant les inévitables discussions qu'elle devait parfois avoir avec eux. Elle ne cessait de se dire que c'était son manque d'instruction qui la rendait si craintive, si maladroite, quand venait le temps de parler, d'expliquer. C'était à un point tel que, souvent, elle escamotait les discussions avec ses enfants et palliait ce manque de dialogue en redoublant les marques d'affection, d'écoute, de tendresse, restant convaincue que c'était elle qui prônait la bonne attitude et non Marcel, son mari, pour qui l'autorité n'avait d'égal que l'intransigeance.

— Une bonne mornifle sur le bord de la tête, ça a jamais fait mourir personne pis ça te replace les idées dans le bon sens, avait-il souvent affirmé quand l'attitude trop placide d'Antoine le faisait sortir de ses gonds. Regarde moé! Des claques, j'en ai eu plus souvent qu'à mon tour. Pis ça m'a-tu empêché de réussir ma vie? Pantoute! Si on voulait m'écouter des fois, petête ben que nos enfants auraient un peu plus d'allure. Une chance qu'y' reste le p'tit Charles pasque les deux autres...

Hier soir, encore une fois, Marcel avait laissé planer ces quelques phrases sans véritable conclusion qui, invariablement, heurtaient Bernadette de plein fouet, ravivant toutes ces interrogations qui l'empêchaient trop souvent de dormir.

Et si Marcel avait raison?

Après tout, l'éducation que Bernadette donnait à ses enfants était à l'opposé de ce que son mari préconisait et pour l'instant, ce n'était pas très concluant! À tout le moins avec Antoine! Depuis des mois, maintenant, son fils vivait dans un monde bien à lui, évitant les conversations et fuyant de plus en plus sa famille. Jusqu'à tout récemment, Bernadette pensait bien qu'Antoine était le seul à avoir un problème. Lequel, elle l'ignorait, mais elle se disait qu'elle finirait bien par le découvrir. Alors, elle pourrait aider son fils et tout rentrerait dans l'ordre.

Mais voilà que Laura se mettait de la partie!

Jamais elle n'aurait pu imaginer que sa fille allait ressembler un jour à son frère. Pas sa Laura si vive, si gentille! Et pourtant, il semblait bien que là aussi, le vent avait tourné! Laura, qui avait toujours eu le mot pour rire ou la répartie facile, n'était plus qu'une ombre dans la maison depuis son retour de Québec. Tout comme Antoine le faisait depuis des mois, elle se réfugiait dans sa chambre au moindre prétexte et ne participait plus aux discussions familiales que du bout des lèvres.

— Bâtard, que c'est j'ai fait que j'aurais pas dû faire ou ben que c'est que j'ai pas fait que j'aurais dû faire pour que ça vire de même? Je comprends pas, murmura Bernadette tout en suivant des yeux la course et les jeux de Charles et Daniel. Je comprends pas pantoute ce qui se passe avec mes deux plus vieux. Pour une fois, j'aurais envie de dire comme Marcel: une chance qu'on a le p'tit Charles pour mettre un peu d'entrain chez nous, pasque les deux autres... Dans le fond, les enfants, ça devrait toujours rester p'tits!

— Bernadette?

Bernadette sursauta, se mit à rougir quand elle prit conscience qu'elle parlait à voix haute, puis elle se retourna. Depuis la rue, Marie scrutait le parc. Durant une très brève seconde mais d'une intensité inouïe, la mère de deux enfants qui avaient grandi trop vite à son goût envia Marie de n'avoir encore qu'un tout petit garçon. Un long soupir nostalgique scella cette constatation. La vie était tellement plus facile quand Laura et Antoine n'étaient encore que des bébés.

Obligeant ses préoccupations à s'envoler sur une profonde inspiration, Bernadette leva le bras pour attirer l'attention de sa voisine.

— Marie! Chus icitte, sur le banc! Venez vous assire avec moé, le soleil est ben bon à matin.

Après un rapide coup d'œil sur les enfants, elle ajouta, alors que Marie approchait avec un grand panier à la main:

— Regardez! Nos gars sont juste là, proches du carré de sable! Y' font une partie de ballon. Y' sont drôles à regarder tellement y' sont sérieux.

À son tour, Marie s'intéressa aux deux enfants qui s'envoyaient le ballon à coups de pied avant de se mettre à courir ensemble pour le rattraper. Puis, déposant son panier, elle s'installa tout contre Bernadette.

— C'est vrai qu'y' s'entendent bien, ces deux-là, répliqua-t-elle joyeusement. J'espère que ça va durer. Des amis, on en a jamais de trop.

— Vous avez ben raison, approuva Bernadette, ne pouvant s'empêcher d'avoir une pensée pour Laura et Francine qui se voyaient de moins en moins souvent.

Malgré tout ce que pouvait en dire Évangéline qui détestait la famille Gariépy — Bernadette n'avait jamais pu savoir pourquoi —, elle trouvait dommage que Laura et Francine ne se voient plus aussi régulièrement. Sans vraiment connaître la jeune Gariépy, qui était interdite de séjour sous le toit d'Évangéline, elle avait quand même su apprécier sa présence auprès de Laura qui lui avait toujours parlé librement de son amie. Sauf, justement, depuis quelques semaines.

Était-ce parce que Francine avait abandonné l'école et commencé à travailler à la manufacture que Laura ne trouvait plus rien à dire sur elle?

Ou n'était-ce pas plutôt parce que sa fille, selon une toute nouvelle philosophie de la vie, bien déplorable à ses yeux, avait choisi de garder, dorénavant, toutes ses émotions cachées?

Bernadette ne savait plus. Elle prit de nouveau une longue inspiration qu'elle rejeta bruyamment avec impatience, exaspérée de passer tout ce temps à se questionner sans jamais trouver de réponse. Marie se tourna vers elle, surprise.

— Parlez d'un gros soupir, ça, à matin! Y aurait-tu quèque chose qui va pas à votre goût, Bernadette? Sans vouloir être indiscrète, ben entendu.

Marie était mal à l'aise, étant plutôt réservée de nature. Mais comme elle aimait bien Bernadette, sentir celle-ci malheureuse l'avait poussée à s'informer. Bernadette, tout aussi embarrassée, resta évasive.

— Oh! Comment je pourrais expliquer...

Bernadette, qui avait imaginé et espéré cette situation des dizaines de fois, ne trouvait brusquement plus rien à dire. En quoi Marie était-elle concernée par l'été que Laura avait passé à Québec? Bernadette retint un énième soupir. Quelle drôle d'idée d'avoir pensé que

Marie ou Gérard, son mari, pourraient l'aider à comprendre Laura!

Indécise, crispée, Bernadette fixa la pointe des espadrilles élimées mais confortables qu'elle portait régulièrement quand elle marchait avec Charles, cruellement consciente que les mots lui manquaient alors qu'elle avait tant à dire. En grattant le sol avec la pointe de sa chaussure, comme si elle allait déterrer les mots qui se refusaient à elle, Bernadette eut une pensée inopinée pour Évangéline. Sa belle-mère avait-elle trouvé ses souliers? C'est vrai qu'avec ses oignons...

Le rire de son fils courant après Daniel et le ballon ramena la jeune mère au parc et à la question de Marie.

— Si y a quèque chose qui va pas à matin? répéta-t-elle pour se donner du temps. Pas vraiment. Rien de plus qu'hier.

Puis, inspirée par les enfants qui s'amusaient bruyamment, elle ajouta:

— Rien d'autre que l'ordinaire qui fait que plus les enfants grandissent, plus les problèmes grandissent avec.

— Des problèmes?

Marie dévisagea sa voisine avec attention, toute gêne disparue, elle qui habituellement ne se mêlait jamais de ce qui ne la regardait pas. Comment Bernadette pouvait-elle parler sur ce ton de ses enfants? Des enfants qu'elle-même aurait adoptés sans la moindre hésitation! Elle avait toujours considéré que les petits Lacaille étaient de bons enfants, bien élevés, et ce n'était pas ce matin qu'elle allait changer d'avis.

— Vous viendrez toujours ben pas me dire que vous avez des tracas avec vos enfants, vous là? demanda Marie d'une voix perplexe. Sont tellement gentils, polis, pis à leur place. Le p'tit Antoine, je le connais pas beaucoup, je vous l'accorde, mais à le voir aller, quand je le rencontre sur la rue, y' me semble ben élevé. Pis votre Laura! Elle, par exemple, je la connais, pis j'peux vous assurer qu'a' fait toujours ça ben comme faut quand a' vient garder Daniel. C'est une vraie soie.

— Ben justement...

Bernadette hésita.

— Je pense qu'y' sont trop à leur place, confia-t-elle enfin, prudemment.

— Ben voyons donc, vous! Comment c'est qu'on peut être trop à sa place? Je comprends pas.

— Me semble que c'est pas dur à comprendre... Me semble que d'habitude, des enfants, ça bouge, ça fait du bruit. Des enfants, justement, c'est des enfants. Me semble que c'est pas fait pour être tranquille. Regardez nos deux gars, là-bas! Y' arrêtent pas de courir depuis t'à l'heure! Pis de crier, pis de rire. Me semble que c'est ça qui est normal pour des enfants. Ça vient avec le temps, être tranquille pis à sa place, comme vous dites.

— Pas nécessairement! Chacun va comme il l'entend, dans la vie. Les p'tits comme les grands. Y en a qui grouillent sans bon sens, qui grouillent trop des fois, vous pourrez pas dire le contraire, pis y en a d'autres qui sont plus sages. Si vous voulez mon avis, je pense que j'aime mieux les enfants qui sont tranquilles.

Il y avait tellement de conviction dans la voix de Marie que Bernadette se tourna vers elle.

— Vous croyez vraiment?

— Ben voyons donc, vous! Prenez moé, par exemple! J'étais une p'tite fille ben tranquille. Les jeux de corde à danser, la cachette pis les ballons, j'ai jamais aimé ça. Jamais. J'aimais ben mieux rester dans ma chambre, tuseule, pour colorier, jouer avec mes poupées ou ben tricoter. Pis ma mère, a' m'a jamais chialé après à cause de ça. Pis j'pense pas, non plus, que ça l'inquiétait.

Bernadette resta silencieuse un moment, revoyant en un instant toutes les occasions où elle s'était dit qu'Antoine avait le droit d'être ce qu'il était malgré tout ce que Marcel pouvait en penser.

— C'est vrai, reprit-elle, songeuse, c'est vrai que moé avec, des fois, je me dis que chacun a sa façon d'être.

— Sa façon d'être pis sa façon de penser aussi! Ça, pour moé, c'est ben important. Regardez Gérard pis moé. On est aussi différents que le jour l'est de la nuit. Laissez-moi vous dire que mon mari, c'est un fameux grouilleux! Y' reste pas en place deux minutes d'affilée! Pourtant, on s'adonne ben, lui pis moé. Pis ça, je pense que c'est pasqu'on prend le temps de jaser ensemble, de se dire ce qu'on pense vraiment sans avoir peur que l'autre nous crie après. Y a un dicton qui dit que les contraires s'attirent, ben ça, c'est Gérard pis moé. Pas de doute là-dessus!

À ces mots, Bernadette ne put s'empêcher de se rappeler toutes ces discussions avec Marcel où elle avait peur des coups et des reproches. «Une verrat de bonne façon de pas avoir envie de dire ce qu'on pense», songea-t-elle, amère.

Ce qui se vivait chez les Lacaille était loin de ressembler à ce qui semblait se vivre chez les Veilleux. Était-ce à cause de cela que ses enfants étaient si renfermés? À cause de Marcel? Pourtant, il s'occupait si peu d'eux.

Bernadette haussa imperceptiblement les épaules. Le problème ne devait pas venir de Marcel. Peut-être un peu pour Antoine — elle n'était quand même pas aveugle —, mais pas pour Laura.

Un silence fait de respect et de méditation s'installa entre Marie et Bernadette. Un silence soutenu par le chant de quelques oiseaux et par les rires des deux petits garçons qui continuaient de s'amuser joyeusement avec le ballon. Et justement à cause de ce silence, à cause aussi du pied de Bernadette qui avait recommencé à gratter machinalement la terre battue, Marie comprit que sa voisine était tendue, comme quelqu'un de désorienté qui sent la panique le gagner. Elle posa délicatement la main sur son bras.

— Chus sûre que vous vous en faites pour rien, fit-elle pour rassurer son amie.

Bernadette esquissa un petit sourire éteint sans pour autant lever la tête vers son amie.

— M'en faire pour rien? Non, je pense pas. Pas tout le temps, entécas. Pas pour Antoine. Ça, c'est sûr. Mais avec monsieur Romain qui s'en occupe, c'est petête moins...

Bernadette secoua la tête, interrompant son monologue un instant avant d'ajouter à voix basse, beaucoup plus pour elle que pour Marie:

— Je finirai ben par trouver ce qui se passe avec mon gars. Pis tant mieux si je me tracasse pour rien. Mais pour Laura, c'est pas pareil...

Bernadette fit une pause, cherchant ses mots, raclant le sol de plus belle. Elle se décida d'un coup en levant la tête pour se tourner vers Marie, les deux pieds ramenés brusquement sous le banc.

— Je peux-tu vous parler franchement, Marie? Je peux-tu vous poser une question indiscrète?

— Mon doux! C'est-tu grave à ce point-là? Ben sûr que vous pouvez me poser une question! Pis si je la trouve trop indiscrète, craignez pas, j'vas vous le dire!

Bernadette prit une profonde inspiration.

— C'est à propos de Cécile, la femme docteur. Est-ce que vous la connaissez vraiment comme faut? Je le sais ben, que c'est votre belle-sœur pis que vous devez la connaître un peu pasqu'a' vient vous visiter assez souvent. Mais c'est pas ça que je veux savoir. Ce que je veux savoir, c'est comment a' l'est chez elle. Comment a' vit dans sa maison, comment a' se comporte avec son garçon pis son mari. Le savez-vous, comment c'est qu'a' l'est chez elle?

Marie eut l'air franchement surprise. Il n'y avait pas plus gentil que Cécile! Elle hésita un instant, mais la curiosité l'emporta. Elle répondit d'une traite sans tenir compte des interrogations de Bernadette.

— Cécile? La sœur de Gérard? Comment vit Cécile? Pourquoi c'est faire que vous me demandez ça?

Marie regardait Bernadette les yeux mi-clos, l'air inquisiteur.

— Y' se serait-tu passé quèque chose pendant que Laura était à Québec? Votre fille vous aurait-tu parlé de quèque chose?

Bernadette sentit que Marie se hérissait. Maintenant qu'elle s'était enfin décidée à parler, ce n'était vraiment pas le temps de se mettre Marie à dos. Elle se dépêcha de la rassurer.

— Ben non! Pis c'est justement pour ça que je m'inquiète. D'habitude, Laura me raconte toute. Même ses mauvais coups. Mais pas c'te fois-citte. Depuis qu'est revenue de Québec, a' dit pus rien en toute, ma fille! C'est tout juste si a' nous a parlé de son été. Pis a' l'a pas dit grand-chose, vous saurez! Non, maintenant, a' passe son temps renfermée dans sa chambre. C'est pour ça que je me demande ce qui a ben pu se passer à Québec pour qu'a' soye de même. Ça y ressemble pas. Même son père trouve que sa fille est pus pareille. Pourtant, lui, d'habitude, y' s'occupe pas vraiment des enfants. Mais là, y' trouve que sa fille a changé. Ben gros changé. Pis ça l'énerve. Y' m'en parle quasiment tous les soirs.

— Oh! Tous les soirs...

Marie hocha la tête, songeuse.

— Je vois pas ce que je pourrais vous dire pour que

vous soyez moins inquiète. Cécile, c'est quèqu'un de tellement fin. Cécile, c'est...

Marie chercha ses mots un moment puis son visage s'éclaira.

— Je l'ai! Cécile, c'est du bon pain. Ouais... Une bonne pâte, comme disait ma mère. C'est une femme ben douce, pis ben gentille avec tout le monde. Pas criarde, pas chialeuse pour une cenne, un peu gênée avec ceux qu'a' connaît pas vraiment sauf quand c'est des malades à l'hôpital. Pis est ben patiente, Cécile. Ben ben patiente.

Curieusement, ces quelques mots ne surprirent pas Bernadette. Elle s'y attendait un peu.

— Que c'est qu'y' a pu se passer, d'abord, pour que ma Laura soye si différente? demanda-t-elle, tant pour elle que pour Marie. Maudit verrat! Je comprends pus rien à mes enfants.

— Vous trouvez que Laura a changé? Ben franchement, Bernadette, moé, je trouve pas. Je l'ai vue samedi dernier pis a' m'a pas semblé différente. À part le livre qu'a' l'a amené au lieu d'une revue, j'ai pas vu grand changement chez elle quand est venue garder Daniel.

Brusquement, comme si le mot *livre* avait un pouvoir quelconque, à sa mention, le visage de Bernadette s'anima et les mots qui lui semblaient si difficiles à trouver lui parurent tout à coup plus accessibles.

— On y est! Vous venez de le dire. Le livre! C'est une partie du problème! Depuis qu'est revenue, Laura passe son temps renfermée dans sa chambre à lire des histoires. Finies les disputes pour écouter la télévision quand son père est pas là. Remarquez que je m'en plains pas. Des fois, je trouvais ça ben achalant, mais ça m'inquiète un peu de la voir aussi sage. Pis vous trouvez pas, vous, que sa manière de parler est pus la même? Pis le linge qu'a' l'a ramené de Québec! On dirait une fille de Westmount, comme dit Marcel.

— Votre mari s'occupe du linge que porte votre fille? Hé ben...

— Y' s'en occupe pas d'habitude. Mais là, à la voir endimanchée comme une revue de mode, je pense que ça y fait peur. Je pense qu'y' a peur que Laura se mette à avoir des idées de riches. Ça fait qu'y' m'en parle. Pensez-vous que la docteur aurait pu faire monter la tête à Laura? Pasque si c'est ça, on a pas fini d'en entendre parler. Marcel en verra pas clair, c'est ben certain, pis pour une fois, je pense que je serais d'accord avec lui. On a pas les moyens de faire vivre notre fille comme une princesse, c'est sûr. Pis le pire, c'est que Marcel nous avait prévenues, la belle-mère pis moé, avant que Laura s'en aille. Lui, y' était pas d'accord pantoute avec c'te voyage-là. Pis ça, c'est sans parler du nouveau langage de Laura, qui met mon mari en rogne, pis de sa manie, qui m'inquiète, de toujours rester dans sa chambre. C'est pas mêlant, on dirait qu'on est pus du monde assez ben pour elle. C'est pour ça que je vous ai demandé comment Cécile était vraiment. C'est-tu une frais chiée ou ben c'est du monde comme nous autres même si elle pis son mari sont des docteurs?

Bernadette était essoufflée d'avoir tant parlé, et Marie était estomaquée qu'on puisse penser que Cécile était une frais chiée.

L'expression la fit rougir. Autant de honte que de colère.

— Non, Cécile est pas une... une comme vous dites! répliqua-t-elle aussitôt. Je vous l'ai expliqué t'à l'heure: Cécile, c'est du bon monde pis son mari aussi. Le fait d'être docteur leur a pas monté à la tête, si c'est ça que vous pensez. Pas une miette. Pis sa manière de parler, ben ça fait longtemps qu'est comme ça. Gérard m'avait prévenue, la première fois que je l'ai rencontrée. Cécile a toujours parlé de même rapport qu'a' lit des romans français depuis qu'est toute petite.

Bernadette n'avait jamais entendu Marie s'exprimer sur un ton aussi agressif. Elle comprit aussitôt qu'elle l'avait blessée en parlant de Cécile comme elle venait de le faire. Si Marie défendait sa belle-sœur avec autant de virulence, elle habituellement si douce, c'est que Cécile était vraiment telle que Bernadette avait cru la percevoir. Cécile Veilleux était une bonne personne et son influence sur Laura ne pouvait qu'être positive.

Alors?

Les inquiétudes de Bernadette changèrent de cap sur-le-champ, revenant involontairement à l'hérédité, ce qui lui fit fermer les yeux de découragement. Elle poussa un long soupir tout en se retournant vers Marie.

— Je m'excuse. Je voulais pas vous blesser. Ça doit être l'inquiétude qui m'a fait parler de même. Je vois pas d'autre chose. Pasque dans le fond je le sais ben que Cécile c'est du bon monde. Mes problèmes avec Laura, y' doivent venir d'ailleurs.

La colère de Marie tomba aussi vite qu'un soufflé au sortir du four. Elle ne connaissait pas la rancune.

— Faites-vous-en pas avec ça, déclara-t-elle de sa voix douce habituelle. Je peux très bien comprendre que l'inquiétude nous fasse dire des choses qui dépassent notre vouloir. Mais pourquoi vous en parlez pas avec votre fille? Dans le fond, y' a juste elle qui peut vous répondre.

— Je le sais ben. Mais vous savez comment c'est... J'ai peur de pas trouver les bons mots. Je voudrais surtout pas que mes questions poussent ma Laura à être encore plus renfermée.

— Ben voyons donc, vous! Quand c'est important, on finit toujours par trouver les mots à dire pis la bonne manière de les dire. Chus sûre que Laura va comprendre votre inquiétude pis qu'a' vous en voudra pas de lui poser des questions.

— Petête, oui...

Marie trouva cette réponse évasive un peu surprenante.

— Je peux-tu être franche à mon tour?

Bernadette lui offrit un petit sourire sans joie.

— Pourquoi pas?

Bien décidée à ramener la bonne humeur habituelle de Bernadette, Marie se redressa sur le banc et plongea son regard dans celui de son amie.

— Ben voilà! Après tout ce que vous venez de me dire, j'ai l'impression que vous avez peur de Laura.

Marie n'en revenait pas elle-même d'avoir un tel culot. Pourtant, maintenant qu'elle était lancée, rien ne pourrait plus l'arrêter.

— Ouais, on dirait que vous avez peur de votre fille. Pis ça, j'ai un peu de misère à le comprendre. Je vous demande pas de me répondre. De toute façon, ça me regarde pas. Mais si c'est vrai, ce que je dis, ben je trouve ça triste. Me semble que la gêne entre une mère pis sa fille, ça devrait pas exister.

— Je sais ben.

— Bon! Y' est où, le problème, d'abord? Chus sûre que vous devez parler à Laura ben franchement quand vient le temps de l'élever. A' pourrait pas être aussi fine sans ça. Fait que pour régler votre problème, vous avez juste à faire pareil! Vous avez juste à y dire ce que vous ressentez, comme vous venez de le faire avec moé. Me semble que si vous parlez de vous au lieu de parler d'elle, Laura pourra pas faire autrement que de vous écouter. Si vous vous trompez, a' saura ben vous le dire. Par contre, si vous avez raison pis qu'a' l'a vraiment changé, Laura va comprendre que ça vous fait de quoi pis vous pourrez en parler ensemble.

Bernadette resta silencieuse un moment, laissant les paroles de Marie faire leur chemin en elle. Marie n'avait pas tort quand elle déclarait que son amie avait peur. En fait, Bernadette redoutait de ne pas savoir dire les bonnes choses au bon moment. Il en allait ainsi avec

Antoine depuis des mois même s'il n'était encore qu'un petit garçon. Et voilà qu'elle se comportait de la même façon avec Laura. Pourtant, avec sa fille, elle avait toujours été à l'aise. Pourquoi était-elle comme ça?

Le nom de Marcel lui traversa l'esprit en coup de vent, laissant derrière lui une traînée d'inconfort. Oui, elle avait peur de ne pas savoir dire les choses, et ce, depuis fort longtemps parce qu'on ne lui laissait jamais l'occasion d'exprimer ce qu'elle ressentait. Chez les Lacaille, on ne parlait pas de ses émotions. Surtout pas avec Marcel.

Mais comme Laura et Antoine n'étaient pas Marcel...

Bernadette leva les yeux. Charles était en train de lancer son ballon de toutes ses forces en expliquant quelque chose à Daniel qui se mit à rire. Elle eut alors la curieuse pensée qu'avec son petit Charles, elle pourrait se reprendre. Avec lui, il était peut-être encore temps de faire mieux. Mais en attendant...

Bernadette se tourna vers Marie.

— Vous avez raison, Marie, fit-elle enfin, avec une détermination qui fit plaisir à entendre. Ouais, vous avez raison. Pis en verrat, à part de ça! J'vas parler à ma fille pis pas plus tard qu'à midi quand a' va venir dîner.

Puis, devant le sourire de Marie visiblement heureuse de retrouver celle qu'elle croyait connaître, Bernadette ajouta:

— Merci, Marie! Merci ben gros. Ça m'a fait du bien de vous parler.

— On revient au début de notre discussion, répondit Marie en riant.

— Comment ça?

— Quand on disait que des amis, c'est important!

Bernadette hocha la tête.

— C'est ben que trop vrai qu'on a dit ça! Hé ben... C'est drôle de voir comment les choses peuvent virer, des fois! On a fait un moyen détour pour le prouver, mais on avait raison: avoir des amis, c'est important. Merci de m'avoir écoutée. Astheure, je me sens ben plus légère. Pis je me dis avec que si j'ai réussi à tout vous dire, pis que vous m'avez comprise, ben, je devrais être capable de le faire avec ma fille.

— Ben tant mieux! J'aimais pas ça vous voir la face toute chagrine... Astheure que votre problème est réglé, que c'est vous diriez d'aller rejoindre nos gars? J'ai apporté des chaudières pis des pelles dans mon panier. On pourrait petête les aider à faire un gros château dans le carré de sable? Que c'est vous en pensez, Bernadette?

*   *   *

Quand Bernadette revint chez elle, un peu avant midi, elle le fit d'un pas beaucoup plus aérien, Charles pendu à l'une de ses mains, jacassant comme une pie, et le grand sac de toile bleu nuit, gonflé par la rondeur du ballon, se balançant allègrement au bout de son autre main. La discussion qu'elle venait d'avoir avec Marie lui donnait des ailes.

La préparation du repas fut à l'avenant, un restant de soupe aux pois vite réchauffé, tandis qu'elle préparait rondement quelques sandwichs grillés au jambon et à la moutarde.

Était-ce l'absence d'Évangéline qui détendit sensiblement l'atmosphère ou les propos échevelés du petit Charles qui racontait comiquement, avec moult détails, le déroulement de son avant-midi?

Quoi qu'il en soit, Antoine lui parut plus volubile qu'à l'habitude et Laura consentit à lever les yeux de son livre, le temps de donner son opinion sur le souper que Bernadette avait envie de cuisiner au goût de ses enfants.

— Du macaroni à la viande! Il me semble que ça serait bien bon, moman!

Puis après une brève hésitation, Laura ajouta:

— Chez Cécile, on le préparait avec du fromage suisse grillé sur le dessus. Penses-tu que tu pourrais en acheter?

Bernadette se pinça les lèvres pour ne pas répliquer que du fromage suisse n'était pas à la portée de leur budget. Elle déclara évasivement qu'elle verrait à cela tout en se levant de table pour commencer à débarrasser, sachant pertinemment qu'elle n'en achèterait pas.

De toute façon, quand bien même elle aurait eu quelques sous de trop dans le budget de la semaine, Ben Perrette, l'épicier du coin, ne gardait sûrement pas du fromage à trous dans son inventaire. Bernadette en avait vu chez Steinberg et cela coûtait une fortune.

Son soupir d'exaspération se confondit au gargouillement de l'eau du robinet qu'elle ouvrit brusquement.

Du fromage suisse! Et puis quoi encore?

Sa bonne humeur baissa d'un cran.

Marcel avait raison: il était temps d'intervenir avant que la situation ne dégénère en affrontement, le flegme et la complaisance n'étant pas les vertus dominantes des Lacaille, mère et fils. Heureusement qu'ils n'étaient pas là, ni l'un ni l'autre, pour entendre les propos de Laura, sinon la discussion aurait vite tourné au vinaigre. Malgré tout, Bernadette s'obligea à afficher son sourire des bonnes journées et se retourna enfin face à ses enfants.

— O.K. pour le macaroni si Antoine est d'accord pour manger ça.

— Pas de trouble, moman, moé avec, j'aime ben ça, le macaroni.

— Bon ben, c'est réglé. On mange du macaroni pour souper. Pis c'est ben correct de même pasque votre père pis votre grand-mère aiment ça, eux autres avec. Mais pour astheure...

Bernadette laissa volontairement planer un léger suspens. Laura leva les yeux vers sa mère, curieuse.

— Qu'est qu'il y a pour astheure?

Bernadette fixa Laura un instant et décida de l'ignorer malgré cette curiosité qu'elle voyait luire dans son regard. Pour le moment, elle devait éloigner Antoine afin d'avoir un temps seule avec elle. Elle tourna donc son attention vers son fils qui vidait méticuleusement son assiette, recueillant tout, jusqu'aux plus petites graines de pain avec l'index. De forcé qu'il avait été quelques instants auparavant, le sourire de Bernadette fut aussitôt sincère et radieux. Elle aimait voir son fils manger de bel appétit. Cela la réconfortait.

— Pour astheure, répéta-t-elle enfin, que c'est tu dirais, Antoine, d'appeler ton ami Ti-Paul pour lui dire de venir te rejoindre?

L'interpellé leva les yeux, une lueur d'interrogation au fond des prunelles.

— Ti-Paul? Pourquoi je l'appellerais? D'habitude, c'est moé qui passe le chercher pour aller à l'école pasque ça fait plus long pour lui de venir jusqu'icitte.

— Je sais tout ça. Mais j'avais pensé que pour aller chez monsieur Albert, ton ami accepterait petête de faire le détour.

— Pour aller au casse-croûte Chez Albert? Pourquoi j'y dirais d'aller chez...

— Pasqu'y' fait beau pis que j'aurais un beau cinq cennes à te donner pour acheter un popsicle que tu pourrais partager avec Ti-Paul. Faut en profiter, la saison des pops pis de la crème glacée achève!

Antoine avait déjà repoussé son assiette.

— Un popsicle? Ouais!

— Pis moé?

Le petit Charles gigotait comme un beau diable pour se libérer de sa chaise haute, persuadé que si son frère avait droit à un popsicle, lui aussi le méritait.

— Toé, mon homme, tu vas en avoir un après ta sieste.

— Oh!

— Et moi?

Laura avait beau aimer être traitée en adulte, il y avait encore de ces petites gâteries de l'enfance qu'elle ne dénigrait pas du tout! Bernadette éclata de rire devant le regard de sa fille qui, pour l'instant, ressemblait étrangement à celui de son petit frère de trois ans.

— Voyez-vous ça! Même Laura veut un pops! Me semblait que t'étais pus un bebé, toé? T'arrêtes pas de me le répéter quand t'as une permission à demander.

— Ben quoi?

Laura regardait sa mère les sourcils froncés, mortifiée qu'on se moque d'elle, d'autant plus qu'Antoine la dévisageait avec un sourire goguenard, lui habituellement plutôt imperméable aux discussions familiales. Elle haussa les épaules avec une indifférence calculée.

— C'est bon, un pops! Pis ça n'a rien à voir avec le fait d'être un bébé ou pas.

— Ben d'accord avec toé, Laura, se hâta d'approuver Bernadette pour détendre l'atmosphère. J'aime encore ça, moé avec. C'est pour ça que j'ai un cinq cennes pour toé aussi pis un autre pour moé pis Charles, un peu plus tard après-midi. Mais avant, j'aimerais que tu restes icitte quèques minutes pour que je prenne la mesure de ton bord de jupe. J'aurais justement le temps de la faire après-midi pendant que Charles va dormir.

— Ma jupe neuve que j'ai achetée samedi dernier? Parfait! Je vais pouvoir la mettre dimanche pour la messe. J'ai bien hâte que Francine la voye... la voie.

Donne-moi deux minutes, moman, je vais la mettre tout de suite. Mais je veux pas que tu la fasses trop courte, par exemple! Je ne suis plus un...

— T'es pus un bebé, je le sais! interrompit Bernadette, ravalant un second rire de moquerie. Envoye, va mettre ta jupe pendant que je couche Charles pis toé, Antoine, prends un cinq cennes dans le verre à cennes dans le coin de l'armoire, pis appelle Ti-Paul.

Quand Bernadette revint à la cuisine quelques instants plus tard portant son panier à couture devant elle, Antoine était déjà parti et Laura avait gentiment fini de débarrasser la table. Tournant le dos à la porte donnant sur le corridor, elle était déjà debout sur une chaise.

Bernadette resta immobile dans l'encadrement de la porte, volontairement silencieuse et curieusement émue. Laura, sa petite Laura, se tenait bien droite et regardait fixement quelque chose par la fenêtre. À contre-jour, ses jambes paraissaient plus longues et sa taille plus fine. Sa lourde chevelure châtain, attachée sur la nuque comme l'exigeaient les sœurs du couvent, bouclait de plus en plus depuis quelque temps et retombait en vagues souples jusqu'au milieu de son dos. Certes, Laura ne serait jamais aussi grande et mince que son amie Francine, mais elle avait déjà des allures de femme. De très jolie femme.

Bernadette secoua la tête en fermant brièvement les yeux. Sa propre jeunesse venait de la rattraper, lui encombrant subitement l'esprit.

L'été de ses seize ans avait été la saison d'Armand Bordeleau, un ami d'enfance. Il était bien gentil, Armand, et beau garçon en plus. Toutes les filles de Saint-Eustache étaient vaguement amoureuses de lui et Bernadette ne faisait pas exception à la règle. En fait, elle ne lui trouvait qu'un seul défaut.

Malheureusement, il était de taille!

En effet, Armand Bordeleau avait juré de prendre la relève de son père sur la terre ancestrale et Bernadette, elle, s'était juré de ne jamais vivre sur une ferme. L'automne avait mis un terme à leurs fréquentations. Quelques mois plus tard, à dix-sept ans à peine, Bernadette partait pour la ville.

Un sourire nostalgique affleura sur ses lèvres quand elle se demanda ce qu'il était devenu, le bel Armand, à l'instant précis où Laura, fatiguée d'attendre, venait de tourner la tête vers elle.

— Veux-tu bien me dire ce que tu fais là, plantée comme un piquet, les yeux fermés, à sourire aux anges? demanda-t-elle avec impatience. Faudrait peut-être se dépêcher, non? J'ai pas envie de me faire attraper par la mère supérieure parce que je suis en retard!

Bernadette ouvrit précipitamment les yeux, rougissante, comme si Laura avait pu lire dans ses pensées. Elle effaça son sourire, relégua aussitôt le bel Armand et sa vie campagnarde au plus profond de ses souvenirs et leva la tête vers Laura.

L'image que la jeune fille projetait, auréolée de lumière, l'atteignit en plein cœur.

Comment avait-elle pu, pas plus tard que ce matin, déclarer à Marie que Laura n'était encore qu'une enfant? Non, Laura n'était plus une enfant. Pas encore tout à fait une femme, mais certainement plus une enfant...

Peut-être était-il normal, après tout, qu'elle soit plus réservée sans que le voyage à Québec y soit pour quelque chose.

Ce fut l'écho de la voix explosive de Marcel lui traversant l'esprit qui lui fit faire les quelques pas la séparant de Laura. Normal ou pas, elle devait parler à sa fille, ne serait-ce que pour acheter la paix avec Marcel.

— T'as ben raison, ma belle, faut se dépêcher! concéda-t-elle un peu vite. J'étais dans lune... Bon! La jupe astheure...

Bernadette s'agenouilla, l'élastique de sa pelote à épingles en forme de tomate passé autour de son poignet. Repliant adroitement le tissu, elle commença à ajuster la longueur de la jupe.

— Pas trop courte, surtout!

— Crains pas, a' sera pas trop courte. Mais a' sera pas trop longue non plus, rapport que dans la revue que je regardais l'autre jour chez Perrette, j'ai remarqué que le bord des robes avait remonté un brin. Comme pendant la guerre. Tu voudrais pas que ta belle jupe neuve aye l'air démodée, hein? M'en vas la mettre juste en bas des genoux. Comme ça quand...

Bernadette parlait rapidement, tant par nervosité

que par curiosité, ne laissant aucune chance à Laura de répondre.

— Pis, à l'école? lança-t-elle vivement, consciente que ce qu'elle demandait n'avait aucun rapport avec la mode qu'elle venait d'évoquer, mais c'est tout ce qui lui était venu à l'esprit. Ça va-tu à ton goût, c't'année, à l'école? Ça doit te faire ben gros différent, astheure que Francine est pus là. Me semble que t'en parles pas beaucoup comparé aux autres années. Même ton père me disait, l'autre soir, que t'étais plus silencieuse qu'avant... Comment c'est qu'y' a dit ça, encore...

Bernadette fit mine de chercher.

— Ça me revient! «Ma fille a changé»! Ouais, c'est de même que ton père m'a fait la remarque. Y' a dit comme ça: «Laura a ben gros changé depuis qu'est revenue de Québec.» Pis y' me l'a dit pas juste une fois, tu sauras.

À bout de souffle et d'inspiration, Bernadette s'interrompit brusquement. Mais alors qu'elle allait se décider à poursuivre sur la même lancée, jugeant qu'utiliser Marcel pour faire valoir ses impressions et ses interrogations était une bonne idée, Laura la prit au dépourvu en demandant à son tour:

— Pis toi, moman, trouves-tu que j'ai changé à ce point-là?

Déconcertée, Bernadette leva machinalement la tête et son regard croisa celui de Laura qui pivotait lentement sur elle-même pour lui permettre d'ajuster et d'épingler l'ourlet de sa jupe.

Bernadette baissa aussitôt les yeux, tripotant nerveusement sa pelote à épingles. Pour se donner une certaine contenance, elle reprit le tissu entre ses doigts et ajouta une épingle là où il n'y en avait nul besoin.

— Ben...

Bernadette était embarrassée, retrouvant instinctivement l'inconfort de son univers habituel fait surtout de silence et d'hésitations. Comment dire ce que l'on ressent quand les mots se refusent obstinément à nous? Par contre, elle n'avait jamais menti à ses enfants. Alors...

Bernadette prit une profonde inspiration et, les mains toujours actives à replier et épingler la jupe, elle avoua:

— Pour te dire vrai, Laura, moé avec, je trouve que t'es pas tout à fait pareille. Ton langage aussi est différent. Je dis pas que c'est mal, tout ça, je dis juste que c'est pas pareil qu'avant pis que des fois ça sonne drôle dans mes oreilles. Comme si c'était quèqu'un d'autre que toé qui me parlait. Me semble avec que t'es plus jongleuse aussi, comme si t'avais des problèmes.

— Plus jongleuse?

Comme pour donner raison à sa mère, Laura continuait de regarder droit devant elle, par-delà les toits, là où le ciel chapeautait la cime des érables de la rue voisine. Elle resta un long moment silencieuse, puis elle reprit d'une voix évasive.

— Peut-être, admit-elle enfin, légèrement réticente. Pour le langage, je trouve ça un peu drôle que tu me dises ça. Me semble que t'as jamais passé de remarques sur mononcle Adrien. Pourtant, lui aussi, y' parle bien. Pis pour le reste, c'est sûr que je pense plus qu'avant, que je réfléchis plus souvent. Les sœurs nous laissent pas vraiment le choix avec tous les travaux qu'on a à faire.

— Ah oui! Les travaux... C'est vrai que t'es rendue en dixième année... Je peux pas vraiment savoir, rapport que moé, j'ai arrêté l'école après ma neuvième pour aider ma mère à maison. Pis pour Adrien, c'est autre chose. Lui, je l'ai toujours connu à parler comme dans les livres. Toé, c'est pas pareil pis ça me fait bizarre de t'entendre parler comme un dictionnaire. Pis là, je te dis pas ce que ton père en pense! Pis ton été? osa enfin demander Bernadette, bien décidée à aller au bout de ses interrogations, surtout que Laura ne l'interrompait pas. Comment ça s'est passé, ton été, à Québec? T'en as quasiment rien dit.

— Mon été?

Laura délaissa la fenêtre et regardant par-dessus son épaule, elle jeta un coup d'œil à sa mère qui piquait toujours le bas de sa jupe, alignant plus d'épingles qu'elle n'en avait jamais utilisé pour le bord d'une jupe.

— Ça s'est bien passé chez Cécile.

— Pourquoi t'en as pas parlé, d'abord? T'avais pourtant l'habitude de toute me raconter, avant.

Laura haussa les épaules.

— C'est peut-être pasqu'y avait pas grand-chose à dire. La vie là-bas ressemblait pas mal à la vie d'ici.

— Ben voyons don, toé! Viens pas me faire accroire

que des docteurs, ça vit comme nous autres. Pas dans une maison grande comme un château. C'est Adrien qui m'en a parlé. Pourtant, lui, y' est habitué aux grandes maisons.

— Pourquoi ça serait différent parce que la maison est plus grande? Une journée, ça restera toujours une journée avec trois repas et du travail.

— Ouais... Tant qu'à ça... N'empêche que des docteurs, ça doit ben avoir une vie un brin différente de la nôtre, tu me feras pas dire le contraire.

— C'est sûr que des fois...

Laura était hésitante, ce qui aiguisa la curiosité de Bernadette.

— Des fois?

— C'est sûr qu'y avait des choses différentes. Le dimanche soir, par exemple, on allait toujours souper au restaurant.

— Ah ouais? Au restaurant... Hé ben... Quelle sorte de restaurant? Comme au casse-croûte de monsieur Albert?

Laura se mit à rougir.

— Pas vraiment... Je dirais que c'étaient plutôt des restaurants chics. Comme au Château Frontenac, par exemple.

— T'as mangé au Château Frontenac? Toé, Laura Lacaille, t'as mangé au Château Frontenac? Hé ben... Pis quoi d'autre?

— Cécile m'amenait toutes les semaines à la bibliothèque pour que je puisse me choisir des livres. On allait aux vues, aussi. Pis au concert. Mais pour le reste, je te jure que c'était pas mal pareil à ici.

— Aux vues... Pis au concert... T'es pas mal chanceuse d'avoir fait tout ça, ma fille. Pis la bibliothèque, pis les restaurants chics. Je comprends mieux astheure pourquoi c'est faire que tu passes ton temps à lire. Ce que je comprends pas, par exemple, c'est pourquoi t'en as pas parlé. Me semble que c'est des choses à raconter, ça, quand on revient d'un long voyage de même. Tu trouves pas, toé?

— Peut-être, oui, mais avec popa, j'aimais mieux pas.

— Que c'est que ton père a à voir là-dedans?

— Je voulais pas le choquer. Tu le sais bien comment il est, non? Je suis certaine qu'il aurait trouvé quelque chose à redire pour me montrer bien comme faut que c'est lui qui avait raison pis que j'aurais pas dû partir. Que ce monde-là, c'est pas du monde comme nous autres. Je voulais pas qu'il pense que maintenant que j'avais connu ça, je voudrais toujours recommencer. Pis... pis je voulais pas te faire de peine, des fois que toi aussi, tu aimerais ça, aller au restaurant pis aux vues.

— Ben voyons don, Laura! Tu le sais ben que si toé t'es contente, ça me suffit. Chus pas envieuse de nature. Pas envieuse pantoute... Tu vois, c'est le contraire qui est arrivé. C'est de pas me parler qui m'a fait de la peine. J'étais inquiète, je trouvais que tu te ressemblais pus. Je pensais que Cécile t'avait toute changée pis que tu trouvais que notre vie était pus assez bonne pour toé.

— Ben voyons don, moman!

S'appuyant sur le dossier de la chaise, Laura sauta sur le plancher.

— Je pense que t'as assez mis d'épingles sur ma jupe. Un peu plus, pis c'est moi qui vas me transformer en pelote! lança-t-elle, malicieuse.

Puis, redevenue sérieuse, elle ajouta:

— Non, c'est pas Cécile qui m'a changée. C'est sûr que c'est elle qui m'a donné envie de lire pis que c'est elle aussi qui m'a dit de changer ma manière de parler. Pour ça, c'est vrai, t'as raison. Mais c'est tout. Cécile a pas pu me changer tant que ça parce qu'elle te ressemble beaucoup.

— Ah oui? Une femme docteur qui me ressemble? Hé ben... J'aurai tout entendu, moé, à midi!

— C'est pas le fait d'être docteur qui fait que Cécile est comme elle est. Toi aussi, t'aurais pu faire un métier si t'avais été plus longtemps à l'école pis tu serais la même. Non, moi, je dirais que c'est Francine qui m'a le plus fait réfléchir. Qui m'a donné le plus envie de changer, comme tu dis.

— Francine?

— Ouais... Quand je suis revenue de Québec pis que je l'ai revue, la fois où elle m'a dit qu'elle retournerait plus jamais à l'école, j'ai compris que je voulais pas que ma vie ressemble à la sienne. Tu devrais la voir, moman! Ça a juste pas d'allure! Savais-tu que maintenant Francine se maquille comme une actrice de cinéma pis qu'elle fume des cigarettes longues de même? On dirait jamais qu'elle a pas encore seize ans... Comment je pourrais t'expliquer ça?

Laura se tut un instant. Elle se mordillait la lèvre, cherchant l'image qui rendrait la pensée.

— Francine a déjà l'air vieille, reprit-elle enfin. Ouais, c'est en plein ça. Francine a l'air d'une femme déjà vieille. Pis moi, je veux pas ressembler à ça. J'ai pas envie de me retrouver comme elle, dans une shop, à coudre toute la sainte journée. Je veux pas m'éreinter pendant des années sur une machine qui fait un vacarme d'enfer ou ben passer mes journées à servir du monde dans l'odeur de la graisse pis de la fumée avant de me trouver un mari qui va me faire vivre.

Bernadette se sentit visée par ces derniers mots.

— Que c'est que t'as contre le fait d'avoir un mari?

— Oh! Rien... C'est sûr que j'aimerais ça, me marier un jour pis avoir des enfants. J'aime ça, les enfants, tu le sais. Mais je veux autre chose aussi.

— Autre chose comme quoi?

— Autre chose comme un métier que je vais aimer. Ça t'arrive pas, toi, d'avoir envie de faire autre chose que de t'occuper de la maison pis de nous autres? T'aurais pas envie, des fois, de voir d'autre monde, de voir d'autre chose que les murs de l'appartement de notre grand-mère?

Ce fut au tour de Bernadette de rester silencieuse un moment.

— Je sais pas trop... Je me suis jamais posé la question...

Brusquement, le visage de Bernadette s'éclaira.

— D'autre monde, j'en vois en masse, tu sauras! Y a Marie Veilleux que je vois pas mal souvent, pis ma sœur Monique de temps en temps. Y a Albert, aussi, avec qui je jase quand j'vas manger un sundae, pis Ben Perrette, tant qu'à y être, quand j'vas à l'épicerie au lieu du Steinberg...

Bernadette était toujours accroupie, sourcils froncés, tandis qu'elle énumérait les gens de son entourage qu'elle croisait régulièrement.

— Non, je pense pas que je voudrais autre chose, ajouta-t-elle après un second moment de réflexion. J'aime ben la vie que je mène icitte, avec toé pis tes frères, pis Évangéline comme de raison. On s'adonne ben, elle pis moé, depuis quèque temps. Pis laisse-moé te dire que l'ouvrage que j'ai icitte est ben suffisante pour occuper mes journées. Je vois vraiment pas comment c'est que je pourrais faire pour avoir une autre job en même temps. Mais toé, t'as le droit de penser autrement, c'est ben certain.

Les mots que Marie avait dits à Bernadette, ce matin, revenaient en écho dans sa tête alors qu'à sa manière, elle les répétait à Laura. «Chacun a sa façon d'être pis sa façon de penser aussi. Ça, pour moé, c'est ben important.»

En cet instant où Laura lui confiait ses rêves d'avenir, Bernadette comprenait tout le sens et la portée des paroles de Marie.

— Ouais, reprit-elle, t'as le droit de penser à ta vie

comme tu l'entends. Faudrait juste que tu soyes un peu plus comme avant avec ton père. Plus jasante aux repas pis parler avec des mots qu'on est habitués. Pasque ton père, lui, les changements, y' aime pas trop ça. Y' est comme sa mère.

Même si Laura n'avait pas l'air vraiment convaincue, elle approuva d'un bref signe de tête.

— Je peux bien essayer, si tu penses que c'est important.

— Pour la paix dans maison, ouais, je pense que c'est important. Tu sais comme moé que c'est pas l'idéal quand ton père se met à réfléchir à sa manière pis à s'inquiéter pour rien.

Tout en parlant, appuyée sur le siège de la chaise, Bernadette s'était relevée. C'est alors que Laura s'approcha d'elle et, passant un bras autour de son cou, elle l'embrassa sur la joue.

— Tu viens de le dire, moman, popa s'inquiète pour rien.

Le visage empourpré parce que les gestes d'affection étaient plutôt rares dans leur famille, Laura recula aussitôt d'un pas avant de se détourner pour regagner rapidement le corridor. Pourtant, arrivée à la porte, elle s'arrêta brusquement et, après une courte hésitation, se retourna vers sa mère.

— Ouais, popa s'inquiète pour rien, répéta-t-elle, parce que, dans le fond, j'ai pas changé tant que ça. Je veux toujours devenir maîtresse d'école. Ça fait au moins deux ans que j'en parle. C'est juste que j'ai décidé de me donner les outils pour y arriver. Là, je te l'accorde, c'est Cécile qui parle de même. Mais ça change pas grand-chose. Ce que je comprends moins, par exemple, c'est que popa s'inquiète pour moi, mais qu'il s'inquiète pas pour Antoine. Pourtant, s'il y en a un qui dit rien, c'est bien lui.

Au nom de son fils, Bernadette avait tressailli.

— Comme ça, toé avec, t'as remarqué que ton frère était plutôt renfermé?

— Difficile de passer à côté, tu penses pas?

Comme Bernadette ne répondait rien, Laura enchaîna:

— Pis avant que tu me le demandes, j'ai pas changé non plus face à Francine. J'veux toujours qu'elle soit mon amie. Je me dis qu'avec un peu de chance, je vais peut-être réussir à la convaincre de pas lâcher complètement les études. Maudite marde, ça a pas d'allure, ce qu'elle est en train de faire là! C'est pas une vie, ça, passer son temps à s'éreinter sur une machine à coudre... Maintenant, faut que je me change avant de partir. Faut même que je me dépêche. Je vais être en retard à l'école si on continue à jaser comme ça, pis ça me tente pas pantoute de me faire attraper par la directrice. À ce soir, moman!

CHAPITRE 2

Le cul su'l' bord du cap Diamant
Les pieds dans l'eau du Saint-Laurent
J'ai jasé un p'tit bout d'temps
Avec le grand Jos Montferrand...

Jos Montferrand
Paroles de Gilles Vigneault,
chanté par Jacques Labrecque jusqu'en 1960

Vendredi 17 octobre 1958

Depuis très tôt ce matin, Anne était au piano. Elle avait décliné l'offre de Robert qui lui avait proposé de travailler en matinée à la procure pour se changer les idées et de conserver l'après-midi pour sa séance de répétition. Il avait même été prêt à prendre quelques minutes de son précieux temps pour venir la reconduire en camion à l'heure du midi.

— Je te remercie, mais je préfère rester ici.

Anne avait été catégorique.

— J'ai besoin de toute la journée si je veux que mes partitions soient impeccables quand tu te joindras à moi.

L'œil vif et les cheveux en bataille, il était évident

qu'Anne ne discuterait ni ne changerait d'avis. Robert n'avait pas insisté.

Pour une toute première fois et après de nombreuses heures de tractation entre Anne et Robert, ce dernier avait enfin consenti à accompagner son épouse lors du prochain spectacle qu'elle donnerait dans un petit bar de l'Ouest montréalais, là où elle avait commencé sa carrière, quelque cinq ans auparavant, et où elle conservait son plus fidèle public, qui allait croissant d'une représentation à l'autre. Ce fait avait grandement influencé Robert, il fallait bien le reconnaître. Pour Anne, pour la carrière de sa femme, il était prêt à consentir à bien des compromis.

— Mais c'est bien parce que c'est toi, avait-il lancé, mi-figue mi-raisin, quand il avait finalement déposé les armes, s'engageant à l'accompagner lors de son prochain spectacle. Pourtant, je m'étais juré de ne plus jamais remettre les pieds sur une scène. Je déteste vraiment cela, tous ces regards braqués sur moi. J'ai toujours l'impression que les gens qui me regardent attendent la fausse note qui leur permettra de se moquer de...

— Une fausse note? Toi?

La discussion s'était terminée dans un grand éclat de rire partagé avant qu'ils se penchent à deux sur les feuilles de musique. Anne serait au piano, bien entendu, et Robert jouerait de la contrebasse. Ensemble, ils avaient repris quelques anciennes chansons qu'ils avaient adaptées au goût du temps, leur insufflant un rythme plus rapide, plus jazzé. Après de longues heures de travail, ils étaient particulièrement fiers des résultats obtenus.

Et c'étaient ces mêmes chansons qu'Anne avait dit vouloir pratiquer ce matin pour être prête à jouer en duo quand Robert reviendrait du magasin.

Pourtant, devant elle, sur le piano, il n'y avait aucune partition.

Et la musique qu'elle jouait n'avait rien à voir avec les chansons un peu rythmées que Robert et elle avaient préparées pour le concert.

En ce moment, c'était l'âme de Beethoven qui revivait dans le salon... un Beethoven blessé, aigri. Anne jouait un passage de *La pathétique*...

Assise bien droite au piano, la jeune femme jouait de mémoire, les yeux fermés, les doigts volant au-dessus du clavier. Beethoven restait son préféré quand elle avait mal, quand la colère l'habitait, quand le désespoir envahissait sa vie.

Ce matin, c'était la colère qui dominait. La colère et une forme de tristesse auxquelles Anne se refusait habituellement. Ces émotions ambiguës l'avaient amenée à puiser dans le répertoire classique ayant jadis servi lors de ses études de musique chez madame Mathilde.

Anne ne voyait pas le temps filer. Les notes résonnaient contre les murs du salon, et dans son cœur, c'était le nom d'Antoine qui s'y associait.

Antoine qu'elle n'avait presque pas revu depuis l'été. Peut-être l'avait-elle croisé deux ou trois fois sur la rue, mais, jusqu'à maintenant, il avait toujours décliné ses invitations à venir chez elle. Pourquoi?

Antoine avait-il peur d'elle aussi?

De toute évidence, le jeune garçon avait peur de quelque chose, comme elle, enfant, avait eu peur de sa mère qui buvait. Au sujet d'Antoine, Anne était convaincue qu'elle ne pouvait se tromper. D'autant plus qu'il lui avait avoué détester son professeur de dessin.

Que se passait-il, le samedi, quand Antoine se présentait à ses cours? Cet homme qu'elle n'avait qu'aperçu dans l'embrasure de sa porte buvait-il comme Blanche le faisait? Était-ce cela qui faisait si peur à Antoine? Un homme saoul et violent qui passait son temps à l'accuser de tous les maux de l'univers? Qui passait son temps à le rabaisser, à le frapper peut-être?

Quel mot Antoine avait-il dit, encore?

Tout en jouant, les pensées d'Anne étaient tout entières tournées vers le jeune garçon.

Elle fronça les sourcils.

Ah oui! *Tapette...* Antoine détestait quand on le traitait de tapette, voilà ce qu'il lui avait dit quand elle l'avait accompagné jusqu'à la porte du professeur de dessin.

Anne aurait tant voulu savoir ce qui se passait, le samedi, chez cet homme aux allures un peu sinistres. Elle aurait tant voulu aider Antoine, mais, pour l'instant, elle ne faisait que se buter sur des suppositions.

Pourtant, Anne pensait de plus en plus souvent à lui. Antoine n'était plus qu'un simple voisin à ses yeux, il était le reflet de sa propre enfance. Une enfance où elle avait espéré de toutes ses forces rencontrer quelqu'un qui aurait pu la comprendre, l'aider. Quelqu'un à qui elle aurait pu confier le fardeau de ses déceptions et de ses peurs qui était si lourd à porter pour ses épaules de gamine.

D'une pensée involontaire à un rêve trop réel, Antoine était aussi devenu celui qui aurait pu ressembler à cet enfant qu'elle n'aurait jamais pour toutes sortes de raisons, plus mauvaises et fausses les unes que les autres, mais auxquelles Anne s'accrochait obstinément pour justifier, devant ses sœurs, l'absence de bébés dans la drôle de famille qu'elle formait avec Robert.

C'est pour cela que ce matin, Anne jouait *La pathétique* de Beethoven avec ferveur, avec rage. Pour oublier que par choix, elle n'aurait jamais d'enfant. Pour oublier qu'un jeune garçon prénommé Antoine détournait les yeux de la main qu'elle lui tendait.

Quand les notes eurent épuisé les larmes qu'elle refusait de verser, quand ses épaules endolories et ses mains fatiguées demandèrent grâce, Anne resta immobile au piano sans ouvrir les yeux.

Le silence gagna peu à peu le salon et la solitude qu'elle avait pourtant recherchée, ce matin, lui devint vite insupportable.

Dans ces moments de tristesse, quand la vie qu'elle menait semblait ne plus vouloir suffire à la rendre pleinement heureuse, l'ennui de son père et d'Antoinette, sa compagne, se faisait cruellement sentir.

Anne se releva en soupirant. Elle fit quelques pas et

vint se poster à la fenêtre. Du bout de l'index, elle repoussa le rideau. Dehors, le ciel était menaçant et les arbres étaient malmenés par un grand vent du nord.

Anne détestait l'hiver et le froid. Pourtant, enfant, c'était sa saison préférée. Était-ce la petite chambre glaciale au fond de l'appartement de sa mère qui avait changé sa perception? Elle y avait vécu deux trop longs hivers et depuis, elle ne tolérait plus le froid.

Anne s'attarda à regarder l'érable de ses voisins d'en face qui se dépouillait à vue d'œil. Un sourire fugace éclaira ses traits. Quand elle était petite et qu'il faisait un temps comme celui d'aujourd'hui, elle disait qu'il pleuvait des feuilles.

Un long frisson secoua les épaules d'Anne.

Quel temps faisait-il au Connecticut, là où vivait l'autre moitié de sa famille? Habituellement, en octobre, c'était encore un peu l'été, là-bas.

Elle aurait donné toute une année de sa vie pour se retrouver au bord de la mer, auprès de son père, d'Antoinette et de Jason, son demi-frère, qui était probablement le seul à tout savoir de son passé, de ses rêves, de ses déceptions. Même Robert, son mari, ne serait jamais aussi proche d'elle que Jason pouvait l'être.

Avant d'apprendre que Jason était son frère, Anne avait été amoureuse de lui et elle savait que ce sentiment était partagé même s'ils n'en avaient jamais vraiment parlé. Entre Jason et elle, il y aurait toujours une intimité un peu particulière faite de sentiments sincères, d'espoirs déçus et de respect mutuel.

Anne secoua la tête pour éloigner certaines pensées, puis elle laissa retomber le rideau et revint face à la pièce. Le piano semblait n'attendre qu'elle. Un piano vide de toute partition.

Un second sourire, aussi éphémère que fragile, un peu moqueur, traversa le regard d'Anne quand elle posa les yeux sur le clavier.

Quel aplomb d'avoir osé prétendre l'obligation de se préparer durant toute une journée pour jouer en duo! Jamais concert n'avait été aussi étudié, aussi peaufiné que celui qui aurait lieu le mois prochain. Ses partitions, elle les savait par cœur et pouvait les jouer les yeux fermés, comme Beethoven. Elle espérait tant être à la hauteur du talent de son mari qui était un musicien exceptionnel. Elle était tellement heureuse que Robert ait enfin consenti à l'accompagner.

D'où lui venait alors ce vague à l'âme qui l'attendait ce matin au réveil? D'un rêve un peu trop précis qui ressemblait à une réalité qui n'existerait jamais?

Avait-elle encore une fois rêvé d'Antoine?

Un long soupir tremblant gonfla la poitrine d'Anne.

Avait-elle encore une fois rêvé d'un Antoine plus jeune, un peu différent et qui l'appelait maman? Ou alors d'un Antoine qui ressemblait à s'y méprendre à son jeune voisin et qui l'appelait sans qu'elle arrive à le rejoindre? Anne ne se souvenait pas. Seul ce vague à l'âme la guettait au sortir de la nuit, mais il était suffisamment douloureux pour qu'elle sente le besoin de mentir à Robert et insiste pour rester seule à la maison.

Anne regarda longuement autour d'elle, désœuvrée, indécise. Qu'allait-elle faire de cette journée encore jeune?

Elle se décida sur un coup de tête, comme elle l'avait si souvent fait dans sa vie. Elle pivota sur elle-même et se précipita vers l'entrée où elle attrapa son manteau. Elle claqua la porte derrière elle et sans la verrouiller, elle dévala l'escalier et se dirigea vers l'intersection.

Quand plus rien n'allait, quand elle n'arrivait plus à se comprendre elle-même, il n'y avait qu'une seule personne dans toute la ville de Montréal capable de l'aider. Quelqu'un qui avait été pour elle à la fois une mère et une sœur.

Tout en marchant à grandes enjambées pour rejoindre l'arrêt d'autobus, Anne croisa puérilement les doigts au fond de sa poche.

Pourvu que Charlotte soit chez elle!

La pluie commença à tomber durant le long trajet en autobus la menant vers l'ouest de la ville, où habitait Charlotte, et comme elle n'avait pas emporté de parapluie, quand elle sonna à la porte de sa sœur, Anne était complètement détrempée.

— Mais veux-tu bien me dire...

Les sourcils relevés jusque sous la frange de ses cheveux, Charlotte s'effaça pour laisser entrer celle qu'elle s'entêtait à appeler sa petite sœur.

— Mais qu'est-ce que tu fais ici à dix heures le matin? Tu ne travailles pas? Il me semblait que vous débordiez d'ouvrage à la procure, vous deux? Et as-tu vu ton allure? Un plan pour attraper ton coup de mort! Vous n'avez pas de parapluies, chez vous, Robert et toi? Allez! Viens, suis-moi. Je vais te prêter une serviette pour sécher le plus gros et un chandail bien chaud.

Tout en parlant, Charlotte prit Anne par la main, comme une petite fille, et elle la remorqua derrière elle dans le dédale de sa grande maison.

— Voir si ça a du bon sens de se promener sous la pluie comme ça! À quoi as-tu pensé, ma pauvre fille? Aurais-tu oublié que tu donnes une série de récitals dans moins d'un mois? Tu aurais l'air fin de jouer du piano avec une boîte de Kleenex sur le bord du clavier.

Elles étaient arrivées dans la salle de lavage, à l'arrière de la maison, et Anne n'avait toujours pas réussi à placer un mot. Charlotte lui tendit une grande serviette de bain encore chaude.

— C'est merveilleux, ce nouvel engin! fit-elle en pointant un gros appareil blanc placé tout à côté de la lessiveuse. C'est Jean-Louis qui me l'a offert. Fini la corvée de la corde à linge... Alors, Anne? Vas-tu finir par me dire ce que tu fais ici d'aussi bonne heure un vendredi matin?

— Si tu me laisses le temps de parler, je vais finir par te le dire, fit Anne en reniflant. Mon Dieu que j'ai froid!

— Commence par enlever ton linge mouillé, ordonna Charlotte en quittant la pièce. Sèche-toi les cheveux, change-toi et viens me rejoindre à la cuisine. Il doit rester un fond de cafetière encore tout chaud. Tu me raconteras tout ce que tu voudras quand tu seras bien au sec. Laisse ton manteau et ton chandail sur la sécheuse, je vais m'en occuper tout à l'heure.

Tout en parlant, Charlotte avait trouvé un chandail à elle dans la pile de linge qui attendait d'être rangé.

Anne ne se fit pas prier pour enlever ses vêtements détrempés.

Quelques instants plus tard, les deux sœurs étaient attablées à la cuisine devant un café bien chaud et quelques tranches de pain aux bananes que Charlotte avait disposées sur une assiette. Gourmande comme toujours, Anne tendait déjà la main.

— C'est bon, fit-elle tout en levant les yeux vers sa sœur dès qu'elle eut avalé une bouchée.

Puis, après une seconde bouchée qui engloutit tout le reste du morceau qu'elle avait à la main, elle ajouta, moqueuse:

— C'est pour ça que je suis ici, ce matin. Pour ton gâteau aux bananes. Est-ce que ça répond à ta question?

Charlotte éclata de rire.

— Voyez-vous ça! Mon gâteau... Tu n'as qu'à t'en faire et ça t'évitera de marcher sous la pluie.

Anne haussa les épaules avec désinvolture.

— Tu sais bien que je ne cuisine pas. Je n'y connais rien et je n'aime pas vraiment ça. Chez nous, c'est Robert qui s'occupe des repas. Malheureusement, il ne fait jamais de gâteau. Alors, quand j'ai envie de manger du gâteau aux bananes, je viens chez toi et ce n'est surtout pas une petite averse qui va m'arrêter.

Charlotte n'était pas née de la dernière pluie et elle connaissait sa jeune sœur comme elle connaissait ses propres filles. Quand Anne avait ce regard sombre et hermétique, invariablement, quelque chose n'allait pas. Pourtant, Charlotte n'insista pas. Avec Anne, il fallait savoir attendre qu'elle soit prête à parler.

— D'accord, admit-elle, conciliante. Tu es venue chez moi pour manger du gâteau aux bananes sans savoir s'il y en aurait...

Anne avait repris un morceau. Elle leva les yeux vers Charlotte.

— Exactement, fit-elle candidement.

Sur ces mots, elle croqua la moitié du second morceau qu'elle tenait devant elle, à hauteur de visage.

— Disons, avoua-t-elle enfin, la bouche pleine, disons que je suis aussi venue pour voir ma filleule. Où est-elle? On n'entend pas le moindre bruit, ici. Il me semble qu'une petite fille de quatre ans, ça fait du bruit, non?

— Pas toujours. Et surtout pas Clara! J'ai eu la chance d'avoir deux filles particulièrement sages. Pour l'instant, Clara est dans sa chambre. Elle joue avec ses poupées de papier. Elle peut passer des heures à jouer toute seule.

— Des heures? Avec des poupées de papier? Ça, c'est un mystère que tu vas devoir m'expliquer... Comment peut-on passer des heures avec des bouts de papier et trouver ça amusant?

— Tu n'auras qu'à le demander à Clara. Elle peut

très bien te répondre elle-même. Ce n'est plus un bébé, tu sais!

— C'est vrai... déjà quatre ans... C'est fou comme le temps passe vite! N'empêche que moi, à son âge, j'aimais mieux grimper aux arbres!

— Pour ça... Je m'en souviens très bien. Maman n'en dormait plus. Il lui arrivait même de...

— S'il te plaît...

Si la chose pouvait être possible, le regard d'Anne était devenu encore plus sombre, comme un ciel de nuit orageuse.

— Si ça ne te fait rien, Charlotte, on va parler d'autre chose. Blanche n'a jamais été un sujet de conversation pour moi. Sauf quand je suis avec Émilie, reconnut Anne en faisant la moue, mais c'est bien parce que je n'ai pas le choix.

— D'accord... Je comprends... Alors, de quoi parle-t-on? À moins que tu ne veuilles monter rejoindre ta filleule tout de suite? C'est bien ce que tu m'as dit, non? Que tu étais ici pour la voir?

— Oui...

Du bout du doigt, Anne était en train d'émietter le dernier morceau de gâteau qui restait dans l'assiette.

— Oui, c'est bien ce que j'ai dit et c'est vrai: j'ai vraiment envie de voir Clara. Je ne m'occupe pas assez d'elle. Après tout, c'est ma filleule... Mais avant...

Anne attrapa une miette de gâteau et la porta à sa bouche. Elle prit un temps infini à la mâchouiller avant de se décider à lever les yeux vers Charlotte.

— Mais avant, j'aimerais te parler de quelqu'un que j'aime beaucoup. Enfin... de quelqu'un pour qui j'ai de l'affection, disons, car, malheureusement, je ne le connais pas assez. Pas comme je le voudrais.

Alertée, Charlotte fronça les sourcils.

— Tu as rencontré quelqu'un d'autre? demanda-t-elle sans vraiment réfléchir. Robert et toi, ça ne va pas comme tu l'espérais et tu veux le quitter?

Cette présomption eut l'heur de blesser Anne. Celle-ci posa sur Charlotte un regard indéfinissable, à la fois blasé et irrité.

— Tu erres, ma pauvre Charlotte! Ça n'a jamais été aussi bien qu'en ce moment entre Robert et moi. Je sais bien que les gens ne comprennent pas que je puisse être amoureuse de ce vieux monsieur-là, mais c'est comme ça. Je commence à en avoir assez de toujours avoir à défendre mon...

— Ce n'est pas ce que je voulais dire, interrompit vivement Charlotte. Et tu le sais fort bien. Mais admets tout de même que tes paroles avaient un petit quelque chose d'équivoque, non?

La colère d'Anne retomba aussi vite qu'elle avait levé.

— Oui, je le sais. Excuse-moi. Tu es bien la seule à ne pas m'avoir fait de remarque quand je me suis mariée avec Robert... Je veux juste que tu saches que je suis heureuse avec lui. En plus, on prépare un concert où il a accepté de m'accompagner et rien ne pourrait me faire plus plaisir.

— Alors? Qui est ce mystérieux inconnu que tu aimerais mieux connaître et qui te donne ce regard de Walkyrie sur le sentier de la guerre?

L'image suggérée arracha enfin un sourire à Anne.

— Une Walkyrie! Tu n'y vas pas avec le dos de la cuillère... Mais c'est vrai que je suis choquée, que je sais pourquoi, mais que je ne sais pas quoi faire. Disons que l'inconnu s'appelle Antoine. Il doit avoir à peu près dix ou douze ans, c'est difficile à dire. C'est un jeune qui habite dans la même rue que nous. Et il est malheureux. Je sais reconnaître ces choses-là et je suis certaine qu'il est profondément blessé. Mais je n'arrive pas à savoir pourquoi... Laisse-moi d'abord te raconter comment je l'ai connu et pourquoi je pense qu'il est malheureux. Au début, je ne savais même pas qu'il habitait la même rue que moi, mais avec le temps...

Et Anne de décrire les deux occasions qu'elle avait eues de parler avec Antoine: la première fois, en juin, quand elle l'avait trouvé malade près d'une école du quartier et la seconde, quand elle l'avait accompagné jusque chez son professeur de dessin, un certain samedi au début du mois d'août.

— Tu aurais dû le voir, son fameux professeur! fulmina-t-elle, les cheveux en bataille. Je ne l'ai qu'aperçu dans l'entrebâillement de la porte, j'étais déjà au bout de la rue, mais je te jure qu'il était sinistre, cet homme-là! Grand, sec comme un piquet de clôture, un long nez... De quoi faire peur sans l'ombre d'un doute... Mais de là à en être malade... Parce que c'est aussi un samedi, après son cours de dessin, que j'ai trouvé Antoine plié en deux, accoté sur un arbre, en train de vomir. À ce moment-là, je ne savais pas encore qui il était. Laisse-moi te dire qu'il n'en menait pas large... Déjà qu'il est plutôt délicat. Pauvre enfant.

Depuis l'instant où Anne s'était mise à parler, Charlotte avait tous ses sens en alerte. Son mari, Jean-Louis, pédiatre à l'hôpital Sainte-Justine, lui racontait parfois des histoires d'horreur concernant certains enfants maltraités.

— Et ceux que l'on reçoit sont les chanceux, crois-moi, lui disait-il régulièrement. Au moins, eux, on peut les aider. C'est quand je pense à tous les autres, ceux qu'on ne verra jamais, ceux dont on n'entendra jamais parler que je frémis. Je ne comprends pas, Charlotte! Je ne comprends pas qu'on puisse, délibérément, faire mal à un enfant, à un bébé. C'est monstrueux.

C'est pourquoi, depuis quelques années, Charlotte se présentait régulièrement à l'hôpital pour rencontrer les enfants. Elle s'installait dans la grande salle vitrée au bout du couloir et elle racontait des histoires à tous ceux qui voulaient bien assister à ses séances de contes improvisées. Encouragée en ce sens par son mari, elle osait croire que les quelques heures de rêve qu'elle offrait aux enfants aidaient un peu à faire oublier la maladie, la douleur, les sévices, parfois.

Ainsi, ce matin, Charlotte comprenait très bien ce qu'Anne devait ressentir devant ce petit garçon. Pourtant, malgré tout ce qu'elle pouvait en penser, Charlotte

savait aussi qu'on ne peut s'imposer dans de telles circonstances. C'est pourquoi, dès qu'Anne se tut, elle
demanda, espérant que la réponse serait positive, pour
autant que sa sœur ait vu juste:

— As-tu des preuves de ce que tu me dis? Est-ce que
ton inquiétude découle simplement d'un pressentiment ou Antoine t'a clairement dit ce qui se passait
pour qu'il soit malheureux? Tu sais, bien des enfants
font des montagnes avec des riens. Il suffit que ton petit
Antoine n'aime pas le dessin pour transposer son état
d'âme sur son professeur et lui inventer tous les défauts
du monde. Mais d'un autre côté, tu as peut-être raison.
Peut-être bien qu'il se passe quelque chose dans la vie
de ce garçon, à ses cours ou ailleurs, remarque, et qu'il
ne sache comment le dire. La plupart des enfants tai-
sent des horreurs parce qu'ils ont peur des conséquences. Mais je le répète: si toi, une simple voisine, tu
veux intervenir, il va falloir que tu aies des preuves
solides de ce que tu avances. C'est bête, mais c'est
comme ça.

Un peu plus et Anne se serait mise à trépigner.

— Des preuves? Si un regard désespéré est une
preuve, alors oui, j'en ai. Si d'avouer que l'on déteste
quelqu'un parce qu'il est méchant, c'en est une autre,
ça fait deux. Car c'est ce qu'Antoine m'a dit. Son professeur n'est pas tellement gentil avec lui, ce sont ses
propres mots. Quand Antoine parle de lui, la peur
suinte de ses paroles.

— Tu sais comme moi que ce ne sont pas vraiment

des preuves, ça, Anne. Pas comme on l'entend généralement et ce n'est sûrement pas suffisant pour débarquer avec tes gros sabots.

— C'est parce que tu ne l'as pas vu que tu parles
comme ça!

Emportée par la tournure que prenait la conversation, Anne assena un violent coup sur la table, du plat
de la main.

— Sapristi, Charlotte! Cet enfant-là n'est pas heureux, tu peux me croire. Cet enfant-là vit un drame,
j'en suis persuadée. Je le sens, là, fit-elle en se pointant
le cœur. Et je sais que je ne me trompe pas.

— Alors, essaie de le faire parler. C'est tout ce que
tu peux faire pour l'instant.

Anne leva les yeux au plafond en soupirant d'impatience avant de reporter son regard brillant de colère
sur sa sœur.

— Allons donc! Voir que je ne peux pas faire plus
que ça! De toute façon, ce n'est pas facile de faire parler
quelqu'un qui vous fuit. Parce qu'imagine-toi donc, en
plus, depuis l'été, on dirait qu'Antoine a peur de moi
aussi. Il marche les yeux au sol, à petits pas pressés.
Quand je réussis à lui parler et que je l'invite à venir
me voir, il répond évasivement. Bon sang, Charlotte!
Je ne peux pas rester comme ça à le voir rapetisser à vue
d'œil. C'est un peu fou de dire ça, mais c'est vraiment
l'impression qu'il me donne. Au lieu de grandir comme
tous les gamins de son âge, on dirait qu'Antoine
rapetisse. Il rapetisse par en dedans. Et là, crois-moi, je

sais de quoi je parle. Moi aussi, j'ai eu cette sensation quand j'étais petite et laisse-moi te dire que ça fait mal. Très mal.

À bout de souffle, Anne se tut brusquement et le silence qui suivit vibra de toute la rancœur que la jeune femme ressentait.

— Voir que je ne peux rien faire, répéta-t-elle quelques instants plus tard, la colère ressentie transformée brusquement en désarroi.

Comprenant qu'Anne était sincèrement malheureuse, Charlotte tendit le bras en travers de la table pour poser sa main sur celle de sa sœur et suggéra:

— Veux-tu que j'en parle à Jean-Louis? Après tout, il passe sa vie dans un milieu où il en voit de toutes les couleurs. Peut-être aurait-il une solution que moi, je ne vois pas.

— Peut-être...

La colère qu'Anne avait éprouvée depuis le matin n'était plus qu'un vague souvenir. Ne restait en elle que cette tristesse qui accompagnait souvent ses rêveries quand elle pensait à Antoine.

Si elle était sa mère, jamais elle ne permettrait qu'il soit malheureux à ce point. Si elle était sa mère, elle aurait deviné depuis longtemps ce qui tracassait son fils. Si elle était sa mère, elle l'aimerait tellement que rien, jamais, ne pourrait lui arriver.

Ce fut à cet instant, comme si Anne était aussi transparente que le verre, que Charlotte demanda d'une voix très douce:

— Je vois bien que tu l'aimes comme s'il était le tien! Connais-tu sa famille, au moins? As-tu déjà rencontré sa mère, son père? Peut-être qu'eux pourraient répondre à tes interrogations.

Anne retira sa main d'un geste vif avant de relever la tête pour poser un regard assassin sur sa sœur aînée.

— Belle idée que tu as là! Quand même, Charlotte, je ne pensais jamais que tu aurais des suggestions aussi maladroites à me donner! Et si jamais le problème venait d'eux? De ses parents? Hein? Y as-tu pensé, à ça? Tout ce que ça donnerait d'aller leur parler, ma pauvre Charlotte, c'est qu'Antoine en souffrirait. Et à le voir aller, je n'aime autant pas imaginer ce qu'on pourrait lui faire... Antoine encore plus triste... Non, non, c'est impossible. C'est bien la dernière chose sur terre que je voudrais.

— Mais c'est toi-même qui viens de me dire qu'Antoine n'a parlé que de son professeur. C'est lui qui ne serait pas gentil. Dans tout ce que tu m'as dit, jamais il n'a été question de ses parents. Alors, je crois sincèrement que c'est à eux que tu devrais parler en premier.

Anne regarda Charlotte sans répondre, une ride barrant son front. Brusquement, ses épaules s'affaissèrent et elle pencha la tête.

— C'est vrai... Je sais bien que tu as raison...

Son timbre de voix avait changé du tout au tout. Il était maintenant évasif, traînant, comme si la jeune femme peinait à prononcer ces quelques mots.

Un second silence s'ensuivit, pesant de toute son âpreté sur la cuisine. Un silence que Charlotte se garda bien de combler, sachant que depuis toujours Anne avait besoin de ces coupures dans le dialogue pour clarifier ses idées, pour dompter ses émotions. Et comme pour lui donner raison, quelques minutes plus tard, sa jeune sœur leva la tête dans ce geste de défi qui lui était coutumier, celui qui ébouriffait sa chevelure, laissant une longue mèche acajou en travers de son visage.

Du plat de la main, Anne balaya la table, envoyant au plancher quelques graines du gâteau, avant de replacer sa mèche de cheveux derrière son oreille.

— Je sais bien que tu as raison, reprit-elle alors exactement là où elle s'était interrompue.

Cette fois-ci, par contre, sa voix était sourde et agressive.

— Je sais bien que ce n'est pas à moi de régler le problème d'Antoine. Ça fait des mois que je me répète les mêmes choses. Je n'arrête pas de me dire que s'il y a un problème, ses parents vont le voir et s'en occuper. Mais, plus le temps passe et moins j'y crois. Tous les samedis, je le vois marcher devant chez moi, les yeux au sol, les épaules courbées, tandis qu'il se rend à ses cours. Rien ne change d'un samedi à l'autre. On dirait bien que personne ne voit rien, que personne ne s'occupe de lui. Et ça me rend malade, tu sauras. Je déteste voir des enfants malheureux. Ça me rappelle trop de souvenirs que je préférerais oublier.

Tout en parlant, Anne avait repoussé bruyamment

sa chaise et elle s'était mise à marcher en martelant le plancher de ses talons. Ses pas la menèrent machinalement devant la fenêtre qui donnait sur la cour où, d'un rapide coup d'œil, elle constata que la déprime extérieure s'accordait à merveille avec ses états d'âme. Les arbres étaient fouettés par le vent et la pluie tombait à grosses gouttes, en diagonale, comme des larmes de colère zébrant le paysage...

C'est alors, curieuse pirouette de l'esprit, qu'elle pensa à Émilie.

Comment sa sœur ferait-elle pour rendre toute cette pluie sur une de ses toiles, elle qui ne peignait que des paysages de soleil?

Anne fronça les sourcils, décontenancée d'avoir une telle pensée. Puis, elle haussa les épaules.

Sûrement qu'Émilie trouverait une solution, car elle peignait divinement bien. Des tas de toiles où les enfants riaient.

Anne retint son souffle une fraction de seconde.

— Mais je l'ai la solution, murmura-t-elle d'abord pour elle-même, question d'apprivoiser l'idée.

Puis, un peu plus fort, elle ajouta:

— Comment se fait-il que je n'y ai pas pensé avant?

Anne pivota vivement, abandonnant la cour et son aspect lugubre. En trois pas, elle revint jusqu'à Charlotte et, restant debout, elle accota ses deux mains devant elle, sur la table.

— Je l'ai la solution, répéta-t-elle fébrilement, d'une voix catégorique. Je vais demander à Émilie de donner des cours à Antoine. Si on part du principe que c'est son professeur qui est le problème, la solution est là. Ce que je ne comprends pas, par contre, c'est pourquoi je n'y ai pas pensé avant. C'était tellement évident.

Charlotte leva un regard perplexe.

— Émilie? Ma pauvre Anne, tu n'y penses pas sérieusement, j'espère? Émilie doit accoucher d'un jour à l'autre. Si tu vois là une solution, elle n'est sûrement pas à court terme. Et encore, comme je te l'ai dit tout à l'heure, il faudrait au moins en parler aux parents d'Antoine. J'ai un peu l'impression que tu prends tes désirs pour des réalités. Et tu ne penses pas qu'il faudrait consulter Émilie, d'abord et avant tout? Rien ne dit qu'elle va être d'accord pour donner des cours. Avec quatre enfants à la maison, je ne suis pas certaine que ton idée va lui convenir et qu'elle...

— Laisse faire Émilie, je m'en charge. Vous êtes pareilles, toutes les deux. Un mois après vos accouchements, vous êtes en grande forme. Si j'explique la situation à Émilie comme je viens de le faire avec toi, elle ne pourra pas refuser. Après tout, ce ne serait que quelques heures par semaine.

Anne ne portait plus à terre. Elle savait d'instinct qu'elle tenait la solution. Ou tout au moins, une partie de solution.

— Avoue au moins, Charlotte, que ça pourrait marcher.

— Oh! Je ne dis pas le contraire. Mais je persiste à croire que tu mets la charrue devant les bœufs. Tu ne peux pas débarquer comme ça dans la vie d'un de tes petits voisins, aussi gentil et malheureux soit-il, sans au moins consulter quelqu'un de sa famille. Voyons donc, Anne! Ça ne se fait pas.

— S'il fallait toujours attendre que tous les éléments d'une solution soient en place, on ne ferait jamais rien! C'est comme l'œuf et la poule! Il faut bien commencer par quelque chose, non?

— Alors, commence par parler aux parents d'Antoine. S'ils sont du même avis que toi, il sera toujours temps de demander à Émilie si elle est d'accord.

— Les parents d'Antoine? Mais je les connais, pour ainsi dire, pas du tout. Je... Non, ce n'est pas vrai! Je connais quelqu'un.

Anne était survoltée.

— Bien sûr que je connais quelqu'un de la famille d'Antoine. Quelqu'un avec qui je m'entends fort bien, d'ailleurs. C'est sa grand-mère. Madame Lacaille. À première vue, comme ça, on pourrait croire que c'est une grincheuse, une vraie caricature, mais quand on se donne la peine de mieux la connaître, on voit bien que c'est une bonne personne...

Anne pivota sur elle-même comme une gamine heureuse, croisa les bras sur sa poitrine et revint face à Charlotte.

— Mais sapristi, où avais-je la tête? Veux-tu bien me dire comment ça se fait que je n'aie pas pensé à elle avant? C'est certain que madame Lacaille va m'écouter. C'est même elle qui nous a trouvé un bon homme à tout faire pour les travaux chez nous. Et je te jure que ça n'a pas traîné!

Anne était un vrai moulin à paroles, visiblement soulagée. Pourtant, le regard que Charlotte levait vers elle restait on ne peut plus sceptique.

— Allons donc! Fais pas cette tête-là, Charlotte! Je sais que j'ai raison... Et je sais aussi que madame Lacaille va m'écouter. Et je te jure que s'il y a quelque chose à dire aux parents d'Antoine, c'est elle qui peut le faire. Elle n'a pas la langue dans sa poche, je t'en passe un papier! Je le savais, je le savais donc, aussi, qu'en venant ici, je trouverais la solution!

Tout en prononçant ces derniers mots, Anne s'était penchée pour faire main basse sur le dernier petit morceau de gâteau qui restait dans l'assiette.

— Ça doit être ton gâteau, fit-elle en s'essuyant la bouche quelques instants plus tard sous le regard médusé de Charlotte. Non seulement il est bon, mais il a un petit quelque chose de magique! Et maintenant, ma filleule! Après tout, j'étais aussi venue pour la voir.

Mais Anne n'était pas sortie de la pièce qu'elle s'arrêtait brusquement pour faire volte-face.

— Qu'est-ce qu'on mange pour dîner?

Cette fois-ci, Charlotte éclata d'un rire franc.

— Voyez-vous ça! Non seulement tu dévalises mes réserves et manges tout mon gâteau, mais en plus, tu quêtes un dîner? Tu parles d'une sans-gêne! On mange du hachis, jeune fille. J'ai promis à Alicia de lui en faire avec le restant du rôti de veau. Et maintenant, file rejoindre Clara. J'ai tout juste le temps de préparer le repas avant qu'Alicia arrive. Elle n'a que trente minutes pour manger le midi. Je vais vous appeler dès que ça sera prêt!

Ce fut beaucoup plus tard que Charlotte se permit de revenir sur le sujet qui avait occupé un long moment de son avant-midi. Alicia venait de repartir pour le couvent, tout heureuse d'avoir pu rencontrer sa tante préférée, comme elle le disait parfois quand elles étaient en tête-à-tête, et Clara avait enfin consenti à se mettre au lit pour sa sieste, rassurée par la promesse formelle qu'Anne viendrait jouer avec elle plus souvent.

Pour l'instant, côte à côte devant l'évier, les deux sœurs faisaient la vaisselle.

— Tu sais, même si je trouve que tu ne te mêles pas nécessairement de tes affaires, commença doucement Charlotte, une main dans la mousse pour récupérer les derniers ustensiles, j'admire ton opiniâtreté. Je ne sais pas si j'aurais le même culot que toi devant une telle situation. Pourtant, malgré tout ce que j'ai pu apporter d'objections, dans le fond, c'est toi qui as raison. Si on était tous un peu plus vigilants, il y aurait pas mal moins de gens malheureux sur la terre.

Charlotte échappa un petit rire avant de poursuivre.

— Ça fait des années que je donne de l'argent à Alicia pour les petits Chinois de la Sainte-Enfance, alors qu'il y a peut-être des enfants qui auraient besoin de moi juste à côté... Alors qu'il y a sûrement des enfants qui ont besoin d'aide tout près de nous, reprit-elle aussitôt, catégorique. Tu devrais entendre ce que Jean-Louis me raconte parfois... Alors, bravo, petite sœur.

Anne, qui n'avait jamais été habituée à recevoir des compliments, se mit à rougir d'embarras.

— Tu dis n'importe quoi, bafouilla-t-elle tout en ouvrant plusieurs portes d'armoire pour trouver où ranger la pile d'assiettes qu'elle venait d'essuyer. Si tu étais témoin d'une injustice, je sais très bien que tu interviendrais. Je ne fais rien de plus que ce qui doit être fait.

— N'empêche... Sais-tu dans le fond que tu ferais une excellente maman? Attentive, capable d'empathie, tendre aussi... Si tu le voulais, tu...

— Non, je t'en prie, interrompit vivement Anne sans pour autant tourner les yeux vers Charlotte. On en a déjà parlé et rien n'a changé depuis. Robert n'est plus en âge de fonder une famille. Point à la ligne. On a la procure et surtout, on a la musique. C'est amplement suffisant pour nous tenir la tête et le cœur occupés, crois-moi. Si Robert était plus jeune, je ne dis pas, mais tu sais comme moi qu'à cinquante ans, c'est trop vieux.

Charlotte retint un soupir qui aurait pu agacer Anne. Elle n'était pas d'accord avec elle.

Non, elle ne savait pas que cinquante ans, pour un homme, c'était trop vieux pour faire un enfant. Ce qu'elle savait, par contre, c'est que Robert n'était pas vraiment un élément de l'équation. Il n'était que le prétexte, un pion sur un échiquier complexe. Anne se racontait de fausses histoires pour justifier son refus d'avoir un enfant et Charlotte s'était juré de comprendre pourquoi sa jeune sœur repoussait aveuglément l'idée d'avoir une famille.

Charlotte ferma les yeux un instant pour contrer la déception qu'elle sentait grandir en elle.

Si elle revenait épisodiquement sur le sujet, ce n'était pas pour se mêler de ce qui ne la regardait pas, pas plus qu'elle ne cherchait à imposer sa vision des choses. Elle sentait qu'Anne n'était pas aussi heureuse qu'elle aurait dû l'être. Les regards qu'elle posait régulièrement sur ses filles et les enfants d'Émilie étaient éloquents. Anne souffrait de ce choix qu'elle s'imposait et Charlotte trouvait cela intolérable.

Tout comme Anne trouvait intolérable, elle aussi, de sentir le jeune Antoine malheureux.

Charlotte ouvrit les yeux, tira sur la bonde au fond de l'évier et l'eau s'écoula en glougloutant. Elle regarda le tourbillon mousseux, suivit le mouvement de la main, machinalement, pour ramasser ce qui restait au fond de l'évier, et prit un torchon, toujours silencieuse. Pourtant, elle aurait tant voulu poursuivre la conversation, les occasions d'être seule avec Anne se faisant plutôt rares. Mais Charlotte ne savait trop comment l'aborder. Si elle était à l'aise avec les mots écrits, elle devenait souvent muette devant ceux à dire. Plus tard en après-midi ou même ce soir, elle repenserait à l'occasion qui s'était offerte à elle et elle regretterait de ne pas avoir su livrer le fond de sa pensée. Quand elle serait seule, les mots lui viendraient spontanément, alors que présentement...

Cette fois-ci Charlotte n'arriva pas à retenir le soupir de déception qui lui gonflait la poitrine. Anne se tourna vers elle, devinant aisément ce qui troublait sa sœur.

— Allons donc, Charlotte, ne sois pas si triste à cause de moi. Ce n'est pas la fin du monde de choisir de ne pas avoir d'enfants. Pour Robert et moi, c'est comme ça. C'est tout. Je sais bien que tu ne comprends pas, mais tu vas devoir t'y faire... Je le répète, je ne suis pas malheureuse, si c'est ce qui te tracasse.

— J'aimerais mieux t'entendre dire que tu es heureuse, précisa Charlotte. La négation que tu emploies laisse supposer trop de choses.

— Bon! La spécialiste des mots qui remet ça! Moi, je ne vois pas vraiment de différence. Tiens! Disons que je serai heureuse le jour où Antoine aura réglé son problème.

— Si problème il y a!

D'elle-même la discussion déviait, au grand soulagement d'Anne.

— D'accord! Si problème il y a. Mais tu vas voir que j'ai raison. Il y a un problème, j'en suis persuadée.

Malgré la conviction qu'elle entendait dans la voix d'Anne, Charlotte insista.

— Et tu parles à sa grand-mère. D'abord et avant tout!

Ce fut au tour d'Anne de pousser un profond soupir d'exaspération.

— Et je parle à sa grand-mère! Promis.

Elle n'osa cependant pas préciser qu'elle parlerait à Émilie en premier. Pourquoi créer de fausses joies s'il n'y avait pas de solution à présenter?

Puis, pour éviter une litanie de recommandations, Anne lança son linge à vaisselle sur le comptoir en disant:

— Et maintenant, je me sauve. Je dois pratiquer avant que Robert revienne à la maison. Ce soir, on va jouer en duo pour la première fois.

S'approchant de Charlotte, elle lui plaqua un gros baiser sonore sur la joue.

— Merci pour tout, grande sœur! Merci pour le dîner, le gâteau et surtout le temps que tu as pris pour m'écouter. J'en avais besoin.

— Tu reviens quand tu veux.

— Quand je veux? Fais attention! Je pourrais te prendre au mot et venir dîner ici chaque fois que je suis seule à la maison. Tu sais très bien que la popote et moi, ça fait deux! Maintenant, j'aimerais récupérer mon manteau.

— Deux minutes, je vais le chercher. Il doit être sec.

— Déjà?

— Hé oui!

La voix de Charlotte parvenait de la pièce d'à côté.

— C'est à ça que ça sert, une sécheuse à linge, expliqua-t-elle tandis qu'Anne entendait le cliquetis d'une porte métallique que l'on ouvrait. Tout est sec en moins d'une heure. C'est vraiment un engin dont je ne me passerais plus... Tiens, voilà!

Charlotte revenait déjà, tenant le manteau de sa sœur devant elle.

— Il est même encore tiède. Tu veux que je te prête un parapluie?

Anne fit la moue.

— Oh! Tu sais, moi, les parapluies, sacs à main et autres gugusses...

— Oui, on sait bien! C'est comme quand tu étais petite! Il fallait se battre avec toi pour que tu mettes une robe... En attendant, il pleut et tu risques de te retrouver détrempée comme tout à l'heure. Et la grippe, elle, qu'est-ce que tu en fais? N'oublie pas que tu as un récital dans...

— Dans moins d'un mois, je sais, je sais. Ne crains rien, je ne pense qu'à ça par les temps qui courent. À ça et à Antoine... Et toi, n'oublie pas de venir nous entendre, Robert et moi!

Les deux femmes étaient arrivées dans le vestibule.

— Quand est-ce que Jean-Louis et moi avons manqué un de tes spectacles?

Anne fit mine de chercher, une main devant elle comme pour se mettre à compter sur ses doigts. Devant l'air furibond de Charlotte, elle éclata de rire.

— Jamais! se hâta-t-elle d'admettre. Jean-Louis et toi n'avez manqué aucun spectacle. Vous êtes mon plus fidèle public.

— J'aime mieux ça comme ça. Tiens, tête de mule, prends ça!

Charlotte tendait un parapluie à Anne qui n'eut

d'autre choix que de le prendre, Charlotte le lui mettant pratiquement dans la main.

Boudeuse, Anne ouvrit donc la porte pour aussitôt se retourner face à Charlotte en brandissant triomphalement le parapluie.

— Reprends-le! Finalement, je n'en aurai pas besoin.

Dehors, dans une échancrure des nuages, un soleil blafard glissait timidement quelques rayons. Et il ne pleuvait plus.

Anne le vit comme le plus heureux des présages.

* * *

Octobre avait été on ne peut plus maussade. Le mois tirait à sa fin et Évangéline n'avait pu se promener à sa guise, les averses se succédant avec une régularité désespérante. Mais présentement, le soleil semblait nettement plus hardi.

— Ben, c'te fois-citte, on dirait ben que la pluie est finie pour de bon.

Le nez à la fenêtre, Évangéline scrutait le ciel. Depuis vendredi dernier, il pleuvait presque sans arrêt. Une pluie froide qui passait de l'averse au crachin pour revenir à l'averse, le tout entrecoupé d'éclaircies qui n'étaient que de faux espoirs. La pluie finissait toujours par revenir et plus vite que prévu.

Évangéline releva le rideau, regarda à droite et se hissa sur la pointe des pieds pour regarder à gauche, par-dessus le toit des voisins.

— Y' reste quasiment pus de nuages, constata-t-elle, visiblement réjouie. Pis le vent est tombé. Je pense ben que la météo du journal avait raison. On est partis pour un boutte de beau temps. Reste juste à savoir si les soixante-cinq beaux degrés promis pour demain vont être là. Ça serait-tu le fun, rien qu'un peu, de pouvoir se promener allège quasiment comme en été! Pasque ça achève, le temps doux. La semaine prochaine, on va être déjà rendus au mois des morts. C'est pas des maudites farces!

Toujours à la fenêtre, Évangéline admirait sa rue, luisante de la dernière pluie et jonchée de feuilles dorées.

— Viarge que le temps passe vite! fit-elle pour elle-même.

Puis, devant le silence qui persistait dans son dos, elle ajouta plus fort:

— Coudon, Bernadette, tu m'écoutes-tu ou ben chus en train de radoter tuseule, moé là?

— Je vous écoute, la belle-mère, je vous écoute. Craignez pas. C'est juste que le reprisage des bas de Laura est plus difficile à faire que d'habitude pis j'peux pas ben ben lever les yeux de mon ouvrage. J'sais pas comment a' l'a fait son compte, mais le trou est gros comme un trente sous. Pis? Comme ça, la pluie est finie?

— Ouais. Pis le ciel s'est dégagé au grand complet. On devrait finir le mois d'octobre dans le beau temps, comme y' nous le promettaient dans le journal d'à matin. C'est le p'tit Charles qui va être content. Je pense qu'y' commençait à être pas mal tanné de rester en-fermé dans maison.

— Ben, pour ça, y' est pas tuseul! Moé avec, je com-mençais à en avoir plein mon casque de faire du ménage pis du reprisage. Si ce que vous dites est vrai, demain on va aller au parc, lui pis moé... Bon. Enfin, fini! Bâtard que j'haïs ça, le reprisage. Une couple de journées à pouvoir aller jouer dehors, ça sera pas pour me déplaire.

— Ben moé, c'est tusuite que j'vas aller me prome-ner, rétorqua Évangéline en quittant son poste d'obser-vation. Les jambes me démangent!

— Attendez donc que ça sèche un peu. Faudrait pas maganner trop vite vos beaux souliers neufs.

— Pantoute! Si j'attends que la rue soye sèche, la noirceur va être tombée pis y' fera pus assez chaud pour être confortable. Non, c'est tusuite que je sors prendre une marche pis inquiète-toé pas pour mes souliers. Sont faites en bon cuir solide, pas de danger qu'un peu d'eau les maganne. Y' ressemblent à des souliers de bonne sœur, pis dis-toé ben que les sœurs, y' changent pas trop souvent de godasses. Sont pas assez riches pour ça... Quin! M'en va aller chez Perrette pour acheter un gâteau toute faite. Comme ça, t'auras pas de dessert à préparer. Je serai pas partie longtemps. La commission, pis je reviens. À t'à l'heure, Bernadette. C'est comme qui dirait que chus déjà partie!

Sur ce, Évangéline quitta le salon toute guillerette sous le sourire narquois de Bernadette.

— Y a pas à dire, murmura-t-elle tout en rangeant ses ciseaux et son aiguille dans la boîte à couture, depuis qu'a' l'a pus mal aux jambes, la belle-mère a rajeuni de dix ans. Chus ben contente pour elle, pis pour nous autres avec, comme de raison. Ça y a amélioré le caractère encore un peu plus qu'avant... Bon, astheure, le souper.

Bernadette était debout et se dirigea vers sa chambre pour ranger sa couture tout en continuant de marmonner à voix basse.

— Que c'est qu'on pourrait ben manger?

Elle poussa un long soupir de lassitude.

— Vraiment, des fois, je sais pus quoi faire pour manger. Je mettrais la boîte de Corn Flakes sur la table pis ça ferait pareil. Charles? T'es-tu toujours dans ta chambre? Me semble que t'es ben tranquille depuis un boutte...

— Ben oui, chus dans ma chambre. Je joue avec mes blocs en plastique.

— C'est bien ça.

Bernadette passa la tête dans l'embrasure de la porte de la chambre des garçons. Un fouillis indescriptible de blocs, de camions et de papiers recouvrait le prélart bleu ciel du plancher. Jamais Laura et Antoine n'avaient eu autant de jouets que Charles. Le moindre prétexte était bon aux yeux de Marcel pour gâter le petit dernier.

—T'aurais-tu une idée de ce que moman pourrait faire pour le souper? demanda-t-elle, faisant délibérément fi du désordre. Pis dis-moé pas du pâté chinois, on est à veille de virer jaunes comme des vrais Chinois. Me semble qu'on mange rien que ça, depuis quèque temps.

— Ben... Des galettes avec la sauce de grand-maman, petête? Tu sais, la sauce qu'a' fait avec le restant de son thé. Me semble que ça serait bon avec des patates pilées. J'aime beaucoup ça, des patates pilées avec la sauce à grand-maman.

— J'ai pas de steak haché. Pis ça fait deux fois qu'on en mange depuis jeudi dernier.

Charles regarda sa mère en esquissant une moue de déception avant qu'un magnifique sourire n'efface son désappointement.

— C'est pas grave si on en mange souvent. C'est bon. On a juste à appeler popa. Y' en a, lui, du steak haché. Des tas de steak haché. Je l'ai vu l'autre jour dans sa vitrine.

Bernadette lui rendit son sourire, émue de constater une fois de plus à quel point son petit dernier était vif, futé.

— O.K., d'abord. On va manger des galettes. Ta grand-mère vient justement de partir pour chez Perrette. A' veut acheter un gâteau tout fait. M'en vas demander à ton père d'y préparer pis d'y donner la commande. Comme ça, le souper va être prêt quand y' va revenir de la job.

C'est à peine si elle hésita avant de changer d'avis.

— Pis non, ajouta-t-elle précipitamment, j'vas pas appeler ton père. J'vas plutôt essayer de voir si ta grand-mère est pas trop loin. C'est à elle que j'vas demander d'amener du steak haché. Ça serait plus simple.

Avant même d'avoir fini de parler, Bernadette avait tourné les talons et se hâtait dans le couloir vers la porte d'entrée qu'elle ouvrit prestement. Elle détestait devoir appeler son mari quand il était à la boucherie. Elle ne savait jamais comment elle serait reçue à l'autre bout du fil.

Malheureusement, Évangéline était déjà arrivée devant la maison des Gariépy. Inutile d'essayer de l'appeler. Même en criant, elle n'entendrait rien. Si les jambes de sa belle-mère allaient beaucoup mieux depuis quelque temps, son ouïe, par contre, n'avait guère changé. Évangéline Lacaille était dure de la feuille, comme elle le disait elle-même.

— Tant pis, murmura Bernadette en refermant la porte, déçue.

Puis, brusquement inspirée, elle se dirigea vers la cuisine, là où se trouvait le téléphone, accroché au mur près de la table, et lança à voix haute:

— Charles? Viens icitte, mon grand! C'est toé qui vas appeler popa pour lui dire de préparer du steak haché.

— Moé? C'est moé qui vas parler à popa dans le téléphone?

Le petit garçon arriva en courant.

— C'est ben vrai? C'est pas un tour que tu veux me jouer? C'est moé qui vas parler dans le téléphone?

— C'est en plein ça.

Malgré la joie anticipée et la fierté qu'il ressentait, Charles leva les yeux vers sa mère avec une bonne dose de scepticisme dans le regard.

— D'habitude, tu veux pas que je touche au téléphone.

— C'est vrai, pis ça changera pas. Mais quand chus là, c'est pas pareil... T'arrêtes pas de dire que t'es grand astheure, ben c'est tusuite qu'on va voir ça. Si tu fais ça ben comme y' faut, c'est toujours toé qui parleras à ton père quand on aura une commission à y demander.

— Youppi!

— Mais pour le reste, précisa Bernadette en le tançant du doigt, tu touches pas au téléphone. Tu voudrais pas que ton père ou ben ta grand-mère se choquent après toé, hein?

— Ben non!

— O.K. J'vas faire le numéro, j'vas demander à monsieur Perrette de me passer ton père pis après, c'est toé qui parles.

— Pis que c'est j'y dis, à popa?

— Tu te rappelles pas? Pourquoi c'est faire qu'on l'appelle, ton père?

Charles fronça les sourcils puis se rappelant l'objet de l'appel, il lança, tout excité:

— J'y dis qu'on veut du steak haché!

— En plein ça. Prends-toé une chaise pour être à bonne hauteur pis moé, je fais le numéro.

C'est ainsi qu'au moment où Évangéline passa la

porte de l'épicerie, elle apprit que son fils l'attendait au comptoir de la boucherie.

— Votre bru a appelé pour parler à Marcel. C'est comme rien qu'y' doit avoir un paquet de viande pour vous pasque Bernadette appelle jamais pour rien quand Marcel est à l'ouvrage.

Effectivement, Marcel attendait Évangéline, tout souriant malgré le fait que de nombreuses clientes se pressaient à son comptoir.

— Salut, la mère. Donnez-moé deux minutes, pis chus à vous.

Le temps de servir quelques clientes et Marcel sortait de derrière son comptoir un paquet de papier brun ficelé à la main, fier comme un paon.

— C'est-tu le soleil qui vous a fait sortir de même?

Évangéline leva un œil surpris. Depuis quand son fils se donnait-il la peine de faire des civilités avec elle? N'empêche que c'était gentil de s'informer. Évangéline esquissa son drôle de sourire qui ne retroussait que le coin droit de ses lèvres.

— En plein ça. Le soleil pis la bonne air pas trop froide.

Puis, pointant le paquet tenu par Marcel, elle ajouta:

— C'est-tu pour moé, c'te paquet-là?

— Ouais... Bernadette a appelé pour me demander du steak haché. Faut croire qu'était pas à l'aise de me demander ça, rapport que ça fait deux fois c'te semaine qu'on en mange, pasqu'a' l'a fait parler Charles. J'vous dis qu'y' a fait ça comme faut. Un vrai p'tit homme.

N'empêche que moé, ça me tente pas de manger du steak haché encore une fois. Qu'y' soye en boulettes, en galettes ou en grains, ça reste toujours ben rien que du steak haché. Je vous ai préparé des chops de lard, à place. Ça va faire changement pis madame Charrette m'a dit qu'étaient ben bonnes. Y' en ont mangé hier.

Sans prendre le paquet que Marcel lui tendait, Évangéline le toisa d'un regard réprobateur. Voilà d'où venait cette gentillesse inhabituelle. Marcel voulait encore une fois imposer ses volontés.

— Pis ça?

— Comment, pis ça? Ça vous tente pas, vous, de manger d'autre chose que du steak haché?

Évangéline fit mine de réfléchir. Après tout, Marcel n'avait pas tort et pour elle aussi, la perspective de manger des côtelettes n'était pas pour lui déplaire. Sauf que Bernadette, elle, avait demandé autre chose et dans la cuisine, jusqu'à nouvel ordre, c'était elle qui décidait. Alors...

— Petête ben que ça serait bon des chops de lard, finit-elle par admettre. Mais ça a rien à voir avec le fait que Bernadette a demandé du steak haché. Pis dans cuisine, me semble que c'est elle qui ronne. Si ta femme dit qu'a' veut du steak haché, t'as pas à y donner d'autre chose.

— Calvaire!

Marcel lança un regard furtif autour de lui. Ne manquait plus que de se faire admonester par sa mère devant la clientèle. Heureusement, personne ne semblait leur porter attention. Néanmoins, Marcel baissa le ton pour répondre à Évangéline.

— Ça fait pas encore. Avec vous, y a jamais rien qui fait quand ça vient de moé. J'veux faire mon smatte, faire plaisir à tout le monde, pis ça fait pas encore! Pis en plus, j'ai fait les chops au même prix que du steak haché. Bernadette pourra pas se plaindre que ça coûte trop cher.

— C'est ben fin d'avoir pensé à ça, mais si tu voulais manger des chops de lard, mon gars, t'avais juste à en parler à Bernadette. C'est pas à toé de décider.

— Maudit calvaire, la mère, je vous l'ai dit, t'à l'heure! C'est pas à Bernadette que j'ai parlé, c'est au p'tit!

— J'haïs ça, t'entendre blasphémer, Marcel, pis tu le sais. C'est pas de même que tu vas arranger les affaires... Si tu te servais de ta tête, des fois... T'avais juste à dire au p'tit que tu voulais parler à sa mère pis on serait pas là en train de se chicaner pour quèques chops de lard ou du steak haché selon le point de vue où on se place. Astheure, tu vas me préparer une livre et demie de steak haché comme on prend d'habitude. C'est ça que Bernadette a demandé.

— Pis mes chops de lard, elles? Je fais quoi avec?

Marcel avait l'air embarrassé, peiné et irrité en même temps. S'il n'explosait pas devant sa mère, c'était uniquement parce qu'il craignait l'arrivée inopinée de clientes. Il fit demi-tour et retourna derrière son comptoir tandis qu'Évangéline répliquait à voix haute sans se soucier le moins du monde de la présence d'éventuels clients.

— Viarge, Marcel! Faut-tu toujours tout te dire quoi faire? C'est toé, le boucher, pas moé. Mais si tu veux mon avis, ou ben tu remets tes chops de lard dans ton comptoir pis t'essayes de les vendre à quèqu'un d'autre ou ben tu nous les emmènes à maison quand tu vas revenir pis tu demandes à Bernadette si ça y tente de te les faire cuire demain soir. Me semble que c'est pas ben ben compliqué. En attendant, donne-moé le steak haché, j'ai pas juste ça à faire, moé, discuter avec toé. Y' me reste un gâteau à choisir pour le dessert pis faut que je retourne à maison pour que Bernadette fasse le souper avec son steak haché.

— Ben si c'est de même, le v'là, votre steak haché.

Marcel lança un second paquet de papier brun sur le dessus du comptoir vitré.

— Demandez-moé jamais pus de vous faire une surprise, précisa-t-il en ouvrant le premier paquet pour placer huit belles côtelettes dans la vitrine du comptoir réfrigéré. On voit ce que ça donne, essayer de vous faire plaisir... Pis vous direz à Bernadette que je veux souper de bonne heure. J'ai de quoi à faire à soir. C'est jeudi pis les chums vont toutes à taverne. En attendant, je vous dis salut; moé avec, j'ai d'autre chose à faire que jaser avec vous.

Évangéline revint chez elle à pas un peu plus lents qu'à l'aller. Tant pour profiter de l'air doux et des derniers rayons du soleil qui frôlait déjà la ligne des toits que pour réfléchir à ce qui venait de se passer.

— Maudit Marcel, murmura-t-elle sans se soucier des passants qu'elle croisait. Comment ça se fait qu'on finit toujours par se chicaner, lui pis moé?

Accroché à son bras, le sac de toile bleu de Bernadette lui sembla tout à coup fort lourd. Évangéline y jeta un coup d'œil furtif, soulevant légèrement le bras comme pour le soupeser. Ce n'étaient pas un gâteau à l'orange Sara Lee, encore congelé, et un paquet de steak haché qui pouvaient être si pesants...

Pourquoi alors cette sensation de lourdeur qui partait du bras pour remonter à la poitrine?

— Maudit Marcel, répéta-t-elle alors avec une conviction inébranlable dans la voix, comme si son fils devait invariablement être, par prédisposition naturelle, l'unique responsable de tous ses malheurs, petits et grands.

Pourtant, aujourd'hui, il n'avait voulu qu'être gentil. Évangéline esquissa une grimace qui souligna son intense réflexion.

— Si y' pouvait enfin comprendre comment faire les choses, on se serait pas chicanés. C'est comme rien que c'est sa façon d'agir qui a tout gâché, murmura-t-elle encore, cherchant une explication.

Évangéline poursuivit sa route, perdue dans ses pensées. La longue habitude d'un même trajet faisait en sorte que ses pas la guidaient vers chez elle sans qu'elle ait besoin d'y porter attention.

La soirée s'annonçait belle. Le mauve du ciel était

teinté de l'orangé des dernières lueurs du jour, mais Évangéline n'y fut pas sensible. Son intense réflexion occupait tout son esprit.

Quand elle passa devant le casse-croûte de monsieur Albert, elle en était venue à se dire que pour une fois, Marcel n'était peut-être pas l'unique responsable de la dispute.

Pour être honnête, elle devait reconnaître qu'elle avait peut-être exagéré un peu.

Évangéline secoua la tête comme pour approuver cette dernière pensée.

Au tournant de la rue, elle en était presque arrivée à se convaincre de s'excuser auprès de Marcel quand elle buta sur une bande de gamins qui avaient envahi la rue pour jouer au hockey.

Évangéline s'arrêta pile et Marcel déserta aussitôt son esprit.

Dès qu'elle croisait des enfants qui jouaient dehors, c'était plus fort qu'elle, toutes les pensées d'Évangéline bifurquaient aussitôt vers Antoine qui avait toujours détesté jouer dehors, détesté les jeux qui font habituellement les délices des petits garçons.

Elle poussa un profond soupir.

Non seulement son petit-fils avait-il toujours été un enfant déroutant, mais depuis quelque temps, il était vraiment particulier.

Certains jours, il débordait d'enthousiasme, comme si l'enfance qu'il était en train de quitter lui courait après, ne voulant pas le lâcher d'une semelle.

D'autres fois, par contre, il était si renfermé qu'Évangéline avait l'impression que l'enfant en lui avait disparu depuis très, très longtemps, et qu'une vie entière se cachait derrière le regard hermétique d'Antoine.

Les rares fois où elle avait tenté de discuter avec lui, il s'était dérobé, s'enfuyant vers sa chambre en prétextant un dessin à compléter pour le cours du samedi suivant, la laissant complètement désorientée.

Qui donc se cachait derrière l'enfant trop sage?

Inconsciemment, Évangéline avait recommencé à marcher, mais elle avait ralenti son allure et avançait maintenant comme elle l'avait fait durant de longues années, à pas très lents, les yeux au sol.

Ce fut un bruit inusité, comme une petite cloche, qui la fit s'arrêter une seconde fois. Elle fronça les sourcils, tourna la tête à droite, à gauche, et claqua la langue contre son palais, impatiente, colérique.

— Maudites oreilles pas fiables, murmura-t-elle en tendant le cou pour tenter de découvrir d'où lui parvenait ce bruit qu'elle n'arrivait pas à identifier facilement. Serait-ce de la musique?

Au même instant, l'envolée musicale fut si claire, si précise qu'elle n'eut plus aucun doute. C'était bien de la musique qu'elle entendait. Une musique totalement différente de tout ce qu'elle écoutait habituellement, mais qui lui plut aussitôt. C'était vivant, entraînant, fort bien joué, et cela semblait venir de l'autre côté de la rue.

Évangéline leva les yeux et esquissa son inimitable sourire.

Mais bien sûr!

La musique venait de chez sa nouvelle voisine, la pianiste.

Évangéline ne put résister et c'est à peine si elle hésita avant de traverser la rue pour s'approcher de la maison qu'elle n'arrivait pas à appeler autrement que celle de la veuve Sicotte, car la vieille dame, maintenant placée en institution, y avait habité durant de si nombreuses années que son nom, dans le quartier, lui survivrait probablement pendant des lustres.

La fenêtre du salon était entrouverte.

Cette fois-ci, Évangéline hésita quand même un peu.

Elle regarda autour d'elle et, ne voyant personne hormis la bande d'enfants qui jouaient bruyamment un peu plus loin dans la rue, elle fit quelques pas supplémentaires, ne se contentant pas de rester sur le trottoir. Il lui fallait entendre de plus près cette musique si différente. Après, elle poursuivrait sa route jusqu'à la maison.

— Juste deux p'tites menutes, se promit-elle à elle-même, marmonnant encore à voix basse tout en déposant son sac sur la première marche de l'escalier.

Et toute au plaisir de ne plus avoir à tendre l'oreille pour entendre, Évangéline ferma les yeux en s'accotant sur la rampe de l'escalier. Elle avait toujours l'impression de mieux entendre quand elle avait les yeux fermés.

Ce fut à cet instant qu'une nouvelle pièce commença.

Le cœur d'Évangéline cogna un grand coup de contentement et elle se mit à battre la mesure du bout du pied. Dieu qu'elle aimait la musique!

Enfant, quand il y avait une fête à la maison et que l'oncle Germain sortait son violon, elle était incapable de rester couchée. Sans faire de bruit, elle se relevait et, cachée au coin de l'escalier, elle restait immobile à l'écouter. Elle pouvait y passer des heures sans se lasser. Elle aurait bien aimé suivre des cours de piano comme certaines de ses compagnes de classe le faisaient. Malheureusement, ses parents n'avaient pas les moyens de payer quoi que ce soit à leurs enfants. Surtout pas des cours de piano. Évangéline n'avait donc jamais parlé de son grand rêve. Et comme elle avait quitté l'école à dix ans pour aider sa mère à tenir maison...

Mais pour l'instant, son enfance était fort loin de ses pensées et Évangéline se laissait porter par la joie toute simple d'apprécier une belle interprétation.

Puis, une troisième pièce s'enchaîna à la deuxième.

«Un dernier morceau, pensa alors Évangéline, déchirée entre le devoir de s'en aller et l'envie de rester. J'écoute un dernier morceau pis je m'en vas. C'est comme rien que Bernadette doit se demander ce que je fais à traîner de même.»

Du doigt qui dessinait des arabesques dans le vide et du pied qui continuait de battre la mesure, Évangéline accompagna le rythme du piano à sa manière, oubliant aussitôt le steak haché, Antoine et Marcel. Quand les dernières notes eurent fini de résonner à ses oreilles, elle resta encore un moment immobile, un vague sourire sur les lèvres et un long soupir de satisfaction gonflant sa poitrine.

— Madame Lacaille! Mais qu'est-ce que vous faites là?

Évangéline sursauta et ouvrit précipitamment les yeux. La noirceur était tombée et la silhouette d'Anne se découpait dans la lumière du salon projetée dans l'embrasure de la porte qu'Évangéline n'avait pas entendue s'ouvrir. La vieille dame sentit qu'elle rougissait comme une gamine prise en défaut.

Elle préféra en rire.

— Me v'là pognée la main dans le sac! Mais j'ai pas pu m'en empêcher. J'ai trouvé ça ben beau, c'te sorte de musique là. Pis, ma grand foi du bon Dieu, vous jouez encore mieux que sur les records que j'ai à maison!

Anne éclata de rire.

— Vous trouvez? Alors, merci. Ça fait toujours plaisir à entendre.

— C'est pas juste des compliments pour vous flatter. Je le pense vraiment. Vous jouez encore mieux que Glenn Miller. Pis lui, vous saurez, c'est le musicien que je préfère. J'aime ben gros le genre de musique qu'y' fait avec son orchestre.

— Moi aussi, je l'aime bien.

Évangéline fronça les sourcils, sceptique.

— Vous connaissez Glenn Miller?

— Bien sûr. Au même titre que je connais Beethoven, Mozart...

— Ces grands musiciens-là, coupa Évangéline, je les connais moins, par exemple. C'est pas une sorte de musique que j'aime. C'est de la musique trop compliquée pour quèqu'un comme moé. Mais ce que vous faisiez, t'à l'heure, ça, j'ai ben apprécié... Mais je vous regarde, là! Que c'est vous faites dans porte, comme ça? J'espère que c'est pas moé qui vous a dérangée?

— Du tout. C'est quand je suis venue fermer la fenêtre parce qu'il commençait à faire froid que je vous ai vue... Faites-moi donc une promesse. La prochaine fois, restez pas plantée comme ça sur le bord de l'escalier. Gênez-vous pas, entrez dans la maison. La porte n'est jamais barrée quand je suis ici.

— Ben là... Me semble que ça se fait pas, entrer de même chez le monde... Si ça se représente, j'vas toujours ben cogner avant d'entrer.

Anne hocha la tête, amusée, puis brusquement inspirée, remerciant le Ciel de lui offrir une telle occasion, elle lança en forçant l'enthousiasme:

— On va faire mieux que ça! Je vais vous inviter... demain, tiens, si ça vous convient. Je dois encore pratiquer mes morceaux parce que mon mari et moi, on donne un concert dans moins de trois semaines.

— Un concert? Un vrai concert avec du monde pour vous écouter dans une vraie salle avec un stage?

— Exactement.

— Ben là, j'en reviens pas. Je sais ben que vous en

avez déjà parlé... Pis vous êtes en train de m'inviter, moé, à venir icitte demain pour entendre la pratique du concert que vous allez donner?

— C'est ce que je viens de dire.

— Ben là, j'en reviens pas...

Évangéline était à court de mots.

— À part les spectacles donnés par les enfants des écoles, j'ai jamais vu ça, moé, un vrai spectacle. Demain, vous dites? À quelle heure?

— Disons vers deux heures? Si ça vous convient, bien entendu.

— Pour me convenir, ça me convient, faites-vous-en pas.

Évangéline était fébrile et son cœur battait à grands coups.

— Si vous êtes ben sûre que je dérangerai pas, m'en vas être là comme un seul homme, c'est ben certain. Y a rien qui pourrait me faire plus plaisir que de passer un moment à vous écouter jouer de votre musique.

— Alors, je vous attends.

— Pas de trouble, m'en vas être là... C'est ben à deux heures que vous avez dit, hein? M'en vas être à l'heure, craignez pas... Bon ben, astheure, faut vraiment que je m'en aille. Bernadette doit commencer à se revirer les sangs! J'avais dit que j'étais partie pour pas longtemps! Pis Marcel qui veut que le souper soye prêt de bonne heure...

Évangéline avait repris son sac et reculait à pas prudents dans l'entrée d'Anne.

— Je vous dis à demain. Pis passez une bonne soirée! La mienne, a' va être parfaite. Pis merci encore. Merci ben gros...

Évangéline était arrivée au trottoir. Elle leva le bras pour saluer Anne restée dans l'embrasure de la porte.

— À demain... On se revoit demain après-midi...

Et faisant brusquement volte-face, Évangéline reprit la route vers chez elle, hochant de la tête et continuant à marmonner.

— C'est Bernadette qui va en faire une tête... Moé, Évangéline Lacaille, j'vas voir le spectacle de madame Anne avant tout le monde! C'est pas des maudites farces!

CHAPITRE 3

J'aime les nuits de Montréal
Pour moi ça vaut la place Pigalle
Je ris, je chante
La vie m'enchante
Il y a partout des refrains d'amour

Les nuits de Montréal
JACQUES NORMAND

Samedi 8 novembre 1958

A u fil des années, dans son quartier, Évangéline avait gagné la réputation d'être une femme plutôt pragmatique. On la disait même dure et froide. Réputation justifiée, si on se fiait aux apparences, car depuis le décès de son mari, elle n'avait eu d'autre choix que de prendre la vie à bras-le-corps pour arriver à s'en sortir. Peu de gens du quartier gardaient le souvenir de la femme encore jeune, joyeuse et passionnée, qui était venue s'installer au fond de l'impasse, par un beau matin du mois de mai 1921, en compagnie de son mari, Alphonse, pour y élever sa famille.

Et pourtant, comme se le répétait souvent Évangéline, c'était le bon temps!

À cette époque, la rue en cul-de-sac qu'elle habitait formait un quartier à elle seule. Tout le monde se connaissait, tout le monde se fréquentait, tout le monde s'appréciait. Les portes n'étaient jamais verrouillées, les enfants allaient librement chez les uns et les autres, et le thé était toujours prêt, chaud et odorant, pour accueillir un voisin si jamais il s'en présentait un à la porte. Seule la veuve Sicotte ne se mêlait pas à cette vie familiale élargie, se contentant de regarder de loin. On disait alors que son veuvage était trop récent, mais, de jours en mois et de mois en années, on avait conclu que c'était une question de tempérament. Que pouvait-on y faire? Elle ne s'était jamais vraiment remise du décès de son mari à la Grande Guerre.

Quelques années plus tard, Alphonse, le mari d'Évangéline, était mort, lui aussi, tombé moins glorieusement en bas d'un toit qu'il réparait. Tous les habitants de l'impasse, comme on appelait déjà la rue à cette époque, s'étaient regroupés autour de la jeune veuve qui restait seule avec deux enfants. Évangéline gardait encore aujourd'hui le souvenir réconfortant d'un tourbillon de gens attentionnés, de présences affectueuses, quand son Alphonse était exposé dans un coin du salon aux rideaux tirés. Famille et amis s'étaient passé le mot: Évangéline avait besoin d'eux.

Malheureusement, au lendemain des funérailles de son mari, Évangéline n'avait pu faire autrement que de se retirer de la vie sociale du quartier. Comment aurait-elle pu faire autrement? Elle avait du pain sur la planche, ses deux fils ne pouvant désormais compter que sur elle.

Évangéline avait donc serré les dents pour arriver à traverser la vie. Sans prendre le temps de réfléchir à autre chose qu'au quotidien — un quotidien la plupart du temps difficile avec deux garçons à élever et une maison à conserver à tout prix —, elle regardait droit devant, attaquant les journées de front, les unes après les autres, oubliant sur le coup que parfois, dans la vie, on peut avoir le droit de rêver, le droit de faire des projets. À l'époque, les projets de la jeune Évangéline se limitaient, la plupart du temps, à trouver un moyen pour combler les fins de mois.

La vie de quartier qu'elle avait tant aimée s'était donc brusquement arrêtée pour elle. Il ne subsistait plus que de rares moments où elle s'autorisait quelque loisir. Pourtant, à ce moment-là encore, elle avait de nombreuses amies qui, chacune à sa façon, voulaient l'aider à traverser ce moment difficile. Arthémise Gariépy faisait partie du lot. Même si Évangéline n'avait plus que rarement le temps de se mêler aux rencontres du samedi, même si elle n'avait plus du tout le temps d'un thé au beau milieu de l'après-midi, personne ne lui en tenait rigueur. On comprenait. Évangéline Lacaille avait besoin de s'ajuster. Tout rentrerait dans l'ordre le jour où elle aurait réussi à surmonter sa douleur. Ou peut-être encore le jour où elle comprendrait qu'une femme seule ne peut garder une maison comme la sienne. Il faut un homme pour faire vivre confortablement une famille. Le jour où Évangéline le comprendrait, elle vendrait sa maison, se trouverait un logement convenable et elle pourrait alors recommencer à vivre normalement. En attendant, on lui apportait parfois une soupe, parfois un gâteau.

Puis les années passèrent.

On s'habitua à voir Évangéline de moins en moins souvent. Manifestement, c'était le prix qu'elle avait accepté de payer pour conserver sa maison: Évangéline travaillait jour et nuit. Elle se contentait maintenant de saluer les gens sur le parvis de l'église, le dimanche après la messe, avant de filer directement chez elle. La couture qu'elle faisait pour les gens des environs prenait tout son temps et Marcel, toute son énergie.

Puis sa jeune sœur Estelle vint s'installer chez elle, fuyant la campagne et des parents autoritaires. Tout le monde du quartier se réjouit pour Évangéline. Avec quelqu'un à ses côtés, la jeune veuve finirait bien par reprendre le dessus, par avoir un peu de temps à elle. On paria même sur les jours ou les semaines qui la séparaient d'un retour au sein du groupe des joueurs de dames. Évangéline était une redoutable adversaire! Elle-même y crut, à ce retour à une vie un peu plus normale. Estelle ne serait jamais Alphonse, dont elle continuait de s'ennuyer terriblement, mais au moins elle ne serait plus seule.

Quelques mois plus tard, ce fut la catastrophe.

Estelle, qui n'avait que dix-huit ans, était enceinte. Elle eut beau jurer qu'il n'y avait qu'un homme dans sa vie, que c'était Maurice Gariépy, et que c'était lui, le père de l'enfant qu'elle portait, rien n'y fit. Arthémise, la mère de Maurice et l'amie d'Évangéline, ne voyait pas la situation du même œil. Rien, jusqu'à ce jour, ne prouvait que son fils aîné fût le père de cet enfant. Allons donc! Comment cela se pourrait-il? Maurice était fiancé à une jeune fille issue d'une excellente famille de Westmount et les noces devaient avoir lieu en juillet prochain.

Estelle n'était donc qu'une menteuse.

Arthémise se fit un devoir de le dire à Évangéline avant de commencer elle-même à répandre la nouvelle pour blanchir la réputation de son fils avant même qu'Estelle soit visiblement «en famille».

De toute façon, ne disait-on pas d'elle qu'elle n'était qu'une dévergondée qui levait ses jupons devant tous les garçons?

— Vaut mieux prévenir que guérir, argumentait-elle invariablement quand son mari lui répétait qu'encore une fois, elle avait eu la fâcheuse manie de mettre la charrue devant les bœufs.

Toutes sortes de rumeurs circulèrent alors.

À commencer par celle qui disait qu'Évangéline Lacaille devait être derrière cette mascarade qui heurtait les bonnes mœurs. Elle voudrait protéger le peu de réputation qui restait à Estelle sans oublier qu'une bouche de plus à nourrir, ça coûtait cher en ces temps de crise. Devant l'inévitable, Évangéline devait vouloir caser sa sœur Estelle avant que sa situation se voie.

Voilà pourquoi elle avait jeté son dévolu sur Maurice. Les Gariépy, établis depuis longtemps dans le quartier, étaient un bon parti.

Mais dans les faits... Allez donc savoir qui était le véritable père de cet enfant dont personne n'aurait encore entendu parler si Arthémise s'était tue!

Évangéline n'en croyait pas ses oreilles; elle fulminait devant tant de mauvaise foi. Elle était surtout très déçue de voir qu'une amitié qu'elle croyait sincère n'avait su tenir le coup.

Elle tenta alors une négociation à l'amiable avec celle qu'elle appelait maintenant son ennemie. Pourquoi s'opposer à ce qui serait peut-être un mariage d'amour? Si Maurice tenait à Estelle comme cette dernière semblait le dire, pourquoi faire une montagne de quelques mois de plus ou de moins? Et pourquoi, grands dieux, Arthémise avait-elle ébruité la chose avant d'en avoir discuté avec elle?

Ce jour-là, Arthémise mit Évangéline à la porte de chez elle sans même lui laisser le temps de dire tout ce qu'elle avait à dire. C'était la parole d'Estelle contre celle de Maurice qui affirmait haut et fort qu'Estelle n'était qu'une intrigante fleurant un bon parti.

De toute façon, Arthémise et son mari avaient déjà tranché. Maurice ne marierait jamais une Estelle de Saint-Eustache quand il avait la possibilité d'épouser une Dorothée de Westmount.

Blessée, Évangéline regagna sa maison les yeux au sol, se jurant néanmoins de tenir bon. Elle croyait les

dires de sa jeune sœur, qui n'avait rien d'une dévergondée, encore moins d'une intrigante.

De ce jour, ce fut la guerre entre les médisances
d'Arthémise et les explications d'Évangéline. Explications laborieuses, il faut cependant l'admettre, Estelle
ayant tout de même sauté la clôture avant le mariage.
Ceci n'empêcha pas Évangéline, après quelques jours
d'introspection amère, de choisir la fierté. Dorénavant,
elle irait la tête haute aux côtés de sa sœur quand elles
se rendraient à la messe le dimanche ou qu'elles auraient des courses à faire dans le quartier. Qu'on se le
tienne pour dit!

Les commérages allèrent bon train. On analysa, on
calcula, on disséqua les dires des uns avant d'ausculter
les suppositions des autres. Regards en coin, sourires
biaisés ou poignées de main sincères; les clans se for-
mèrent.

Finalement, au grand dam d'Évangéline, la vertu
l'emporta.

Quand une dame sait tenir sa place, elle n'a pas à
céder aux charmes de qui que ce soit, même avec une
promesse de mariage à la ligne. Si promesse de mariage
il y avait eu, bien entendu, car, de cela, personne n'était
certain. Devant la faiblesse de la belle Estelle, le pas à
franchir pour donner crédit aux allégations d'Arthémise
semblait bien petit. On se rangea à l'enseigne des bonnes
mœurs.

Évangéline le sentit dès la messe du dimanche
suivant, car personne, hormis Noëlla et Angélique, ne

l'attendit pour bavarder de la semaine qui venait de s'écouler. Curieusement, ce dimanche-là, tout le monde avait une urgence à respecter.

Tant pis, Évangéline ne laisserait jamais tomber Estelle qui, d'une crise de larmes à une crise de nerfs, jurait de dire la vérité, toute la vérité.

— Maurice m'avait juré qu'il ne l'aimait pas, sa Dorothée de Westmount, répétait-elle *ad nauseam* dès qu'Adrien et Marcel étaient hors de vue. Il disait que c'était un mariage arrangé, comme dans le temps. Il disait que c'est moi qu'il aimait et personne d'autre. Que c'est moi qu'il voulait marier.

Estelle ne voulait surtout pas abandonner son bébé à la crèche.

Évangéline ne savait à quel saint se vouer!

Après de longues heures de réflexion et deux neu-vaines, elle décida d'en parler au curé. Qui mieux que lui pouvait la conseiller? Malgré le jeune âge du prêtre, Évangéline avait toujours apprécié ses sermons et en l'absence de son Alphonse, elle ne voyait personne d'autre pour la guider.

Elle prit rendez-vous et se présenta quinze minutes à l'avance, vêtue de ses plus beaux atours et nerveuse comme au matin de ses noces.

Le curé Ferland l'écouta attentivement, soupesant un lourd coupe-papier comme s'il soupesait la situa-tion. Il posa quelques questions, tapota sur le lourd pupitre de chêne qui garnissait son bureau pour finale-ment louer la grande générosité d'Évangéline. Une vie était sacrée et si Estelle acceptait de s'occuper de son enfant malgré les difficultés qu'elle ne manquerait pas de rencontrer sur son chemin, Dieu, dans Sa grande bonté, ne l'oublierait pas.

— Oublie-t-Il les petits oiseaux qui ne sèment ni ne moissonnent et qui pourtant ne manquent jamais de nourriture? Faute avouée est à moitié pardonnée, madame Lacaille. Dites à votre sœur de venir me rencontrer en confession, cela s'impose. Mais si Dieu pardonne, les hommes finiront bien par pardonner, eux aussi.

Évangéline revint chez elle un peu plus rassurée, vouant du coup au curé Ferland une admiration sans bornes, une admiration qui frôlait la dévotion. Quel saint homme! Si lui ne leur lançait pas la première pierre, qui oserait le faire?

Ce soir-là, il y eut une longue discussion dans le salon d'Évangéline pendant laquelle Estelle pétrit un mouchoir et s'en remit aveuglément aux décisions de sa sœur.

Si Évangéline pouvait estimer vivre confortablement sans la reconnaissance des gens du quartier, Estelle n'avait d'autre choix que d'abonder en ce sens.

Ne restait plus que la famille qui vivait encore à Saint-Eustache.

Que dirait-elle, cette famille, quand elle aurait vent de l'histoire?

Évangéline n'osait imaginer la réaction de leur père devant un tel scandale. Une de ses filles avait fauté! Et lui qui avait toujours dit que les aînés devaient donner l'exemple! De là à présumer qu'il tiendrait Évangéline responsable de cet état de choses, il n'y avait qu'un tout petit pas à faire, ce que fit allègrement la jeune Évangéline, convaincue par une Estelle qui s'était remise à larmoyer comme une Madeleine à la simple mention du nom de leur père.

Nul doute, il fallait tenir la famille à l'écart pour les quelques mois à venir, les deux jeunes femmes en étaient persuadées.

Quand le bébé serait là, ce serait autre chose. Elles aviseraient en temps et lieu; on avait encore quelques mois devant soi pour inventer n'importe quoi afin de justifier la présence d'un jeune bébé sous le toit d'Évangéline.

Dans l'immédiat, on se contenterait du courrier pour donner des nouvelles. On refuserait toute invitation pour Noël, prétextant fatigue ou grippe. À la rigueur, on utiliserait le téléphone du bureau de poste pour les salutations du Nouvel An — Évangéline verrait à mettre quelques sous de côté pour ce faire.

Ce soir-là, Évangéline savait qu'elle dormirait du sommeil du juste et elle espérait que de son côté, Estelle en ferait autant. Tant pis pour les gens du quartier; Évangéline avait la bénédiction du curé. Cela suffisait amplement pour se sentir l'âme en paix. Quant à la famille, elle croyait le problème déjà réglé, s'inventant commodément une voisine morte en couches.

Sans oser l'avouer ouvertement, elle se voyait déjà en train de coudre une layette pour fille.

— Pis d'avoir un p'tit dans maison, ça va petête aider mon Marcel à être un peu plus sage, un peu plus d'adon. Pasqu'à date, c'est pas fort de c'te côté-là, avait-elle murmuré en s'endormant.

L'avenir avait enfin un certain sens.

Même sans son Alphonse pour tenter d'agrandir la famille, il y aurait peut-être une petite fille sous le toit des Lacaille. Évangéline avait toujours espéré avoir une fille.

L'accalmie dura en tout et pour tout cinq petites journées.

Évangéline ne sut jamais comment sa sœur Georgette avait appris ce qui se tramait à Montréal. Après tout, elle habitait Québec depuis de nombreuses années et Québec, à cette époque-là, était une ville lointaine. N'empêche que le dimanche soir, à la brunante, quand tous les chats sont gris, la grande Georgette se tenait sur son balcon, exigeant d'être invitée à entrer.

Pas besoin de faire un dessin à Évangéline pour qu'elle devine le but de cette visite. Elle flaira aussitôt une manœuvre de la langue sale d'Arthémise qui cherchait à éloigner Estelle du quartier. Quand *cela* se verrait, la situation serait embarrassante pour tout le monde, à commencer par Maurice.

La visite de Georgette fut de courte durée, le temps de dire à Estelle de préparer ses bagages et d'aviser Évangéline que leur père préférait ne pas entendre parler d'elle pour un bon moment, jugeant qu'elle n'avait pas su s'occuper de sa jeune sœur comme il se devait.

— T'avais la responsabilité de ta sœur. Viens pas brailler que c'est pas de ta faute. Estelle est encore mineure pis une mineure, faut surveiller ça.

Georgette poursuivit en disant, au nom de leur père, qu'Estelle avait toujours été une bonne fille. Évangéline avait tout gâché en acceptant, contre l'avis des autres membres de la famille, qu'Estelle vienne vivre en ville.

— C'est de ta faute, avec! La place d'Estelle était avec les parents, pas icitte avec toé. C'est la plus jeune, a' l'avait pas de prétendant, c'était juste normal qu'a' s'occupe du père pis de la mère. Si a' l'était restée à Saint-Eustache comme a' l'aurait dû faire pis comme tout le monde voulait qu'a' fasse, ça serait pas arrivé. Mais on sait ben! Fallait encore que tu fasses à ta tête!

Il n'y eut que quelques minutes d'un monologue hargneux où Évangéline n'eut rien à dire et Georgette repartit, remorquant derrière elle une Estelle en larmes.

De ce jour, Évangéline ne fut plus jamais la même.

Sans le sou, il était hors de question pour elle de se rendre à Saint-Eustache pour plaider sa cause en personne. Et puis, elle avait sa fierté et comme elle ne se sentait nullement responsable du gâchis...

Aigrie, blessée, elle décida que dorénavant, elle se contenterait de s'occuper de ses enfants sans jamais plus se soucier des autres, sans jamais plus se fier aux autres.

Marcel, avec son fichu caractère, fit en sorte qu'elle ne s'ennuya plus jamais. Elle n'en avait plus le temps.

Au printemps suivant, les Gariépy déménagèrent, ce qui lui fit dire qu'ils n'avaient pas la conscience tranquille.

Elle ne sut jamais si Estelle avait eu un petit garçon ou une petite fille ou si elle avait pu garder son enfant comme elle l'espérait tant. Les quelques lettres qu'elle lui avait envoyées étaient restées sans réponse. Celles qu'elle avait envoyées à ses parents lui étaient revenues.

Encore aujourd'hui, Évangéline ne savait même pas si ses parents étaient toujours vivants. Après plus de vingt ans, elle était toujours bannie par sa famille.

Au fil des années, bien sûr, les gens du quartier avaient changé. Les déménagements s'étaient multipliés, mais, comme Évangéline s'était juré de ne plus jamais faire confiance à qui que ce soit, sa réputation la précédait. Elle n'était qu'une grincheuse qui aimait faire la pluie et le beau temps sur la rue.

Heureusement qu'il y avait Noëlla et Angélique.

Les deux amies d'Évangéline faisaient partie de ceux qui n'avaient jamais oublié la jeune femme de l'époque, joyeuse et gentille. Quand le mauvais caractère de leur amie faisait parler les bien-pensants et tous les autres, elles la défendaient toujours, toutes griffes dehors.

Après le départ précipité d'Estelle, les seuls plaisirs d'Évangéline étaient restés les rencontres plutôt rares avec Noëlla et Angélique. Ses amies avaient donc eu une place prépondérante dans la linéarité de sa vie, lui apportant juste ce qu'il fallait d'évasion pour survivre, car si à la maison elle arrivait encore à sourire avec son Adrien, avec Marcel, par contre, elle avait épuisé le peu de patience qu'elle eut jamais eue.

Quand la famille avait été élevée, c'est encore grâce

à Noëlla et Angélique qu'Évangéline s'était enfin décidée à faire partie des Dames de Sainte-Anne.

Avant même qu'elle eût cinquante ans, alors qu'elle commençait à souffler un peu, surprise et fière de voir qu'elle avait mené sa barque à bon port, émue de constater qu'on l'appréciait au comité des Dames de Sainte-Anne, le départ d'Adrien, son fils aîné, volontaire pour aller se battre à la dernière guerre, avait été un coup dur à encaisser, un peu à l'image du décès prématuré de son Alphonse qu'elle n'avait jamais voulu remplacer.

Déçue et triste, ayant depuis longtemps perdu la capacité de pleurer, Évangéline avait déversé son trop-plein d'amertume sur Marcel qui, il faut quand même le reconnaître, ne lui avait pas fait la vie facile. Enfant turbulent, adolescent frondeur, vivant souvent à la limite de la légalité, Marcel avait sapé le peu de tendresse qui subsistait au fond du cœur d'Évangéline.

Il avait fallu qu'une étrangère lui parle, avec des trémolos dans la voix, pour qu'elle ait envie de regarder derrière cette carapace d'indifférence qu'elle avait si bien entretenue au fil des ans. Entretenue avec une persévérance acharnée, à un point tel qu'elle-même avait fini par y croire.

Anne Deblois, après l'avoir émue aux larmes par son interprétation de quelques grands classiques, avait tout fait voler en éclats.

Anne lui avait parlé d'Antoine.

C'était vendredi dernier. Depuis, Évangéline en avait perdu le sommeil.

Que pouvait-elle faire pour aider son petit-fils? Car si une étrangère avait cru percevoir qu'il était malheureux, nul doute que le problème devait être de taille. Ici, à la maison, ils étaient tellement habitués à le voir tranquille, sage et réservé! Ils ne lui avaient peut-être pas apporté toute l'attention qu'il méritait.

Antoine...

Évangéline n'avait qu'à fermer les yeux pour que le visage de son petit-fils apparaisse clairement dans sa pensée et quand elle les ouvrait, il restait gravé en filigrane sur les murs.

Antoine...

Si Évangéline n'avait pas très bon caractère, elle avait cependant toujours été honnête. Avec elle-même comme avec les autres. De ce fait, elle admettait qu'elle ne s'était jamais vraiment préoccupée de son petit-fils. À la naissance, il ressemblait beaucoup trop à son père pour qu'elle soit attirée par lui. Quand, à peine quelques mois plus tard, elle avait compris que la ressemblance s'arrêterait aux traits du visage et que cet enfant-là serait beaucoup plus tranquille que son géniteur, elle en profita pour l'oublier. Antoine prenait si peu de place dans la maison!

Jusqu'à tout récemment.

Jusqu'à ce qu'une voisine, nouvellement arrivée dans le quartier, lui dise qu'elle croyait qu'Antoine était malheureux.

— À moins qu'il déteste le dessin et que le samedi soit un vrai cauchemar pour lui, avait habilement suggéré Anne.

Les deux femmes étaient encore au salon. Le jour tombait doucement et la pièce était enveloppée dans le rougeoiement du soleil couchant. Seule une petite lampe posée sur le piano mettait un halo de clarté sur les notes qui venaient de se taire quelques instants auparavant.

Évangéline s'était dépêchée de démentir les allégations d'Anne.

— Non, non... Je crois pas qu'Antoine haïsse le dessin. C'est depuis qu'y' est tout p'tit qu'y' dessine tout le temps. Dessiner, y' aime ça, c'est ben certain.

— Alors, c'est peut-être son professeur qui cause problème?

— Qui cause problème? Pas sûre de ben comprendre, moé là... Son professeur y ferait des misères? C'est-tu ça que vous voulez dire?

Sans laisser le temps à Anne de répondre, Évangéline avait enchaîné en secouant vigoureusement la tête.

— Ça se peut pas. Pourquoi c'est faire qu'y' ferait ça, monsieur Romain? Antoine, c'est fin comme une soie...

Évangéline se tut, visiblement plongée dans ses pensées.

— Pis, ajouta-t-elle, songeuse, Antoine nous l'aurait dit, si son professeur était pas gentil avec lui.

Elle leva les yeux vers Anne.

— Me semble que si son professeur était pas gentil, Antoine nous l'aurait dit, répéta-t-elle plus fort. Vous croyez pas, vous?

— Pas nécessairement. Il arrive que les enfants soient déroutants, parfois.

— Oh! Pour ça... C'est pas moé qui vas vous contredire là-dessus. Je pourrais vous en raconter des vertes pis des pas mûres. Marcel, le père d'Antoine, y' a pas laissé sa place quand y' était p'tit... Mais c'est pas de lui qu'on parle... Comme ça, vous pensez qu'Antoine a des problèmes? Remarquez qu'y' faut le connaître avant de dire ça, pis vous, sauf votre respect, vous le connaissez pas beaucoup. Vous saurez qu'Antoine, ça a jamais été un enfant ben ben vigoureux. Y' est plutôt tranquille de nature. C'est petête ça qui vous fait croire qu'y' est malheu...

— Non, je ne crois pas que ça soit ça. Je... J'ai eu l'occasion, l'autre jour, de l'accompagner jusque chez son professeur et c'est lui qui m'a dit que ce monsieur Romain, comme vous venez de l'appeler, ne serait pas gentil avec lui. Ce sont les mots d'Antoine lui-même.

— Hé ben... Comment ça se fait d'abord qu'y' a rien dit, Antoine?

Sourcils froncés, le doigt grattant le velours de l'accoudoir du fauteuil, Évangéline réfléchissait à voix haute.

— Je le sais! Je pense que je sais pourquoi... Antoine, y' veut pas arrêter ses cours de dessin pasqu'y' aime ça, le dessin. Pis y' sait que ça ferait de la peine à Bernadette si y' disait que monsieur Romain est pas gentil. Bernadette, c'est la mère d'Antoine, pis est ben fière du talent de son fils. Si a' l'apprenait que monsieur Romain est pas gentil avec son gars, c'est sûr qu'a' dirait d'arrêter les cours pasque c'est une bonne mère, Bernadette. Ça fait que d'un bord, Antoine veut arrêter de voir monsieur Romain, mais de l'autre bord, y' veut continuer ses cours de dessin pasqu'y' aime ça, le dessin, pis y' veut continuer de faire plaisir à sa mère.

Sur ce, Évangéline regarda fixement Anne.

— Ça se peut-tu, ce que je viens de dire là? Ça se peut-tu qu'Antoine soye ben mêlé dans toute ça pis que c'est pour ça qu'y' dit rien?

Anne haussa les épaules en signe d'ignorance.

— Je ne sais pas, mais vous avez probablement raison! Si vous essayiez de lui parler? Peut-être bien qu'il vous dirait ce qui...

— Pantoute, coupa Évangéline. Pasqu'imaginez-vous don, vous, que j'ai déjà essayé d'y parler, à Antoine. Moé avec, je trouvais qu'y' était un peu bizarre depuis un boutte. Mais chaque fois que j'essaye d'y tirer les vers du nez, y' se défile, le p'tit bonyenne. Pas moyen de jaser avec lui. Pis, entre vous pis moé, savoir ce qui se passe, ça changerait rien au fait que si Antoine a pas parlé jusqu'à date, c'est qu'y' veut pas arrêter ses cours. Je vois pas d'autre chose. Pis, voyez-vous, sa mère pis moé, on en connaît pas d'autres, des professeurs de dessin comme monsieur Romain.

— Et si je vous disais que j'ai une solution?

Une solution? Évangéline tendit sa bonne oreille pour ne rien perdre de ce qu'Anne allait lui annoncer.

— Comment ça, une solution? Ça serait-tu qu'en

plus de la musique que vous jouez ben comme c'est pas permis, qu'en plus vous auriez du talent en dessin?

— Pas moi, non. Mais ma sœur.

— Votre sœur? Vous avez une sœur qui dessine? Coudon, quelle sorte de famille que vous êtes, vous autres, les Deblois? Une qui joue de la musique, l'autre qui dessine! Tout le monde a-tu du talent comme ça, chez vous?

— On dirait bien! Moi, c'est la musique, Émilie, c'est le dessin et Charlotte, la plus vieille, écrit des romans.

— Des romans? Ah ouais? C'est gros sans bon sens, ces livres-là! Votre sœur est capable d'avoir assez d'idées pour ça? Ma grand foi du bon Dieu, y a rien qui vous arrête... Mais ça m'explique pas comment votre autre sœur pourrait donner des cours à mon Antoine, par exemple!

— De la même façon que monsieur Romain le fait! Le samedi en après-midi. Le seul problème que je peux voir, c'est que ma sœur habite un peu loin.

— Loin? Loin comment?

— Plus au nord, près de la rivière des Prairies, dans Ahuntsic.

— Ouais... C'est vrai que c'est pas à porte, mais quand y' faut, y' faut...

— Et les cours ne pourraient commencer qu'au mois de janvier. Émilie, ma sœur, vient tout juste d'avoir un autre enfant et comme ça lui en fait quatre...

— Quatre? Votre sœur qui dessine a quatre enfants? C'est une belle famille, ça. Moé avec, j'aurais voulu en

avoir plus, mais comme mon mari est parti ben jeune...
Mais c'est pas de ça qu'on parle. C'est d'Antoine. Vous
êtes ben sûre, vous là, que votre sœur accepterait de
donner des cours à Antoine? Pasque quatre enfants,
c'est de la grosse ouvrage. Je vois pas comment c'est
qu'a' va trouver le temps de recevoir Antoine chez eux
pour y donner des cours.

— Pourtant, quand je lui en ai parlé, Émilie ne
voyait pas de problème. Le temps de partir sa petite,
comme elle m'a dit, et en janvier, elle accepterait de
donner deux heures de cours le samedi après-midi.

— C'est ben fin de sa part. Vous y direz ça pour
moé... Pis combien qu'a' chargerait, votre sœur, pour
ces cours-là? Pasque monsieur Romain, lui, y' nous
demandait rien. C'est pour ça que Marcel a accepté que
son gars suive des cours.

— On n'en a pas parlé, mais ça ne devrait pas être
trop cher. Je crois qu'elle en profiterait pour initier son
plus vieux au dessin, lui aussi.

— Ah ouais? Son plus vieux? Ça serait petête une
bonne chose pour Antoine de pas être tuseul. Pis si je
vous ai parlé d'argent, c'est que pour Marcel, c'est toujours trop cher... Mais j'vas m'en occuper si, comme de
raison, Antoine a besoin de changer de professeur.
Reste juste à trouver une manière de dire qui va faire
qu'Antoine va vouloir me parler.

Anne était soulagée de voir que la discussion se
déroulait aussi bien, qu'Évangéline n'avait pas protesté
contre le fait de la voir s'ingérer dans une probléma-

tique qui, finalement, ne la regardait pas. Après tout, Charlotte n'avait pas tout à fait tort. Anne en profita pour glisser le nom de Bernadette dans leur dialogue.

— Et si vous en parliez à Bernadette ? Peut-être bien qu'elle saurait comment aborder son fils.

— Bernadette ?

Évangéline hésita un moment puis, d'un vigoureux hochement de la tête, elle rejeta l'idée.

— Non. Je parlerai pas à Bernadette. Pas tusuite, entécas. Si Antoine a rien dit, m'en vas respecter ça. C'est moé qui vas trouver la solution. Moé tuseule. Après, si vraiment y a un problème, y' sera toujours ben temps de parler à sa mère. M'en vas ben penser à mon affaire, pis j'vas trouver une solution.

Cela faisait maintenant une semaine qu'elle y pensait presque sans arrêt. À un point tel qu'en début de semaine, alarmée, Bernadette lui avait demandé si elle n'était pas malade. Cela faisait deux fois en deux jours qu'Évangéline prenait de l'aspirine, elle qui n'en prenait jamais.

— Me semble que vous avez pas l'air dans votre assiette, la belle-mère ? Y aurait-tu quèque chose qui vous tracasse ? Votre santé va-tu comme vous l'espérez ? C'est ben la première fois que je vous vois prendre des pilules pour le mal de tête. À moins que ça soye vos jambes. Y' ont-tu recommencé à faire mal ?

— Pantoute. Mes jambes se portent à merveille.

Pour confirmer ses propos, Évangéline avait esquissé un petit pas de danse.

— Tu vois ben! Les pilules de Cécile la docteur, c'est quasiment miraculeux. Pis mes souliers neufs avec, comme de raison. À part quèques p'tites raideurs le matin, ça va comme sur des roulettes. Ma santé a jamais été aussi bonne, j'cré ben.

— Ben, c'est quoi, d'abord?

Trop foncièrement brusque et tranchante pour être bonne comédienne, Évangéline avait quitté précipitamment la cuisine sans répondre, faisant la sourde oreille, ce qui, dans son cas, n'était pas vraiment surprenant. Néanmoins, cette défilade précipitée avait ajouté aux inquiétudes de Bernadette.

Après Laura et Antoine, voilà que la belle-mère s'en mêlait et devenait bizarre à son tour.

— Bâtard! Que c'est j'ai ben pu y dire pour qu'a' soye de même? Me semble que c'était devenu agréable entre elle pis moé. Me semble qu'on s'adonnait ben... J'aurais-tu dit de quoi qui aurait pas faite son affaire? A' m'a pas aidée une maudite fois à faire le souper c'te semaine, pis ça, c'est inquiétant.

Pourtant, ce n'était pas l'envie qui manquait à Évangéline de s'ouvrir à Bernadette. C'était une petite voix intérieure qui lui suggérait que si Antoine n'avait rien dit, elle n'avait pas le droit de le faire. La situation ne lui appartenait pas vraiment.

N'empêche que son silence ne lui apportait aucune solution.

Et elle avait promis à Anne, en la quittant, qu'elle lui donnerait des nouvelles dans les plus brefs délais.

— Viarge! J'ai rien à y dire, à madame Anne. A' doit ben se demander ce qui se passe icitte avec Antoine. M'en vas passer pour une sans-cœur si je fais rien! Si une étrangère a vu de quoi, c'est qu'y' a de quoi.

C'était devenu son leitmotiv!

Pas plus diplomate qu'il ne le fallait, Évangéline ayant oublié le sens des négociations depuis fort longtemps, sa démarche auprès d'Antoine n'avait rien donné, elle non plus. Pourtant, ce n'était pas par manque de bonnes intentions!

Malgré le fait qu'elle sache qu'habituellement elle manquait de délicatesse, n'ayant pas, selon sa perception des choses, à s'embarrasser de formules quand elle devait parler aux siens, Évangéline était convaincue que, pour une fois, elle n'avait pas le choix de passer par là. Après tout, c'était à cause d'Antoine qu'elle se faisait du sang de nègre, non? À lui de s'expliquer!

Ils étaient tous les deux dans le salon. *Bobino* restait un incontournable même si Antoine vieillissait. Chaque après-midi, au retour de l'école vers quatre heures, il passait par le salon pour regarder l'émission avant de regagner sa chambre. Comme pour une fois Charles n'était pas avec eux, Évangéline avait jugé que le moment était opportun. C'était maintenant qu'il lui fallait parler avec son petit-fils ou sinon, elle risquait de se taire à jamais.

— Pis, mon Antoine? avait-elle lancé, sans préambule, dès que l'indicatif musical annonçant la fin de l'émission s'était fait entendre. T'aurais pas quèque chose à me dire, toé là ? De quoi de ben important ? Me semble, ma grand foi du bon Dieu, me semble que t'es bizarre depuis un boutte !

Il n'en fallut pas plus pour qu'Antoine, sur la défensive, saute sur ses pieds et quitte la pièce sans répondre, rougissant comme s'il venait d'être pris en flagrant délit de vol. Pourtant, Évangéline avait mis tout ce qu'elle connaissait de douceur et de gentillesse dans sa voix, espérant ainsi gagner sa confiance. Cette attitude, un peu doucereuse par manque d'habitude, avait eu l'effet contraire et Antoine avait trouvé sa grand-mère beaucoup plus suspecte que bienveillante.

Depuis quand Évangéline parlait-elle gentiment ?

Il avait déguerpi tellement vite qu'Évangéline en était restée bouche bée.

— Ben voyons don, toé ! Que c'est j'ai fait de pas correct ? Pis que c'est qui peut arriver de si terrible pour qu'un enfant de pas douze ans encore soye aussi sauvage ?

À partir de ce moment-là, toutes les suppositions qu'elle pouvait imaginer lui traversèrent l'esprit.

Anne avait beau prétendre que le problème venait de monsieur Romain, rien ne prouvait, jusqu'à nouvel ordre, qu'elle eut raison.

Et si c'était Marcel ?

Évangéline avait longuement soupesé cette supposition. Après tout, un gars est censé avoir besoin de son père — c'est ce qui était écrit dans le livre du docteur Spock que Bernadette lui avait lu, quelques années auparavant — et dans le cas d'Antoine, tout ce que

Marcel trouvait à lui dire, c'était des bêtises. C'est en revoyant l'enfance de ses deux garçons, en se répétant qu'elle-même avait élevé seule ses deux fils, qu'elle avait rejeté cette hypothèse. Marcel était né air bête et même la présence d'Alphonse n'y aurait rien changé. Elle en était persuadée. Quant à Adrien, ma foi, il n'avait pas si mal tourné, malgré l'absence de son père.

— Comme quoi, cré maudit, une femme peut s'en sortir tuseule.

À ses yeux, le problème ne venait donc pas de Marcel même s'il n'était pas de la plus grande gentillesse à l'égard de son fils.

Alors?

Évangéline avait l'impression de tourner en rond.

C'est en ouvrant les tentures de la fenêtre de sa chambre, en ce samedi matin, qu'une partie de la solution lui sauta aux yeux.

Anne semblait persuadée que monsieur Romain était à l'origine du comportement étrange d'Antoine et c'est en se rendant à ses cours qu'il lui en avait parlé. En partant de ce principe et en acceptant le fait qu'Antoine refusait systématiquement de se confier à elle, Évangéline allait donc le suivre. Discrètement.

Elle leva les yeux.

Le ciel était obstinément bleu. Les arbres, qui n'offraient plus que quelques feuilles brunes et racornies, étaient immobiles et la façade de la maison voisine était inondée de soleil. Parfait pour une longue promenade.

Par réflexe, Évangéline porta les yeux sur ses pieds emmitouflés dans ses vieux chaussons de laine qu'elle retrouvait toujours avec plaisir, matin et soir. Elle remua les orteils comme pour en vérifier le bon fonctionnement. Malgré le meilleur état de ses jambes depuis qu'elle suivait les prescriptions de la docteur, serait-elle capable de marcher sur les talons d'un enfant de onze ans?

À cet instant, l'image d'Antoine ployant sous le poids de son matériel de peinture lui vint spontanément à l'esprit. Elle fut alors rassurée.

Elle arriverait sûrement à garder le rythme, car ainsi chargé, le petit avançait toujours à pas de tortue.

— Pis comme ça, m'en vas toujours ben finir par en avoir le cœur net!

Tout en enfilant sa robe de chambre, Évangéline mit au point le mensonge qui lui permettrait de filer Antoine en douce sans susciter de questions. Elle dirait que Noëlla l'attendait pour une partie de dames. Bernadette savait que ces parties-là étaient très importantes à ses yeux et elle ne chercherait pas à avoir plus de détails.

— Manquerait pus que Bernadette me retienne à maison pour quèque niaiserie! Ça serait vraiment pas le temps! Astheure, un bon bain chaud pour mes jambes. Avec ça, m'en vas être d'attaque pour suivre le p'tit!

Elle ne croyait pas si bien dire. À peine deux coins de rue et Évangéline comprit tout de suite qu'elle avait eu raison. Antoine marchait lentement, les yeux fixés au bout de ses chaussures et traînant systématiquement les pieds sur le ciment des trottoirs d'un pas à l'autre.

La filature était facile. Comme une enfant, Évangéline y prit goût, d'autant plus qu'à ce rythme-là, ses jambes tiendraient assurément le coup.

— On dirait ben qu'Anne Deblois avait raison, murmura-t-elle pour elle-même sans se soucier des gens qui parfois la dévisageaient ou se retournaient sur son passage, surpris, choqués ou amusés de voir une vieille dame parler toute seule. J'ai jamais vu quèqu'un avancer à reculons de même. Y' a pas pantoute l'air d'un p'tit gars heureux de s'en aller à ses cours. Son attirail a beau être pesant, j'ai comme qui dirait l'intuition qu'y a autre chose... Veux-tu ben me dire ce qui se passe chez monsieur Romain pour qu'Antoine aye c't'allure-là? Mais...

Évangéline fit une pause dans son monologue à voix basse comme pour reprendre son souffle afin de lancer, quelques instants plus tard, mais de façon très distincte cette fois-ci:

— Ben voyons don, toé! Qui c'est ça, encore?

Antoine venait de lever le bras pour saluer quelqu'un qui lui répondit de la même manière, de l'autre côté de la rue. Évangéline freina net, tout en plissant les paupières pour mieux voir.

— Ma grand foi du bon Dieu, on dirait ben... Mais que c'est qu'y' vient faire dans le portrait, lui, coudon?

Curieusement, comme si son attirail de peinture pesait soudainement beaucoup moins lourd, Antoine traversa la rue en courant tandis que, figée sur place, Évangéline le suivait des yeux.

À l'instant où elle reconnut celui qu'Antoine avait si joyeusement salué, son sang ne fit qu'un tour.

— J'aurais don dû m'en douter, viarge! Y a du Gariépy là-dedans. Maudite race de racailles!

La vue de Bébert Gariépy soulevant le fardeau d'Antoine comme un fétu de paille avant de le glisser en bandoulière sur son épaule décupla l'énergie d'Évangéline.

Pas eux! Pas les Gariépy! Ils n'avaient rien à faire dans sa vie. Elle aurait donc dû s'en tenir à sa première impression et interdire à Laura de fréquenter la grande échalote à Francine! Ça lui apprendrait, aussi, à vouloir être gentille!

Évangéline se remit en marche, traversa la rue d'un pas ferme au risque de se faire repérer par Antoine, mais pour l'instant, elle n'en avait cure. Les Gariépy ne lui dameraient pas le pion une seconde fois. Non, madame! Une fois dans une vie, c'était amplement suffisant pour gâcher toute une existence!

Sans se douter de sa présence, les deux garçons devisaient vivement tout en avançant maintenant d'un bon pas. Pourtant, Évangéline tenait bon et elle arrivait à les suivre. De toute façon, depuis l'instant où elle avait reconnu Bébert, la colère lui avait fait oublier que ses jambes, parfois, pouvaient encore se montrer capricieuses.

Elle remercia le Ciel quand elle aperçut une auto lui permettant de se camoufler un peu au moment où

Antoine et Bébert firent une pause pour échanger le cartable. Ils remontèrent ensuite une allée menant à une maison de briques brun chocolat qui devait être celle de monsieur Romain, Évangéline ne voyait pas autre chose.

Elle fit la grimace, oubliant son petit-fils pour un instant.

Évangéline trouvait saugrenue l'idée d'avoir peint la porte en rouge vif. Ces deux couleurs, brun foncé et rouge vif, mises côte à côte, donnaient une allure inesthétique et ridicule à une propriété qui autrement aurait pu avoir un certain charme avec ses élégants vitraux colorés dans le haut des fenêtres.

— Pis c'est lui qui donne des cours de peinture à notre Antoine? Ben coudon! Pour un professeur de dessin, y' a pas ben ben de goût, monsieur Romain!

Curieusement, Bébert resta en bas de l'escalier. Antoine monta seul et tendit le bras vers une tête de lion qui semblait faire office de sonnette. Un visage parut presque aussitôt dans l'embrasure de la porte.

Évangéline n'eut aucune difficulté à reconnaître monsieur Romain, bien qu'elle ne l'eût croisé que quelques fois à l'église, à la messe du dimanche matin, et aperçu rapidement au concert donné l'an dernier en l'honneur du curé Ferland.

— Une face laite de même, tu peux pas oublier ça, même si tu l'as pas vue souvent, décréta-t-elle à voix basse avant de se détourner avec célérité parce que Bébert rebroussait chemin.

Il ne manquerait plus que d'être démasquée le jour où elle allait peut-être mettre le doigt sur le problème, bien que, malgré tout le ressentiment, voire la haine qu'elle entretenait rigoureusement pour les Gariépy depuis plus d'un quart de siècle, elle n'arrivait toujours pas à s'expliquer la présence de Bébert.

— Cré maudit! C'est don compliqué, tout ça!

Évangéline attendit que Bébert ait tourné à la jonction de la rue principale pour revenir sur ses pas à son tour et s'arrêter au coin de la rue.

— Que c'est que je fais, astheure? fit-elle en soupirant d'impatience tout en regardant autour d'elle. Je retourne-tu à maison tusuite ou ben je reste icitte à attendre?

L'indécision fut de courte durée, car Évangéline admit d'emblée qu'elle ne pouvait retourner chez elle sans risquer de complications. Premièrement, cela n'apporterait aucune réponse à ses interrogations et deuxièmement, elle devrait expliquer à Bernadette la raison de son retour impromptu.

Évangéline détailla le paysage autour d'elle.

Bien que n'habitant pas très loin d'ici depuis plus de trente ans, elle ne connaissait pas vraiment ce coin de la ville. Elle fit quelques pas incertains, traversa la rue et, se fiant à un vague pressentiment, elle tourna à droite à la première intersection rencontrée.

À quelques pas, une pancarte dans une vitrine annonçant un petit casse-croûte scella sa décision. Le temps d'un café pour calmer ce curieux frisson qui l'agaçait depuis quelques instants, le temps aussi de reposer ses jambes et après, elle irait chercher Antoine.

— M'en vas toujours ben savoir, une bonne fois pour toutes, ce qui se passe dans c'te damnée maison-là le samedi après-midi!

Elle commanda une pointe de tarte aux pommes, sa petite gourmandise préférée, et un grand café bien chaud, jugeant qu'elle le méritait bien. Curieusement, malgré le fait qu'elle était enfin à l'intérieur, le frisson tenace qui lui chatouillait les épaules et le bas des reins s'entêtait. Pourtant, il ne faisait pas tellement froid aujourd'hui. Le soleil avait même des tiédeurs agréables.

À la première bouchée, Évangéline affirma en son for intérieur que la tarte de monsieur Albert était nettement supérieure. Plus fondante, moins sucrée, une pâte plus feuilletée. Le café, à peine tiède, fut à l'avenant et lui sembla fait avec de l'eau de vaisselle.

Elle inspira bruyamment, contrariée.

Au fond, elle n'avait ni faim ni soif et elle n'était même pas gelée. Dans sa tête, depuis tout à l'heure, elle ne voyait plus que le visage de monsieur Romain, obsédant, déplaisant, et ce devait être lui qui était à l'origine de ce frisson désagréable.

Cette idée fixe lui gâcha tout son plaisir.

— Une vraie face de fouine, soupira-t-elle en picorant dans la tarte avec le bout de sa fourchette, même si elle n'avait jamais vu de fouine de toute sa vie.

Néanmoins, à ses oreilles, le mot portait en soi un monde d'hypocrisie et de ruse, lui donnant brusquement des fourmis dans les jambes. Il lui tardait maintenant de retourner chez le professeur d'Antoine, sans pour autant comprendre ce sentiment d'urgence qui l'habitait, lui faisait débattre le cœur.

Malgré tout, par principe et pour tuer le temps, elle mangea sa tarte jusqu'au bout. Elle n'allait quand même pas gaspiller un beau dix cennes pour une sensation de fébrilité qu'elle ne pouvait même pas s'expliquer. Dans un pareil souci d'économie, elle but son café jusqu'à la dernière goutte, sans sourciller. Cependant, quand vint le temps de payer, elle se fit un malin plaisir de régler l'addition avec une poignée de sous noirs et ne laissa aucun pourboire. Tant pis pour la jeune serveuse. Ça leur apprendrait à servir cette lavasse qu'ils osaient appeler du café.

Le geste, qu'elle jugea polisson, la ragaillardit.

Elle prit une profonde inspiration et tournant les talons, elle refit à l'envers le chemin qui la mena, en quelques minutes, jusque devant la maison de monsieur Romain où elle s'arrêta, hésitante.

Pour une des rares fois de sa vie, Évangéline Lacaille dut avouer qu'elle était intimidée. La prestance du grand homme sec lui en imposait.

Elle resta un long moment sur le trottoir, incapable de se décider à avancer, comme subitement paralysée.

Qu'allait-elle bien pouvoir dire pour expliquer sa présence?

Habituellement prompte à trouver des réparties bien senties, ne s'en laissant pas facilement imposer,

Évangéline sentait que sa traditionnelle verve lui faisait, cette fois-ci, cruellement défaut.

C'est qu'il était tout de même impressionnant, monsieur Romain, avec sa veste croisée à petites poches d'où pendait une chaîne de montre en or! Les rares occasions où Évangéline l'avait croisé, sur le parvis de l'église, elle n'avait pu s'empêcher de remarquer ce bijou qui brillait au soleil et elle avait chaque fois pensé que cet homme ressemblait à un premier ministre.

Ce fut la voix d'Anne Deblois, lui encombrant soudainement la tête, insistante, qui vint à sa rescousse. Le temps de se répéter qu'elle ne comprenait toujours pas pourquoi la musicienne avait cru si important de se mêler de leur vie, Évangéline s'engagea dans l'allée qui menait à la maison. Elle avait promis de s'occuper d'Antoine et c'est ce qu'elle ferait. Gênée ou pas gênée!

Elle se tint à la rampe pour gravir l'escalier, soufflant un peu de fatigue, de douleur aussi, ses genoux étant nettement moins souples qu'au début de son escapade.

Puis, après une profonde inspiration, Évangéline refit le geste d'Antoine et elle porta la main sur la tête de lion. Un gong assourdi résonna dans la maison.

Elle attendit un instant. Pas de réponse.

Pourtant, elle savait pertinemment qu'il y avait quelqu'un dans cette maison. Un professeur et son élève ne pouvaient pas se volatiliser comme ça, sur un simple claquement des doigts!

Impatiente, elle recommença à sonner. Mais, cette fois-ci, elle laissa délibérément son index enfoncé sur le bouton de la curieuse sonnette. À l'intérieur, le bruit devait être assourdissant.

La réserve brièvement éprouvée quelques instants auparavant n'était plus qu'un vague souvenir. Plus Évangéline sonnait, plus le temps passait sans réponse et plus son embarras se transformait en impatience avant de se métamorphoser définitivement en une colère froide.

Que se passait-il dans cette maison pour que l'on mette autant de temps à répondre à la porte?

Toute à ses pensées, à cette vague de fiel qui lui montait tout à coup à la bouche, Évangéline sursauta lorsqu'elle sentit le battant se dérober sous sa main.

Un seul regard de monsieur Romain, la dévisageant de haut, dédaigneux, et elle comprit. Son cœur se serra quand le nom d'Antoine lui traversa l'esprit.

Ce regard de lubricité malsaine, elle le reconnaissait. C'était celui de son oncle Fernand quand il revenait parfois de la grange le samedi après-midi. Oh! Elle n'était pas très vieille à l'époque — elle avait peut-être six ou sept ans — et à cet âge tendre, elle n'aurait jamais pu dire à quoi ce regard faisait référence. Mais de toute sa vie, elle n'avait oublié le malaise qu'elle ressentait alors quand ce même regard appuyé se posait sur elle, la détaillant avec insistance de la tête aux pieds, comme son père jaugeait un animal à la foire agricole. Adulte, quand elle était arrivée à la ville pour travailler, Évangéline avait eu l'occasion de croiser certains hommes qui l'avaient regardée de la même façon que l'oncle Fernand l'avait fait lorsqu'elle était enfant et c'est alors qu'elle avait compris le sens véritable de ce qui se passait dans la grange. Ces samedis-là, maintenant Évangéline s'en souvenait très bien, sa sœur Murielle s'enfermait toujours dans sa chambre quand, quelques instants après l'oncle Fernand, elle revenait de la grange à son tour.

Exactement comme Antoine depuis qu'il suivait des cours de dessin.

Comme après quelque temps, l'oncle Fernand n'était plus jamais venu les visiter, Évangéline n'y avait plus vraiment pensé.

Jusqu'à maintenant.

Jusqu'à l'instant où son regard avait croisé celui de monsieur Romain.

De l'épaule, avec autorité, Évangéline repoussa la porte d'entrée et pénétra dans le vestibule étroit sans attendre d'y avoir été invitée.

— Mais de quel droit vous permettez-vous de...

Évangéline se tourna brusquement vers monsieur Romain qui, du bras, tentait de lui barrer le chemin. Elle remarqua aussitôt un pan de chemise qui pendait hors de son pantalon.

Elle sut, d'instinct et hors de tout doute, qu'elle ne s'était pas trompée.

Elle se mit à trembler de rage. Plus rien ne pourrait l'arrêter.

Tenant son sac à main comme une arme offensive, comme un bouclier prêt à l'attaque, elle repoussa le professeur à hauteur de poitrine, résistant à grand-peine à l'envie de le frapper encore et encore.

— Tassez-vous de mon chemin, vieux sale.

— Pardon?

Monsieur Romain devait être un excellent comédien, car il semblait vraiment suffoquer d'indignation.

— Faut-tu que je répète? Vous êtes juste un vieux sale, un vieux maudit. Vous l'avez d'écrit dans face que vous êtes un vieux cochon.

— Mais qu'est-ce que c'est que cette mascarade de mauvais goût? Je ne vous connais même pas!

— Lacaille, monsieur! Je m'appelle Évangéline Lacaille.

Évangéline brandissait son sac à main au-dessus de sa tête comme un étendard.

— Ça vous dit-tu quèque chose, c'te nom-là? Lacaille?

À cette mention, Jules Romain cilla. Oh! Très légèrement, mais Évangéline s'en aperçut. Si elle avait besoin d'une preuve supplémentaire, elle venait de l'avoir. Quand un étranger débarque chez soi en forçant quasiment la porte, c'est de la colère qui se dégage de soi, à la rigueur de l'inquiétude, mais sûrement pas un affolement comme celui qu'elle pouvait lire maintenant sur les traits anguleux du visage du professeur de dessin.

Monsieur Romain fut le premier à détourner les yeux. Visiblement, il cherchait à gagner du temps, car il susurra, d'une voix qu'il aurait très bien pu utiliser dans un salon à l'heure du thé:

— Oh! Vous êtes parente avec Antoine, à ce que je vois.

— En plein ça! Chus sa grand-mère. Pis vous, vous êtes juste un vieux malpropre, un vieux dégoûtant.

Tout en parlant, du bout d'un doigt, avec dédain, Évangéline souleva un pan de chemise qui dépassait du pantalon.

— C'est quoi ça, hein?

— Oh ça!

La voix de monsieur Romain avait un petit quelque chose de mielleux qui agressait prodigieusement Évangéline.

— J'étais à la salle de bain quand vous avez sonné. Je me suis dépêché.

Évangéline ne s'en laissa pas imposer par cette explication beaucoup trop facile pour être vraie. Elle attaqua de front.

— Pis menteur en plus! Maudite face de traître! Espèce de Judas Iscariote! Dire que vous avez le culot d'aller à messe le dimanche. Tassez-vous, je vous dis, j'veux passer, pis tusuite à part de ça! Chus venue jusqu'icitte pour voir mon petit-fils, pis j'vas le voir. Que vous soyez d'accord ou non!

— Je vous interdis d'entrer chez moi sans invitation.

— Pis moé, je me passe de votre invitation.

Des larmes de rage embuaient le regard d'Évangéline. Bousculant le professeur, elle s'engagea dans le long corridor flanqué de portes en bois verni. Elle se moquait d'avoir raison ou pas. En cas d'erreur, il serait toujours temps de s'excuser. Mais, tout au fond d'elle, Évangéline savait qu'elle ne se trompait pas.

— Antoine? Tu m'entends-tu? T'es où, toé là?

Tout en parlant, Évangéline s'essuya le visage. Puis elle renifla avant de reprendre de plus belle:

— Réponds, viarge, qu'on parte d'icitte au plus sacrant. C'est moé! Ta grand-mère. Chus venue te chercher.

— Grand-mère? Grand-mère Évangéline?

— Ben sûr, grand-mère Évangéline! Quelle autre grand-mère veux-tu que ça soye? T'en as pas d'autre proche d'icitte, me semble!

Se fiant au son de la voix, Évangéline avança dans le corridor, battant des bras pour empêcher monsieur Romain de la dépasser. Quand elle entra enfin dans la salle à manger qui tenait lieu de salle de cours, Antoine était en train d'attacher le bouton de sa braguette. Évangéline sentit le rouge lui monter au visage, bien malgré elle. De tristesse, de colère décuplée, mais aussi à cause de tout ce que ce geste anodin, intime, laissait supposer d'horreur.

En raison de ses mains qui tremblaient un peu, Antoine mit un long moment à enfiler le bouton dans la boutonnière. Un temps qui sembla une éternité aux yeux d'Évangéline qui n'avait plus qu'un seul désir, celui de partir d'ici au plus vite, de quitter cet endroit sinistre.

Le besoin d'une longue bouffée d'air frais lui sembla tout à coup essentiel, pratiquement vital.

Mais quand Antoine leva enfin les yeux vers elle, le temps n'eut plus aucune importance. Il cessa même d'exister, et les protestations de monsieur Romain ne l'atteignirent plus.

Évangéline fit les quelques pas qui la séparaient de son petit-fils et, faisant fi de la douleur qui irradiait de plus en plus de ses jambes, elle s'agenouilla devant lui. Avec respect, avec une douceur qu'elle n'avait pas ressentie depuis fort longtemps, elle caressa délicatement ses cheveux.

Elle prit alors maladroitement le visage d'Antoine entre ses mains aux doigts déformés par l'arthrite et, du bout des pouces, elle essuya lentement les larmes qui striaient les joues de son petit-fils.

— Là, là, c'est fini, mon homme. Faut pus pleurer. C'est fini, ben fini. Je te jure que tant que j'vas vivre, y a pus personne qui va te faire du mal de même. Pus personne, pus jamais. Promis...

Antoine dévorait sa grand-mère des yeux. Jamais il n'aurait pu imaginer que l'aide tant souhaitée viendrait d'elle.

Timidement, à peine un frôlement, ses lèvres se posèrent spontanément sur les mains noueuses qui caressaient son visage. Puis il offrit à Évangéline un sourire tremblant où elle devina le plus grand soulagement qu'il lui était possible de voir.

— Astheure, rapaille toutes tes affaires, mon Antoine, commanda-t-elle, mais toujours avec cette douceur surprenante de sa part et qui coulait sur le cœur d'Antoine comme une eau bienfaisante. On s'en va à maison. Pis oublie rien, surtout, pasque tu reviendras pus jamais icitte. Pus jamais, promis.

Sur ces mots, Évangéline se releva péniblement en s'appuyant lourdement sur le dossier d'une chaise tandis qu'Antoine commençait à ramasser avec fébrilité toutes ses choses éparpillées sur la table.

Le temps de se dire qu'elle ne s'était jamais sentie aussi vieille qu'en ce moment, aussi fourbue, Évangéline se retourna face à monsieur Romain qui n'osait plus rien dire. Tout était là devant lui et ses paroles ne pourraient que se retourner contre lui. Évangéline le toisa d'un regard où se disputaient amertume, dégoût et colère, et, incapable de soutenir tant d'agressivité, monsieur Romain détourna la tête, s'avouant enfin vaincu. Il eut la couardise de se dire qu'il s'en tirait peut-être à bon compte à l'instant où Évangéline, pour sa part, regrettait intensément de ne pas être un homme pour pouvoir lui régler son compte. Elle en tremblait de rage.

Voilà donc celui qui l'avait tant impressionnée.

Un salaud.

N'eût été de sa bonne éducation, ou peut-être tout simplement si Antoine n'avait pas été là, elle lui aurait craché au visage. Le geste aurait été à sa portée, à défaut d'un coup de poing bien senti.

À la place, elle souhaita de toutes ses forces que cet homme, un jour, ait aussi mal qu'Antoine avait eu mal à cause de lui. Elle souhaita que la vie lui réserve la pire des méchancetés qui puissent exister. Ce n'était peut-être pas très chrétien, mais Évangéline découvrit qu'une telle pensée lui faisait un bien immense.

Et elle ne s'en confesserait même pas. Le bon Dieu comprendrait sûrement. Puis, toujours sans un mot, elle se retourna face à Antoine.

— As-tu fini? Ouais? Alors, viens-t'en, mon homme. On a pus rien à faire icitte, pus rien pantoute!

Antoine attrapa son grand cartable par une courroie qu'il cala sur son épaule et, sans hésiter, il glissa sa main dans celle que sa grand-mère lui tendait. Sans un regard pour monsieur Romain, il passa devant lui les yeux au sol et quitta la maison sans le moindre regret. Tant pis pour les cours de dessin. Lui qui avait tant espéré un signe du Ciel, il venait de l'avoir.

Ils marchèrent ainsi, main dans la main, silencieusement, jusqu'au bout de la rue, chacun perdu dans ses pensées. Mais alors que sa grand-mère allait tourner vers la droite en direction de la maison, Antoine s'arrêta brusquement.

— Je peux pas rentrer tusuite.

— Comment ça, tu peux pas...

Évangéline, plus fatiguée qu'elle ne voulait l'admettre, avait retrouvé ses intonations habituelles, brusques et colériques. Mais, au moment où elle posa les yeux sur Antoine dont le visage était toujours marqué par les traînées blanches laissées par les larmes qu'il avait versées, elle s'interrompit subitement avant de poursuivre en changeant diamétralement de registre:

— Chus juste une vieille pas fine. Tu dois être ben fatigué, hein, mon Antoine? Tu voudrais-tu te reposer une menute avant de retourner à maison? Je connais un p'tit restaurant pas loin d'icitte. C'est pas vargeux, mais pour une liqueur, ça devrait aller. Pasque c'est toute ce que je peux t'offrir, mon pauvre p'tit gars, une liqueur. Y' me reste quasiment pus rien dans le porte-monnaie.

— Merci, t'es ben fine de penser à ça, grand-mère, mais j'ai pas vraiment soif. Pis chus pas trop fatigué non plus. C'est juste que...

Visiblement, Antoine était mal à l'aise.

— C'est juste qu'y' faut que j'aille avertir Bébert.

Voilà, le nom était lâché! Les sourcils épais et broussailleux d'Évangéline se froncèrent sur-le-champ.

— Ben regarde don ça, Bébert...

Malgré toute la meilleure volonté du monde, Évangéline ne put se maîtriser complètement. Devant les impondérables de la vie, la retenue n'avait jamais été une vertu dominante chez elle, Évangéline le savait fort bien. C'est pourquoi elle se mit à respirer bruyamment par le nez, tant pour se contenir devant Antoine, qui ne méritait pas une poussée de colère, que pour exprimer cette même colère que le simple nom des Gariépy faisait sourdre en elle. Les maudits Gariépy!

— Ben justement, on va en parler, de ton Bébert!

Le ton était redevenu un tant soit peu ombrageux.

— Que c'est qu'y' faisait avec toé, t'à l'heure, le fameux Bébert? C'est-tu lui qui t'amenait chez...

Il y avait suffisamment de suspicion dans la voix d'Évangéline pour qu'Antoine comprenne aussitôt ce qu'elle s'imaginait. Il l'interrompit rapidement.

— Non, grand-mère, c'est pas ce que tu penses. Pas pantoute à part de ça! Je dirais même que c'est le contraire. Bébert, c'est mon ami. Y' est gentil avec moé. Pis y' m'a aidé le mieux qu'y' pouvait dans c't'affaire-là.

— Ah ouais... Y' t'a aidé? C'est pour t'aider qu'y' allait te reconduire chez monsieur Romain? C'est drôle, mais je pense pas la même affaire que toé. Quand on veut aider quèqu'un, on va pas le garrocher dans gueule du loup.

— C'est pas ça qu'y' faisait, pas pantoute... S'il te plaît, grand-mère... Pour une fois, si je te dis que Bébert m'a aidé, faut me croire. Sans lui, ça aurait été encore pire, j'en suis sûr.

— Pire... Pasque ça pourrait être pire que ce que j'ai vu t'à l'heure? Je pense pas, moé... Bébert, y' savait-tu, lui, ce qui se passait le samedi chez ton professeur? Pis je veux une réponse franche!

Recommandation inutile. Au point où il en était rendu, Antoine n'avait plus du tout envie de mentir.

— Ouais, y' savait toute, Bébert. C'est le seul qui savait toute, tu sauras. Pis quand y' venait me reconduire ou ben me rechercher, au début entécas, monsieur Romain osait pas me... osait pas...

Antoine était rouge de confusion, les yeux pleins d'eau.

— Tu le sais, hein, ce que je veux dire?

Évangéline ne répondit pas immédiatement, le cœur et la gorge noués par la tristesse, toute colère envolée. Pauvre enfant! Bien sûr qu'elle comprenait ce qu'Antoine essayait maladroitement de lui dire et jamais elle n'oserait lui demander d'être plus précis. Elle posa la main sur sa tête, lui ébouriffa les cheveux.

— Ouais, je le sais, mon homme. Y a des choses, de même, qu'on a pas besoin de dire en mots pour les comprendre.

Puis, avant de changer d'avis, elle ajouta précipitamment:

— Pis si tu dis que Bébert est gentil, ben...

Évangéline avala sa salive avant de poursuivre.

— Disons que j'veux ben te croire. Pour c'te fois-citte. Même si j'ai ben de la misère à concevoir qu'un Gariépy peut être gentil. Mais si tu le dis...

— C'est sûr qu'y' est gentil, Bébert. Tu peux me croire.

Antoine semblait soulagé. Il poussa un long soupir et leva un regard presque heureux en direction d'Évangéline.

— Si tu le connaissais, tu dirais comme moé, c'est ben certain. C'est pour ça qu'y' faut que j'aille le voir. J'avais promis d'aller le retrouver quand le cours serait fini. Si y' me voit pas arriver, c'est sûr qu'y' va s'inquiéter.

— Ouais, je comprends... Je comprends pas toute dans c'te verrat d'histoire-là, mais ce que tu viens de dire là, par exemple, je le comprends. Faut pas que Bébert s'inquiète. C'est ben correct de ta part de penser ça.

Tout en parlant, ils avaient recommencé à marcher dans la direction choisie par Antoine quand, de nouveau, il s'arrêta.

— Tu sais, t'es pas obligée de venir avec moé. Je peux y aller tuseul voir Bébert. Je le fais souvent.

Évangéline regarda autour d'elle de façon presque instinctive, comme si la rue était subitement envahie de vicieux comme monsieur Romain. Même si les quelques passants avaient l'air bien inoffensifs, elle pinça les lèvres pour retenir les mots désobligeants qui lui venaient à l'esprit et, bien qu'elle soit exténuée après ce qu'elle avait vu chez le professeur, elle n'avait pas du tout envie de laisser Antoine se promener seul dans la ville.

— Non, Antoine. Je viens avec toé.

Puis, comme pour donner du poids à ses propos, elle leva les yeux au ciel. Un ciel encore bleu mais qui prenait déjà des teintes violacées tout au bout de la rue, vers l'est. Les journées étaient de plus en plus courtes.

— Y' fait beau sans bon sens, apprécia-t-elle. On continue la promenade.

Antoine haussa les épaules dans un premier temps avant de glisser spontanément sa main dans celle d'Évangéline.

— Chus content que tu restes avec moé, grand-mère.

Ces quelques mots furent suffisants pour atténuer l'élancement qu'Évangéline sentait dans ses jambes.

— Moé avec, Antoine, j'aime ça être avec toé.

Puis après quelques instants à marcher en silence, Évangéline ajouta:

— Je peux-tu te demander quèque chose, Antoine?

— Ben oui. Toute ce que tu veux.

— Comment je pourrais dire ça... Je l'ai! J'aimerais ça que toé pis ta sœur, Laura, vous m'appeliez grand-moman au lieu de grand-mère. Comme le p'tit Charles m'appelle. C'est petête un peu fou de dire ça, mais me semble que ça fait plus gentil. Ça fait un boutte que j'y pense, mais l'occasion s'était jamais présentée pour que je t'en parle avant.

— Grand-moman?

Antoine regardait sa grand-mère, l'air surpris.

— Ouais, en plein ça! Grand-moman... Tu trouves pas, toé, Antoine, tu trouves pas que ça sonne mieux dans nos oreilles?

Antoine parut réfléchir un moment.

— C'est sûr... Pis ça serait comme chez mon ami Ti-Paul. Lui avec, y' dit grand-moman quand y' parle de sa grand-mère.

— Tu vois ben!

Antoine hochait la tête à petits coups vifs comme s'il soupesait la question avec le plus grand sérieux.

— O.K.! Grand-moman, ça me va... Astheure, j'vas dire grand-moman, comme tu le demandes. Ça me fait un peu drôle, mais j'vas m'habituer... Pis j'vas en parler à Laura, inquiète-toé pas. Elle avec, je pense qu'a' va aimer mieux ça. On dirait que ça fait plus doux.

Tout en parlant, Antoine remorquait sa grand-mère dans un dédale de rues et de ruelles qu'elle ne connaissait pas. Puis, il y eut un long moment de silence que personne n'osa briser. Ce fut au détour d'une de ces ruelles qu'Antoine s'arrêta encore une fois pour demander, l'air préoccupé, sans oser regarder Évangéline:

— Je peux-tu te demander quèque chose, à mon tour?

— Dis toujours, mon homme, on verra ben après.

— Ben...

Après une longue inspiration, Antoine leva enfin les yeux.

— Je peux-tu te demander de rien dire à moman? Ça y ferait trop de peine d'apprendre que monsieur Romain a... que monsieur Romain était...

Antoine soupira, embarrassé, avant d'ajouter:

— Déjà que de savoir que j'aurai pus de cours de dessin, moman va ben être découragée. Tu le sais, toé avec, comment c'est qu'a' veut que...

— Wô, p'tit gars, deux menutes... Ça fait ben des affaires en même temps, ce que tu viens de dire là. C'est ben compliqué pour une vieille comme moé.

— Tu trouves? Moé, je pense que c'est la même affaire. D'un bord ou ben de l'autre, ma mère va finir par avoir de la peine pis ça, je veux pas.

— Ça, c'est clair. Ça, je le comprends. Pis c'est clair avec que pour une mère qui a du cœur comme la tienne, apprendre que son p'tit gars a eu des misères avec un professeur, ça peut pas faire autrement que d'y faire de la peine. On s'entend là-dessus... Comme ça, tu veux que je garde le secret?

Antoine ne prit même pas le temps de réfléchir avant de lancer avec une conviction touchante:

— Oh oui, grand-mè... grand-moman! C'est vraiment ça que je veux. Je veux pas y faire de peine, à ma mère, est trop fine, pis j'ai pas envie qu'a' me pose toutes sortes de questions. Toé, t'as été gentille pis t'en as pas posé, des questions. Mais avec moman, chus sûr que ça sera pas pareil. A' veut toujours toute savoir, moman.

À ces mots, Évangéline prit une mine sévère.

— Ben, tu sauras, mon homme, que c'est juste normal pour une mère de chercher à savoir ce qui se passe dans la vie de ses enfants. Comment veux-tu que ça soye autrement? Cré maudit, faut toujours ben vous élever!

— C'est sûr... Mais pour une fois, juste pour une fois, j'aimerais mieux que moman sache rien. Je... je veux pus jamais en parler, de ce qui s'est passé chez monsieur Romain. Chus pas sûr pantoute que j'vas être capable de l'oublier, mais, au moins, je veux pus en parler.

Ce fut au tour d'Évangéline de garder le silence un moment. Le sérieux d'Antoine la déconcertait. Comment un enfant aussi jeune pouvait-il avoir de telles pensées? Fallait-il qu'il ait été blessé par tout ce qui venait de se passer! Évangéline soupira. Le secret serait lourd à garder. Encore plus que ceux entourant les Gariépy ou la naissance du petit Charles, mais avait-elle le choix?

Évangéline plongea son regard dans celui d'Antoine. Elle y lut tellement d'attente, tellement d'espoir, qu'elle ne put se résoudre à lui faire entendre raison.

— Ouais, je peux comprendre, admit-elle enfin, un peu à contrecœur. Mais je veux quand même que tu saches que c'est pas facile, ce que tu me demandes là, rapport que j'vas avoir l'impression de mentir à ta mère, pis que, elle pis moé, on s'adonne ben. Mais on va dire quand même que c'est notre secret. Un secret dont on parlera pus jamais. Ni toé, ni moé, ni personne. C'est-tu correct de même?

Évangéline fut bouleversée par le soulagement qu'elle put apercevoir sur le visage de son petit-fils.

— Oh oui! C'est ben correct de même.

Pourtant, l'apaisement d'Antoine fut de courte durée. Son visage passa d'un soulagement spontané et sans artifice à une grande perplexité en quelques secondes à peine.

— Astheure, y' reste juste à régler le problème des cours de dessin, constata alors le jeune garçon à voix basse, comme s'il ne parlait que pour lui-même. Y a pas à dire, va falloir que je trouve quèque chose, pasque mes cours de dessin, j'ai pas le choix, chus ben obligé de les continuer.

Ces quelques mots, et surtout le ton sur lequel ils avaient été prononcés, piquèrent la curiosité d'Évangéline. Aussi, avant d'annoncer à Antoine que les cours de dessin ne causaient pas de problème, elle voulut en savoir un peu plus long sur cette obligation de suivre des cours.

— Pourquoi c'est faire que tu viens de dire ça, Antoine? Qui c'est qui t'a dit que t'étais obligé de suivre des cours de dessin? Me semble qu'y a pas d'obligation là-dedans. Me semble qu'y a personne qui peut t'obliger à...

— C'est à cause de monsieur le curé.

Sur le coup, ne s'attendant surtout pas à entendre le nom du curé Ferland faire son apparition dans leur discussion, Évangéline ouvrit des yeux grands comme des soucoupes.

— Bon, une autre affaire astheure, soupira-t-elle, dépassée par ces événements inattendus. Veux-tu ben me dire en quoi notre curé Ferland a d'affaire avec toute c't'histoire-là? Ça serait ben le boutte que lui avec...

— Pantoute! C'est pas ce que tu penses, grand-moman, répliqua vivement Antoine, qui soupçonnait avec une lucidité surprenante où sa grand-mère voulait en venir. Le curé Ferland a rien à voir avec monsieur Romain. Rien à voir pantoute! Mais c'est lui, par exemple, qui nous a dit, l'an dernier à la retraite, qu'on avait pas le droit de négliger les talents que le bon Dieu nous avait donnés. J'ai même cherché dans le dictionnaire, pis je sais ce que ça veut dire, négliger. Ça fait que pour moé, comme tout le monde dit que j'ai du talent en dessin, j'ai pas le droit d'arrêter mes cours. C'est toute. Mais je sais pas le diable comment j'vas faire pour dire à ma mère que j'vas pus chez monsieur Romain sans être obligé d'y dire le reste qui va avec. Pis des professeurs de dessin, j'en connais pas d'autres!

La pertinence d'un tel raisonnement rejoignit aussitôt les convictions religieuses les plus profondes, les plus intimes d'Évangéline. Même si elle continuait d'être étonnée du sérieux de son petit-fils et qu'elle aurait bien aimé poursuivre son interrogatoire, elle ne put faire autrement que de l'approuver aussitôt.

— C'est ben beau, ce que tu viens de dire là, mon Antoine. Ouais, ben beau! Pis t'as pas tort, à part de ça: c'est ben important de respecter le bon Dieu pis le curé avec, comme de raison. Mais t'as pas à t'en faire. T'auras pas à arrêter tes cours pasque je t'ai trouvé un autre professeur.

— Un autre professeur? interrompit fébrilement Antoine qui sentit, à cette perspective, une grande partie de la tension des dernières années quitter ses épaules.

Malgré cela, méfiant, il enchaîna, question d'effacer tout doute possible:

— Pas un autre monsieur Romain, j'espère?

— Pantoute. C'est une dame. Une moman comme la tienne. Pis c'te fois-là, c'est une vraie peintre. Une madame qui fait des vraies peintures pis qui les vend, tu sauras. Partout dans le monde, à ce qu'on m'a dit.

— Ah ouais?

Lentement, presque imperceptiblement, le spectre de monsieur Romain reculait dans l'ombre.

— Ouais... C'est la musicienne du coin de la rue qui m'en a parlé.

Madame Anne...

L'ombre d'un sourire traversa le visage d'Antoine. Même s'il avait refusé toutes ses invitations à se rendre chez elle, tout au fond de lui, il avait toujours su qu'il pouvait lui faire confiance.

— C'est madame Anne qui a trouvé un autre professeur? Hé ben... Est-ce qu'a' le connaît comme faut, le nouveau professeur?

— Plus que ça, c'est sa propre sœur. Si je me fie à ce que je sais d'Anne Deblois, sa sœur doit être une bonne personne. Si je me rappelle ben, je pense qu'a' s'appelle Émilie ou quèque chose dans le genre.

— Émilie, c'est un beau nom... Pis je m'en rappelle, astheure. Madame Anne m'en avait parlé.

Antoine savoura la nouvelle un instant avant de reporter une dernière inquiétude sur sa grand-mère.

— Pis ma mère, elle? Comment c'est que j'vas y dire que je change de professeur? A' va ben se poser des questions, ma mère! A' va ben se demander comment...

— Laisse faire ta mère, coupa Évangéline. Bernadette, je m'en occupe moi-même en personne. T'auras rien à y dire. Faut juste que tu me donnes une couple de jours pour toute régler avec elle. J'ai ma petite idée pour y annoncer que tu changes de professeur. Une idée qu'a' pourra pas refuser pis ton père non plus. Ça fait une longue semaine que je pense juste à ça, pis je pense que j'ai trouvé. Astheure, toé, y' faut que tu fasses comme d'habitude. Que tu fasses le p'tit gars qui sait rien pantoute. Pis quand j'vas annoncer que tu changes de professeur, ben y' va falloir que t'ayes l'air ben surpris pis ben content. Penses-tu que tu vas être capable de faire ça?

Antoine réfléchit un moment puis, d'une voix grave, il répondit:

— Si on fait de même pis que chus pas obligé de dire ce qui s'est passé chez monsieur Romain, ben j'vas faire comme tu dis. M'en vas attendre que tu m'annonces la nouvelle pis, promis, j'vas avoir l'air surpris comme si je le savais pas d'avance... Regarde, on est rendus.

Du doigt, Antoine pointait la façade du garage de Jos Morin.

— C'est icitte que Bébert travaille. Depuis le mois de septembre, monsieur Morin y montre à faire de la mécanique. Je le trouve ben chanceux.

— C'est vrai que t'as toujours aimé ça, les chars.

— Comme Bébert. Lui avec, y' aime ben ça, les chars... Astheure, m'en vas aller y dire de pas s'inquiéter. Tu m'attends-tu icitte ou ben tu viens avec moé?

La réponse d'Évangéline fusa sans la moindre hésitation.

— Si ça te dérange pas trop, je pense que j'vas rester icitte.

Antoine haussa les épaules avec désinvolture avant de laisser glisser son cartable de ses épaules jusque sur le trottoir.

— Ça me dérange pas pantoute.

— Pis fais ça vite, je commence à être pas mal fatiguée.

— Promis. Bouge pas, je reviens dans deux menutes. Après ça, on va retourner à maison ensemble. Tu vas voir, c'est pas loin quand on passe par l'autre ruelle qui est là-bas, fit-il en pointant du doigt un pan d'ombre entre deux maisons. Ça prend juste cinq menutes quand on passe par là. On se retrouve tout d'un coup drette devant le casse-croûte de monsieur Albert.

— Ben tant mieux. J'ai hâte de retrouver mes chaussons de laine!

S'appuyant contre la façade de la maison derrière elle, Évangéline regarda Antoine traverser la rue en courant puis s'engouffrer sans hésiter dans le réduit qui servait de bureau au commerce de Jos Morin.

Rangées en belles lignes droites, quelques autos neuves reflétaient les derniers rayons du soleil couchant. Évangéline ne put s'empêcher de les admirer tout en les comparant, bien involontairement, à l'ancien modèle que conduisait Marcel.

— Les chars, constata-t-elle à mi-voix, c'est comme les robes. On dirait qu'y a quèqu'un de malfaisant qui s'amuse à changer la mode chaque année juste pour nous donner envie de dépenser. Ça devrait être interdit, des affaires de même...

Quand elle vit Antoine qui revenait vers elle, c'est en grimaçant de douleur qu'Évangéline se redressa.

— Grand-moman, ça te dérangerait-tu ben gros si je restais un boutte avec Bébert? Comme ça, on reviendrait pas ensemble, toé pis moé, pis ça aiderait à mieux garder notre secret... Que c'est t'en penses?

Une fois de plus, Évangéline fut stupéfaite d'une telle perspicacité. Après tout, Antoine n'avait pas tort. Néanmoins, elle jeta un regard inquiet vers le bout de la rue avant de revenir à son petit-fils.

— Tu veux rester icitte? Tu veux que je m'en retourne tuseule?

Évangéline souffla bruyamment.

— Je dis pas que t'as pas raison quand tu dis que ça serait mieux qu'on revienne pas en même temps, mais je me demande comment j'vas faire pour me retrouver tuseule, par exemple. Je connais pas ça, moé, le quartier de par icitte, pis c'est pas des farces quand je te dis que chus ben fatiguée. Faudrait surtout pas que je me perde!

— Ça arrivera pas, c'est trop facile. M'en vas aller te mener jusqu'à la ruelle que je t'ai montrée t'à l'heure. Après, t'as juste à la suivre jusqu'au boutte. Tu vas voir, tu peux pas te tromper. Tu vas arriver chez monsieur Albert ben vite.

— Ouais... Pis toé? Que c'est tu vas faire icitte? Lambiner avec Bébert?

Antoine leva alors vers sa grand-mère un regard tout brillant de joie anticipée.

— Ben non, je m'en vas pas lambiner avec Bébert. Y' a pas le temps, aujourd'hui, y' est en train de réparer un flat. Pendant ce temps-là, moé, m'en vas dessiner, grand-moman, m'en vas dessiner! Donne-moé juste le temps de faire le portrait du char neuf que monsieur Morin a reçu c'te semaine. T'as-tu vu comment c'est

qu'y' est beau avec le soleil qui brille sur ses ailes bleues?
J'aimerais ben ça en profiter avant que le soleil s'en aille
pour de bon. Pis après, promis, m'en vas rentrer direct
à maison.

*　　*　　*

Évangéline mit un temps infini à gravir l'escalier en
colimaçon qui menait à son appartement. Maintenant
que l'après-midi était derrière elle avec la course inter-
minable à travers la ville et son lot d'émotions étrei-
gnant le cœur, la vieille dame n'avait plus la moindre
énergie. Elle n'aspirait qu'à une chose, au confort de ses
chaussons de laine et à la tranquillité de sa chambre qui
allait avec. Malgré cela, dès qu'elle vit Bernadette qui
venait à sa rencontre dans le corridor, les sourcils en
bataille, elle sut qu'elle devrait puiser dans ses ultimes
réserves et elle redressa les épaules.

— Enfin vous v'là! J'étais inquiète sans bon sens.

Les poings sur les hanches, Bernadette la dévisageait
sans vergogne. Elle semblait harassée.

Mal à l'aise, pour se donner du temps afin de réfléchir, Évangéline fit celle qui ne remarque rien. Elle
répondit du tac au tac avec une désinvolture qu'elle
était loin de ressentir.

— Inquiète? Pour moé? Depuis quand tu t'inquiètes pour moé, Bernadette?

— Depuis que Noëlla, vers deux heures, deux
heures et demie, a appelé pasqu'a' vous cherchait,
imaginez-vous don. A' se demandait si vous seriez pas

disponible pour une partie de dames. Curieux, hein?

Évitant le regard de Bernadette, Évangéline se retourna. Elle prit tout son temps pour accrocher sa veste de laine sur un cintre avant de fourrager inutilement entre les manteaux pour faire un peu de place dans le garde-robe pour enfin accrocher son chandail.

Tout serait tellement plus simple si elle pouvait dire la vérité. Mais voilà! Elle avait promis à Antoine de se taire et, pour Évangéline, une promesse resterait toujours une promesse. Même faite à un enfant.

Ne pouvant décemment continuer à se taire, elle se retourna enfin pour faire face à Bernadette.

Quitte à la blesser, Évangéline ne voyait rien d'autre que de la remettre vertement à sa place en lui faisant comprendre qu'elle se mêlait de ce qui ne la regardait pas. Son esprit épuisé ne voyait rien d'autre.

— Comme ça, Noëlla a téléphôné?

— Ouais. C'est drôle, hein, rapport que vous aviez dit que...

— Laisse faire ce que j'ai dit t'à l'heure.

La voix d'Évangéline était sèche et coupante. Bernadette eut alors l'impression de remonter dans le temps, de revenir à cette époque où, jeune mariée, elle se sentait une indésirable sous le toit des Lacaille. Une grosse boule de tristesse lui encombra aussitôt la gorge. Qu'avait-elle fait pour en revenir à ça? Bernadette ne comprenait pas.

Pendant ce temps, Évangéline poursuivait sur sa lancée.

— Laisse faire ce que j'ai dit t'à l'heure pis écoute ben ce que j'vas te dire drette là. Quand on veut pas de menteries, ma fille, on pose pas de questions. Me semble que c'est pas dur à comprendre, ça? Si moé, ta belle-mère, je te dis que j'étais avec Noëlla après-midi, t'as rien à demander de plus pis tu devrais me faire confiance. Un point, c'est toute. Astheure, Bernadette, tu vas ben vouloir m'escuser, mais je pense que j'vas aller m'allonger un peu avant le souper. Jouer aux dames, tu sauras, je trouve ça ben fatigant. Je comprends pas que Noëlla aye pu appeler pour me parler rapport que... Va falloir que je vérifie ça avec elle. Petête ben qu'a' commence à perdre la boule sans qu'on s'en rende trop compte.

Et sans attendre une réponse qui pourrait la mettre dans l'embarras, Évangéline fit volte-face et trottina le plus vite qu'elle le put en direction de sa chambre dont elle ferma bruyamment la porte avec un soupir de soulagement.

Tant pis pour la susceptibilité de Bernadette. Évangéline n'avait même plus la force de s'apitoyer sur sa belle-fille. Elle finirait bien par trouver une explication propre à satisfaire sa curiosité et, pourquoi pas, elle en profiterait pour s'excuser.

Évangéline tomba sur son lit comme une masse.

Bien plus que la fatigue physique et la lourdeur de ses jambes, c'étaient l'amertume ressentie et la désillusion face à la race humaine qui lui étreignaient le cœur, lui faisant mal à pleurer. Tandis qu'elle revenait tout à l'heure par la ruelle, elle avait eu le temps de faire certains calculs.

Deux ans, à peu de choses près.

Cela faisait maintenant deux ans qu'Antoine avait changé, devenant taciturne et renfermé à la moindre occasion.

Deux trop longues années en compagnie de monsieur Romain tous les samedis après-midi.

C'était cela qui faisait si mal à Évangéline. Le cauchemar de son petit-fils avait duré deux interminables années et personne n'avait réagi.

Personne, pas plus elle que les autres.

Il avait fallu qu'une étrangère s'en mêle pour que...

Évangéline soupira en reniflant vigoureusement pour tenter d'éloigner les larmes. Elle n'en était pas à un désenchantement près dans sa vie. Comme elle l'avait fait jadis au décès de son Alphonse, elle allait serrer les dents et se battre. Il n'y avait aucune place, aucun temps de disponible pour les pleurs et l'apitoiement sur soi, même si cet après-midi, elle avait perdu bien des illusions face à la race humaine. Quand la tempête serait calmée, quand Antoine aurait retrouvé ses rires d'enfant et que la paix régnerait de nouveau sous son toit, elle reviendrait à son chagrin et prendrait le temps qu'il faut pour panser son cœur blessé, désillusionné. Mais d'abord, elle devait régler la situation. Un jour, ses fils avaient eu besoin d'elle et elle avait bravé les obstacles. Aujourd'hui, c'était son petit-fils Antoine qui avait besoin d'elle et elle agirait de la même façon.

Pour Évangéline, il n'y avait là aucune espèce de différence entre les deux situations.

La vieille dame se retourna dans son lit, l'esprit en ébullition.

— Y a pas à dire, faut que je trouve une façon de parler à Bernadette pis Marcel sans rien dire du secret que j'ai promis de garder, murmura-t-elle, accablée.

Il lui faudrait trouver LA raison qui ferait en sorte qu'Antoine puisse changer de professeur sans avoir à dévoiler quoi que ce soit. Malgré ce qu'elle avait dit un peu plus tôt, Évangéline n'avait pas la moindre idée de ce qu'elle pourrait inventer pour convaincre son fils et sa belle-fille. Mais avant, elle irait voir la musicienne pour lui dire qu'elle n'avait plus à s'en faire pour Antoine et lui demander quelques détails sur les cours que sa sœur était prête à offrir à son petit-fils.

Y aurait-il de gros frais à débourser ? Et où habitait-elle exactement, cette Émilie ? À trois ou à dix milles d'ici ?

Pragmatique comme toujours, Évangéline commença par tenter de résoudre ces deux questions.

Pour les coûts éventuels, elle dirait que c'est le cadeau qu'elle offrait à Antoine pour ses étrennes. La période de l'année se prêtait à merveille pour expliquer cette solution.

— Une chose de réglée, soupira-t-elle.

Quant à l'éloignement...

Évangéline se gratta le menton, s'agita un moment.

Il n'y avait pas trente-six solutions. Marcel n'aurait pas le choix : il devrait reconduire son fils.

Évangéline esquissa une grimace d'impatience.

Cela laissait présager bien des discussions. Il y aurait même, peut-être, quelques disputes bien senties. Belle perspective!

Par contre, si les cours avaient lieu en avant-midi...

La moue d'Évangéline se transforma en sourire malicieux.

Par contre, si les cours avaient lieu en avant-midi, Marcel pourrait aller reconduire son fils pendant que Bernadette commencerait à faire sa commande chez Steinberg. Puis il viendrait retrouver Bernadette pour terminer l'épicerie et ensuite, tous les deux, ils iraient chercher Antoine.

— En étirant un peu le temps, ça devrait aller, murmura-t-elle, épatée d'avoir trouvé une telle idée. Au besoin, chus même prête à y donner quèques cennes pour payer son gaz. Comme ça, Marcel aura pas à chialer.

Satisfaite, Évangéline s'installa confortablement sur le côté. Puis, confiant sa bonne oreille au moelleux de son oreiller, question de s'assurer d'un semblant de tranquillité, elle ferma les yeux. Il ne restait plus qu'à trouver une raison pour justifier tout ce chambardement et le tour serait joué. Mais elle ne s'inquiétait plus. Pour cela aussi, Évangéline se faisait confiance.

Quand n'avait-elle pas trouvé de solutions à ses problèmes?

Un silence ouaté s'installa petit à petit dans sa tête et c'est un peu pour cette raison qu'elle n'entendit pas

Antoine quand il revint enfin à la maison. Un mauvais sommeil l'avait emportée dans un rêve absurde, exaspérant et intolérable, où, dans une salle immense dont les murs renvoyaient des échos de toutes sortes, les monsieur Romain se multipliaient à l'infini en courant et en se moquant d'elle.

Antoine fit pourtant une entrée bruyante dans la cuisine. Pour la première fois depuis une éternité, il était exubérant, brandissant fièrement au-dessus de sa tête le dessin qu'il venait d'effectuer au garage de Jos Morin. Il était tellement content du résultat obtenu! Cela faisait des mois et des mois qu'il n'avait pas aussi bien dessiné et il lui tardait de montrer son chef-d'œuvre.

La détente opérant, il avait oublié qu'habituellement, le samedi après-midi, il filait directement dans sa chambre. Pour la même raison, il avait totalement oublié la promesse faite à sa grand-mère, celle de s'engager à agir exactement comme il avait coutume de le faire.

Surprise par ce chahut inhabituel, Bernadette délaissa la pâte qu'elle était en train de rouler et se tourna vers Antoine, l'humeur suspecte. D'abord, Évangéline lui avait menti sans ambages, elle en était persuadée, et maintenant son fils arrivait, excité comme une puce. Décidément, il y avait quelque chose qui ne tournait pas rond dans la maison!

— Bâtard! T'es ben de bonne humeur, toé, aujourd'hui! Que c'est qui s'est passé, pour l'amour, pour que tu soyes en forme de même?

Exaspérée par la sensation bien tangible que quelqu'un était en train de se moquer d'elle, Bernadette avait parlé d'une voix sèche qui ne lui était pas coutumière, surtout pas quand elle s'adressait à Antoine. Ce dernier eut aussitôt l'impression de se recroqueviller par l'intérieur et l'après-midi qu'il venait de vivre s'inscrivit instantanément et au grand complet en lettres de feu dans son esprit. Il était en train de tout gâcher à cause d'un stupide dessin.

La culpabilité qu'il ressentait depuis des années à cause d'une situation qui le dépassait refit surface avec la violence d'un raz-de-marée, ramenant spontanément la façade qu'il s'était inventée pour se protéger.

Antoine baissa les yeux.

— Y' s'est rien passé, moman. Rien pantoute. C'est juste que chus vraiment content du dessin que j'ai faite. C'est toute. Ça faisait longtemps que j'en avais pas réussi un beau de même.

— Ah ouais?... Montre-moé don ça, pour voir!

La main qui tendit le dessin tremblait tellement Antoine avait peur que sa mère se doute de quelque chose.

— Verrat! C'est ben vrai, t'as raison, Antoine.

Le ton avait changé.

— Y' est beau, ton dessin, approuva Bernadette, ben beau. Ce que j'aime surtout, c'est le soleil qu'on voit briller sur les ailes du char.

Elle se sentait fléchir. Pourquoi reporter sa frustration sur un enfant qui ne le méritait sûrement pas?

L'attitude d'Évangéline n'avait rien à voir avec Antoine.

— C'est-tu chez monsieur Romain que t'as faite ça? demanda-t-elle en lui rendant son dessin avant de se remettre à rouler la pâte. Me semble d'habitude que c'est pas des affaires de même que tu dessines avec lui.

Soulagé de ne plus sentir la brûlure du regard de sa mère sur son visage, Antoine inspira longuement avant de préciser:

— Non, c'est pas avec monsieur Romain que j'ai faite mon dessin. C'est au garage de Jos Morin.

Bernadette jeta un coup d'œil par-dessus son épaule.

— Le garage à Jos Morin? Mais que c'est tu faisais là, toé? Me semble que le samedi, c'est à ton cours que t'es supposé aller, pas au garage à Jos Morin. C'est-tu encore ce grand fatigant de Bébert qui t'a mis dans tête de pas aller à tes cours? Je le sais ben que t'aimes ça, les chars, mais y a un boutte à toute, mon garçon! Si y' faut que j'aille te reconduire moi-même pour que...

— Pantoute, moman, interrompit vivement Antoine qui n'espérait plus qu'une chose et c'était que cette conversation se termine au plus vite. Bébert a rien à voir avec ça, à part le fait qu'y' travaille au garage pis que c'est lui qui m'a dit que je pouvais y aller tant que je voulais quand y' était là. Tu le sais, ça, je t'en ai déjà parlé. Pis chus allé à mon cours, tu sauras. C'est juste... c'est juste qu'y' a fini plus vite que d'habitude. Je pense que... je pense que monsieur Romain avait quèque chose de spécial à faire... C'est là que j'ai eu envie d'aller au garage pour voir si y' avait pas des nouveaux chars.

C'est toujours à c'te temps-citte de l'année qu'y' arrivent, les chars neufs. Pis là, ça a été plus fort que moé. J'ai eu envie de dessiner. C'était facile pasque j'avais toute mon barda avec moé.

— Ouais, je vois...

Bernadette jeta un second regard furtif en direction d'Antoine. Il tenait son dessin à deux mains, devant lui, et le dévorait des yeux. Il y avait tellement longtemps qu'elle ne l'avait vu aussi heureux qu'elle en oublia aussitôt son ressentiment.

— T'as raison d'être fier de toé, Antoine. Des p'tits gars comme toé qui dessinent comme ça, y en a pas beaucoup.

— Merci.

— Je dis pas ça juste pour te faire plaisir. C'est pasque c'est vrai. Tu dessines pas mal ben, Antoine.

— Ce que j'ai remarqué, fit alors Antoine tout pensif, c'est que je dessine mieux quand chus pas avec monsieur Romain.

Antoine ne le savait pas encore, mais ces quelques mots, qui n'étaient après tout que le reflet d'une constatation parmi tant d'autres, allaient ouvrir la porte toute grande à sa grand-mère quand viendrait le temps d'expliquer pourquoi elle tenait tant à ce que son petit-fils change de professeur.

Au souper, quand Bernadette lui montrerait le dessin d'Antoine, lui répétant ces quelques mots, Évangéline en profiterait pour dire qu'elle aussi avait remarqué ce curieux phénomène.

— Cré maudit! C'est drôle mais moé avec je trouvais, depuis un boutte, que les dessins qu'Antoine faisait icitte étaient plus beaux que ceux faits chez son professeur. Veux-tu que je te le dise, Bernadette? Je pense ben que monsieur Romain a pu rien à montrer à notre Antoine. On a juste à regarder pour voir! Après toute, monsieur Romain, c'est pas un vrai artiste. C'est pour ça que ce que fait Antoine, avec lui, est moins beau qu'avant. Y' apprend pus rien de neuf avec lui.

— Peut-être ben que vous avez raison. Moé avec, depuis un boutte, je trouvais que ses dessins étaient ben ordinaires... Mais que c'est qu'on va faire, d'abord? Antoine peut pas arrêter ses cours avec le talent qu'y' a.

— Ben d'accord avec toé.

Évangéline buvait du petit lait. Tout s'emboîtait à merveille, y compris le mensonge qu'elle avait grossièrement servi à Bernadette.

— C'est pour ça que j'ai trouvé un autre professeur pour Antoine!

La vieille dame jubilait.

— C'est là que j'étais, après-midi, pour régler les détails. Je voulais te faire une surprise, pis en faire une à Antoine, comme de raison. C'était juste une invention, ma partie de dames avec Noëlla. Ça m'apprendra aussi à mentir comme ça. Je me suis faite ben attraper. Les cours vont commencer juste au mois de janvier, par exemple, rapport que son nouveau professeur, c'est une femme, pis qu'a' vient d'avoir un autre bebé. Mais en attendant, je pense qu'Antoine a ben mérité un p'tit congé. Quèques samedis de lousses pour jouer avec Ti-Paul, me semble que ça y ferait du bien. Que c'est t'en penses, Bernadette?

CHAPITRE 4

C'est un petit bonheur
Que j'avais ramassé
Il était tout en pleurs
Sur le bord d'un fossé
Quand il m'a vu passer
Il s'est mis à crier
Monsieur, ramassez-moi
Chez vous, emmenez-moi...

Le petit bonheur
PAROLES ET MUSIQUE DE FÉLIX LECLERC

Mercredi 10 décembre 1958

Depuis la veille au soir, une belle neige tout en gros flocons lourds tombait sur la ville, lui offrant des allures de cartes de Noël. Habituellement sensible à tout ce qui pouvait contribuer à élever l'âme, Cécile n'avait même pas remarqué à quel point sa rue était belle avec ses arbres immenses aux branches alourdies. Quand elle avait ouvert les tentures, c'est un soupir lourd de souvenirs disparates qui avait accueilli cette première neige.

Descendue à la cuisine, c'est à peine si elle avait souri devant les cris de joie de son fils, Denis, qui, du haut de ses cinq ans, trépignait déjà à l'idée du bonhomme de neige qu'il ferait après le déjeuner.

— Est-ce que c'est de la neige à bonhomme, maman?

— On dirait bien.

— Youppi! Tu viens avec moi jouer dehors, maman?

— Pas ce matin, mon grand.

— Oh!

La déception était palpable.

— Pourquoi?

Cécile se retourna sans répondre comme si elle n'avait pas entendu tout en retenant un second soupir. En effet, pourquoi n'irait-elle pas jouer dehors avec Denis? N'avait-elle pas tout son temps?

À la fin de l'été, Cécile avait remis sa démission pour rester avec son fils, ayant vécu une situation plutôt difficile à la maison. En effet, Gaétane, celle dont elle avait retenu les services pour s'occuper de Denis au moment où Laura était repartie pour Montréal, n'avait pas été à la hauteur de ses attentes. Chaque fois qu'elle y repensait, Cécile esquissait un sourire. Laura l'avait prévenue que Gaétane ne ferait pas l'affaire.

N'empêche qu'ils avaient frôlé la catastrophe et que Cécile n'oublierait jamais cette journée-là.

Par un certain après-midi pluvieux, alors que la gardienne était à la cuisine, préférant de loin s'activer à la préparation des repas, le petit Denis, qui s'ennuyait tout seul, était parti sans dire un mot pour essayer de retrouver la crèche où il avait vécu jusqu'à l'année dernière.

Il voulait surtout retrouver ses amis.

Jamais, de toute sa vie, Cécile n'avait été aussi inquiète que ce jour-là. Quand elle avait finalement retrouvé Denis qui marchait seul sur le trottoir du chemin Sainte-Foy, elle s'était alors juré qu'il ne s'ennuierait plus jamais.

Elle avait donc donné sa démission de l'hôpital où elle travaillait comme médecin, démission en vigueur dès le retour de ses vacances. Elle ne reprendrait du service qu'au moment où Denis entrerait à l'école. Et encore! Le docteur Cécile Veilleux ne serait disponible qu'à mi-temps. Désormais, Denis serait sa priorité.

Mais ce matin, malgré toute cette belle neige tombée, Cécile n'avait pas du tout le cœur à jouer.

Hier, en après-midi, le facteur était passé, lui apportant une jolie carte toute scintillante envoyée par Laura qui lui souhaitait un beau Noël et une bonne année.

«Mes parents et ma grand-mère se joignent à moi pour tous ces vœux!» avait-elle ajouté en bas de sa carte.

L'ennui avait été aussi subit que total et, le regard embué, Cécile s'était réfugiée dans la salle de bain pour se soustraire aux questions que Denis ne manquerait pas de lui poser si jamais il la voyait aussi triste.

La nuit avait été longue et agitée, peuplée de rêves invraisemblables. Au réveil, Cécile avait vite compris que ce qu'elle avait anticipé, au moment de la venue de Laura, était en train de se concrétiser.

L'ennui de Laura ravivait en elle celui de sa petite Juliette, une enfant qu'elle avait été obligée d'abandonner à la naissance et dont personne, hormis son père, son frère Gérard et la famille de sa tante Gisèle, ne connaissait l'existence.

Le temps d'un premier café et l'ennui de l'une se confondit à celui de l'autre dans le cœur de Cécile.

Tout au long de la journée, la jeune mère promena sa tristesse d'une fenêtre dont elle soulevait le rideau à une porte qu'elle ouvrait machinalement comme si les deux gamines allaient miraculeusement apparaître au bout de sa rue.

Après le souper, elle prétexta le besoin impérieux d'une longue promenade pour s'aérer les esprits comme elle aimait souvent le faire, toujours pour éviter les questions qui risquaient de surgir devant une morosité qu'elle cachait difficilement.

— J'ai envie d'aller me promener, fit-elle, mine de rien, en se tournant vers Charles, son mari, qui, installé à la table de la cuisine, lisait religieusement son journal comme il le faisait tous les soirs.

— Bonne idée, répondit-il évasivement sans même lever les yeux de la page qu'il avait devant lui.

Puis, tout en tournant la page, il ajouta:

— Ne t'inquiète pas pour Denis, je vais le mettre au lit à huit heures. Prends tout ton temps, c'est vraiment beau dehors.

Cécile ne se le fit pas dire deux fois et après avoir embrassé Denis, elle quitta la maison. Sans hésiter, elle tourna vers la gauche pour se diriger vers la demeure de sa tante Gisèle qui habitait un peu plus bas dans la ville.

Il n'y avait qu'avec elle que Cécile pourrait s'ouvrir le cœur et pleurer tout son saoul si jamais le besoin s'en faisait sentir.

Sa tante était au salon, seule, puisque Napoléon, son mari, avait rejoint quelques amis pour une partie de cartes entre hommes. Ses deux fils ayant quitté la maison depuis un bon moment déjà, mariés et établis, l'un à Montréal et l'autre à Chicoutimi, Gisèle Breton tuait le temps comme elle le pouvait, pensant à ses fils si loin d'elle. C'était le grand drame de la tante Gisèle, d'ailleurs, cette distance qui la séparait de ses enfants et ses petits-enfants. Mais rien à faire, rien à dire, son mari refusait systématiquement de voyager en train ou en autobus tout comme il refusait que sa femme y aille seule. Puisqu'ils n'avaient pas d'auto à leur disposition, les occasions de se rencontrer se faisaient rares.

Le poste de radio posé sur une petite table dans un coin du salon diffusait, en sourdine, quelques airs de Noël, et du bout du pied, Gisèle suivait le rythme du *White Christmas* de Bing Crosby.

Comme toujours, Cécile ouvrit sans frapper et glissa la tête dans l'embrasure de la porte.

— Matante?

Assise dans un coin du divan, la tante Gisèle avait les yeux fermés. Mais elle ne dormait pas pour autant! Dès qu'elle reconnut la voix de Cécile, elle leva vers elle un grand sourire.

— Tu parles d'une belle surprise, ça, à soir! Rentre, ma belle, rentre! Dégraye-toi un peu pis viens t'assire.

Justement, j'étais tuseule à jongler. Poléon pis sa gang de p'tits vieux jousent aux cartes chez Joachim. Viens, on va jaser un brin.

Cécile s'installait déjà auprès de sa tante et par réflexe, elle replia les jambes pour se lover sur le divan comme elle l'avait si souvent fait quand elle habitait ici.

— On est bien chez vous, matante, soupira-t-elle, détaillant le vieux mobilier et les rideaux un peu fanés qui pendaient aux fenêtres.

— Ben voyons don, toi!

La tante Gisèle, qui se doutait bien un peu de ce qui allait suivre, posait sur sa nièce un regard amusé. Quand Cécile arrivait ainsi, sans préavis, et qu'elle soupirait à fendre l'âme, c'était que les confidences allaient suivre.

— Tu l'aimes pas, ta belle maison? demanda alors Gisèle, question d'ouvrir la porte au dialogue. Me semble que chez vous, c'est bien plus confortable que dans mon logement, même si on a trois étages à nous autres.

— Je ne parle pas de confort, précisa Cécile en inspirant longuement. Je parle de bien-être.

— Oh!... Je vois. Tu parles de bien-être... Qu'est-ce qui se passe, ma Cécile? Une de tes crises d'ennui?

Amusée de se voir si facilement percée à jour, Cécile ne put s'empêcher d'esquisser un vague sourire.

— Je ne peux rien te cacher! C'est vrai que j'ai le cœur dans l'eau. Et il n'y a qu'avec toi que je peux espérer passer à travers.

186

— C'est ce que tu dis toujours, ma pauvre p'tite fille, constata la tante en lui tapotant le genou avec un peu d'impatience. Pis moi, que c'est que je te réponds, d'habitude?

— Que j'ai juste à écouter mon cœur pour trouver la réponse qui va m'aider à passer par-dessus mon ennui, psalmodia Cécile tout en jetant un regard complice à sa tante. Je sais tout ça.

— Alors? Que c'est tu veux que je te dise de plus si tu sais comment faire pour te sentir mieux?

— Rien... J'ai peut-être simplement besoin de parler.

À ces mots, la tante Gisèle échappa un rire.

— Ben là... Pour ce qui est de jaser, t'as frappé à la bonne porte. J'aime ben ça parler pis écouter le monde me raconter leurs affaires. Ça fait partie de mes défauts! Pis? Que c'est qui a déclenché ta crise d'ennui, c'te fois-citte? T'aurais pas eu des nouvelles de la p'tite Laura, par hasard?

Cécile répondit au rire de sa tante par un sourire un peu triste.

— Tu devines toujours tout! Tu as raison. J'ai reçu une carte de Noël hier, et depuis, je suis...

— Comme moi j'en ai reçu une de ton cousin Fernand, lança la tante Gisèle, interrompant cavalièrement sa nièce. Pis c'est justement à lui que je pensais quand t'es arrivée. À lui pis à sa belle famille... Mais attends don une minute, toi, je reviens!

Toujours aussi vive et alerte, la tante Gisèle était déjà debout.

— J'vas aller te chercher la carte de Fernand. Je l'ai collée sur la porte du frigidaire. C'est une carte un peu spéciale. C't'année, imagine-toi don qu'y' s'est fait tirer le portrait avec sa femme pis ses enfants, pis le photographe a transformé ça en carte de souhaits. C'est moins beau que les cartes avec des brillants qu'y' nous envoye d'habitude, mais ça fait quand même plaisir de toutes les voir, rapport que je les vois pas souvent. Chicoutimi, c'est pas à la porte pis y' paraît que le Parc est ben long à traverser. Ben long pis ben dangereux aussi.

Sans cesser de parler, la tante Gisèle était allée à la cuisine, à l'autre bout du long corridor qui scindait le logement en deux, puis elle en était revenue.

— Tiens, regarde-moi ça, ces beaux enfants-là.

La tante Gisèle se rengorgeait comme un paon tout en tendant un carton rectangulaire à Cécile. D'une chiquenaude, elle remonta ses lunettes, impatiente d'avoir l'avis de Cécile.

— Pis, que c'est t'en penses?

Sur le carton fort orné de feuilles de gui, Fernand, son épouse et leurs trois enfants, endimanchés comme pour une noce, souriaient à l'infini.

— C'est vrai qu'ils sont beaux, les enfants de Fernand, apprécia Cécile. Ça fait vraiment longtemps que je ne les ai pas vus. Ils ont l'air gentil.

— Ça, je le sais moins, maugréa la tante Gisèle en se laissant lourdement tomber sur le divan. Bonyenne d'la vie! Je les vois quasiment jamais, ces enfants-là!

Comment veux-tu que je sache si y' sont fins? Ça fait que, quand tu t'amènes icitte pis que tu me dis que tu t'ennuies, je peux te répondre que je te comprends très bien. Moi avec, tu sais, je m'ennuie en pas pour rire.

Gisèle poussa un profond soupir.

— Tu parles d'une idée d'aller s'installer loin de même, aussi! Chicoutimi, c'est le boutte du monde!

— Allons donc! Ce n'est pas si loin que ça. C'est mononcle Napoléon qui fait sa tête dure. S'il le voulait, en trois heures d'autobus vous seriez rendus à Chicoutimi. Tu sais comme moi que Fernand ne pouvait pas refuser l'offre de la Ville, argumenta aussitôt Cécile qui avait toujours eu un faible pour son jeune cousin. Contremaître en chef de la ville de Chicoutimi, c'est un poste important.

— Inquiète-toi pas, ma belle, je sais toute ça. Je me le répète assez souvent pour pas l'oublier. N'empêche que je m'ennuie pareil...

— Alors, on est deux!

— Comme tu dis...

La tante Gisèle hocha vigoureusement de la tête comme pour approuver ses dires avant de cesser tout d'un coup pour se tourner vers Cécile.

— Mais moi, chus pas comme toi, affirma-t-elle de sa voix brusque.

— Qu'est-ce que tu veux dire? Il me semble que de l'ennui, c'est de l'ennui. Pour tout le monde!

— Bien d'accord avec toi! C'est la manière de réagir qui change. Je te connais, tu sais, et quand tu t'ennuies, on dirait que la terre arrête de tourner, alors que moi, quand je m'ennuie, au lieu de tourner en rond, je m'active. Ça fait qu'après-midi, j'ai pris de l'avance pis j'ai faite mes tourtières pour le temps des fêtes. Sont en train de congeler dans le tambour... Comme ça, t'as reçu une carte de Laura? A' va-tu bien, au moins? Pis ses études? Me semble qu'a' m'avait parlé qu'a' voulait devenir maîtresse d'école. C'est un beau métier, ça, mais j'aurais pas été capable de le faire, par exemple. J'ai pas assez de patience pour ça. Déjà qu'élever deux enfants, deux garçons, ça m'a pris tout mon p'tit change. Mais quand je regardais aller la p'tite Laura l'été dernier, toute douce avec ton Denis, je me disais qu'elle, a' ferait petête une vraie bonne maîtresse, surtout avec les plus p'tits... Mais chus là qui parle, qui parle... Raconte-moi ta journée, Cécile. Comme je te connais, l'ennui a pas dû te sauter dessus à l'heure du souper. T'as ben dû promener ça avec toi toute la journée.

— Je ne peux rien te cacher! Et tu me connais très bien. C'est vrai que j'ai tourné en rond toute la journée comme une âme en peine, comme si j'étais en train d'attendre quelqu'un qui est en retard ou qui ne viendra pas.

— Ça, c'est fatigant! Voyons don, Cécile! Comme si ta Laura aurait pu apparaître à ta porte comme ça, par magie!

Tout en parlant, la tante Gisèle avait claqué des doigts et regardait Cécile avec un air faussement sévère.

— Si c'était juste elle, murmura alors Cécile, songeuse,

je pense que j'arriverais à contrôler mon ennui. Mais quand je pense à Laura, c'est plus fort que moi, c'est aussi à Juliette que je pense.

Juliette...

La tante Gisèle ferma les yeux un instant. Juliette, c'était le nom que Cécile et Jérôme, son fiancé de l'époque, avaient choisi pour leur petite fille au moment de sa naissance. Une petite fille que Cécile n'avait jamais vue, d'ailleurs, puisqu'au soir de l'accouchement, quand elle avait enfin eu la permission de se lever, le bébé n'était déjà plus à la pouponnière. Contre toute vraisemblance, à douze heures à peine, le nouveau-né était déjà baptisé et il était parti rejoindre sa famille adoptive.

De façon bien tangible, la tante Gisèle sentit remonter en elle la colère alors ressentie devant tant d'indifférence malveillante. La religieuse responsable de la pouponnière avait délibérément fait fi des recommandations du médecin qui lui avait demandé d'aller porter le bébé à Cécile. À ce souvenir, Gisèle posa la main sur le bras de Cécile et le serra maladroitement.

— Ben voyons don, ma belle! Faut pas voir les choses de même. Laura, c'est Laura, pis Juliette, c'est Juliette... Ça va faire bientôt seize ans, ma Cécile... Te rends-tu compte? Ça fait seize ans que tu vis avec ta Juliette dans le cœur pis ça t'a pas empêchée d'être heureuse. Des fois, même si c'est difficile, faut essayer de voir la vie comme a' l'est, tu sais. Pas comme on voudrait qu'a' soye.

— Je le sais bien. Mais tu viens de le dire: c'est terriblement difficile.

— Y a-tu des affaires de vraiment faciles dans la vie? Je pense pas, moi. Quand on regarde bien comme faut, on se rend compte que rien est facile, rien pantoute... Comme ça, pour toi, Laura, c'est pas juste Laura? Pour toi, Laura, c'est aussi un peu Juliette. C'est bien ça?

— Oui, on pourrait le dire comme ça.

— Mais te rends-tu compte que c'est peut-être pas très juste de penser comme ça? Pas très juste envers Laura, en tout cas.

— Pourquoi? Ça ne lui enlève rien et moi, ça me fait du bien. Je ne me suis jamais sentie aussi libérée que durant l'été dernier quand Laura vivait chez nous.

— Ben, laisse-moi te dire que chus pas d'accord avec toi.

La voix de la tante Gisèle avait repris son intonation coutumière, plutôt bourrue.

— Laura sera jamais Juliette, que tu le veuilles ou pas, déclara-t-elle sans le moindre ménagement.

Malgré la peine qu'elle ferait sûrement à Cécile en parlant comme ça, la tante Gisèle ne considérait pas moins que certaines choses devaient être dites.

— Je pense aussi que la petite Laura mérite d'être aimée pis appréciée pour ce qu'elle est, ajouta-t-elle. Pas pour ce qu'elle représente à tes yeux. Pis ça, ma belle, c'est une vérité.

Cécile se contenta de soupirer bruyamment en guise

de réponse, admettant, ce faisant, que sa tante avait raison.

— Mais faudrait pas, par exemple, précisa alors la tante Gisèle, faudrait pas que mes paroles, même si elles sont vraies, t'empêchent d'avoir de l'agrément quand tu te retrouves avec Laura. Parce que c'est ce qui se passe, non? Quand t'es avec Laura, tu te sens bien.

— Oui. Pas de doute, avec Laura je me sens bien.

— Bon ben! Que c'est que t'attends, d'abord?

Cécile regarda sa tante en fronçant les sourcils.

— Comment, qu'est-ce que j'attends? Je ne te suis pas.

— Dans le fond, poursuivit la tante Gisèle sans tenir compte de l'intervention de Cécile, c'est juste une question d'invitation. Si je...

À cette suggestion, Cécile ne put s'empêcher de réagir vivement en l'interrompant.

— Invitation? Mais à quoi as-tu pensé, matante? Je ne peux pas inviter Laura à venir chez nous à Noël. C'est en famille qu'on passe le temps des fêtes, pas avec des étrangers. Et justement, elle en a une, famille, Laura. Une famille à laquelle elle tient beaucoup. Elle me l'a dit. Non! C'est bien gentil de ta part d'essayer de m'aider, d'essayer de trouver une solution, mais je ne peux vraiment pas inviter Laura à venir passer le temps des fêtes chez moi. C'est tout à fait impossible.

— J'ai-tu dit ça?

— Non, mais...

— Laisse-moi don finir, Cécile! À t'entendre parler,

on dirait que chus juste une imbécile, une sans-cœur. Je le sais ben, que Noël, ça se passe en famille! Bon, je recommence. Comme je disais y a pas deux menutes avant que tu m'interrompes, c'est juste une question d'invitation. Mais pas celle que tu penses. L'invitation, c'est pas toi qui vas la faire. C'est ton frère Gérard quand tu vas y proposer de fêter Noël ensemble. Comme ça, tu te rapprocherais de Laura. Parce que, si t'es à Montréal, tu pourrais la voir plus facilement. Me semble qu'a' demeure sur la même rue que Gérard, non?

— Oui, mais...

— Arrête de m'interrompre tout le temps, bonyenne! Je parle pas d'essayer de la voir durant le réveillon ou ben au dîner de Noël. Mais durant ton voyage chez ton frère, chus sûre que tu pourrais trouver une occasion de la voir. Pis comme ça, tu pourrais y donner le cadeau que chus sûre que t'as envie d'y acheter. Je me trompe ou ben j'ai raison, quand je dis que tu te meures d'envie d'y acheter un cadeau, à la jeune Laura?

— Tu as raison, admit Cécile en rougissant. J'en ai même déjà un, caché dans le fond d'un tiroir.

— Bon! Tu vois! Y' est où, le problème, d'abord, dans ce que je viens de dire? Moi, j'en vois pas vraiment. Pis ça serait de joindre l'utile à l'agréable, rapport que ta belle-sœur Marie peut pas venir fêter à Québec à cause de son état. Je le sais, c'est Gérard en personne qui me l'a dit quand j'ai appelé pour les inviter à venir au jour de l'An pour souper avec nous autres. Y' paraît que Marie a ben gros mal au cœur depuis qu'est enceinte de son deuxième, pis que ça y tente pas de faire de la route. Pis? Que c'est t'en dis, de mon idée?

Cécile fixa sa tante avec une lueur de reconnaissance dans le regard. L'incomparable tante Gisèle avait pensé à tout sauf à elle-même. À cause de l'absence de ses deux fils, qui ne viendraient qu'au jour de l'An, ils avaient convenu de passer le réveillon ensemble. Si Cécile allait à Montréal comme sa tante venait de le suggérer, Gisèle et Napoléon Breton seraient seuls pour Noël et cela, Cécile ne pouvait l'accepter. Elle les aimait beaucoup trop pour cela.

— Ton idée est merveilleuse, matante. Mais c'est non.

— Pourquoi?

— Parce qu'ici, à Québec, il y a un oncle et une tante que j'aime beaucoup, et que je n'ai pas envie de les laisser seuls à Noël.

— Chère Cécile! C'est toi tout craché, ça! Tu penses encore aux autres avant de penser à toi-même. Mais tu sauras, ma fille, que Poléon pis moi, ça va faire bientôt trente-trois ans qu'on est ensemble. Pis tu sauras aussi qu'encore aujourd'hui, on s'adonne ben ensemble. Une nuit de Noël tuseuls à maison, ben...

Juste au ton employé, Cécile savait que la tante Gisèle était partie pour un de ses longs monologues dont elle avait le secret.

Cécile se cala confortablement dans le divan. Elle ferma les yeux à demi et, prêtant une attention distraite aux propos de sa tante, elle se surprit à imaginer une nuit de Noël féerique, toute saupoudrée de neige, où, le hasard faisant bien les choses, elle croiserait inopinément la jeune Laura. Peut-être au retour de la messe de minuit, sur le parvis de l'église, ou le lendemain alors que toutes les deux, poussées par une même envie, seraient dans la rue à prendre un peu d'air frais. Et alors, elle pourrait lui dire qu'elle avait pensé à elle et que...

— Bonyenne, Cécile! On dirait ben que je parle dans le vent, moi là!

Cécile sursauta et ouvrit les yeux, le rouge lui montant aux joues.

— Pardon, matante. Je... j'étais dans la lune.

— J'ai ben vu ça, que t'étais pas là! Mais chus pas sûre que t'étais dans la lune, par exemple, précisa la tante Gisèle, un brin malicieuse. Ça serait pas plutôt à Montréal que t'étais?

Cécile rougit de plus belle.

— Un peu, oui.

— Ben, reviens dans mon salon pis dis-toi, pour faire une histoire courte, que Poléon pis moi, on peut très bien s'accommoder d'un Noël à deux. On va appeler nos deux gars pour leur parler un peu, on va aller à messe de minuit, on va...

— Et si vous veniez avec nous?

L'idée venait de s'imposer à Cécile, d'une limpidité

indiscutable, ce qui n'empêcha pas la tante Gisèle de sourciller.

— Comment ça, aller avec vous? À Montréal, tu veux dire? Ben voyons don! Avec ses malaises pis ses vomissements, ta belle-sœur est pas trop amanchée pour recevoir une grosse gang.

— Non, non, pas chez Gérard et Marie... Je comprends très bien que Marie n'est pas au meilleur de sa forme. Déjà que de nous avoir... Non, je pensais à Raoul.

— Raoul? Mon gars Raoul? Que c'est que Raoul vient faire là-dedans, pour l'amour?

— Ben...

À son tour, Cécile se sentait malicieuse. Maintenant qu'il y avait une possibilité devant elle, l'horizon semblait plus léger.

— C'est juste une question d'invitation, lança-t-elle, moqueuse, parodiant gentiment sa tante. Vous vous invitez chez Raoul pour fêter Noël, et comme nous allons chez Gérard, il ne le sait pas encore, mais c'est un simple détail, vous faites la route avec nous, mononcle et toi!

— À Montréal?

Habituellement plutôt revêche et sévère, le visage de la tante Gisèle était resplendissant.

— À Montréal? répéta-t-elle comme si elle sentait le besoin d'une confirmation plus officielle.

— Pourquoi pas?

La tante Gisèle semblait soupeser la question, faisait

la moue, haussant les sourcils, échappant un petit sourire. Puis elle se tourna brusquement vers Cécile.

— Mais t'as pas pensé à Poléon! lança-t-elle sur un ton catastrophé. Comment j'vas y dire ça, qu'on part pour Montréal? Jamais y' va vouloir...

— Laisse faire mononcle, je m'en occupe.

Cécile était catégorique.

— Il prend bien l'autobus pour se déplacer en ville, non? Et il prend même le taxi à l'occasion, quand vous venez chez nous.

— C'est vrai.

— Bon! Comme tu disais tout à l'heure: où est le problème? On ne va pas lui demander de faire quatre heures en autobus, à mononcle Napoléon, on va simplement lui dire qu'il va fêter Noël chez son fils Raoul et que la route va se faire dans une auto de l'année, une auto tout ce qu'il y a de plus confortable, je te l'assure.

Sur ce, Cécile haussa les épaules avec désinvolture.

— Il va dire oui, déclara-t-elle d'une voix catégorique. Si c'est moi qui le lui demande, c'est certain qu'il va dire oui.

— Tant qu'à ça... C'est vrai que Poléon a toujours eu un p'tit faible pour toi... Hé! On rit pus, Montréal...

La tante Gisèle avait du rêve plein les yeux. Un rêve que Cécile se garda bien de briser, comprenant mieux que quiconque ce que la vieille dame ressentait, et à son tour, elle rêva d'une rencontre avec Laura. Ce fut la tante Gisèle qui, se levant d'un bond, la ramena à l'ordre.

— Huit heures et demie, y' est pas trop tard, décocha-t-elle de sa voix rauque tout en jetant un coup d'œil à l'horloge placée près du poste de radio. M'en vas appeler Raoul tout de suite.

La tante Gisèle n'avait pas fini de parler qu'elle était déjà dans le couloir tout en poursuivant sa réflexion, tant pour elle que pour Cécile.

— Une fameuse idée que t'as eue là, ma Cécile. Une fameuse de bonne idée... Ouais, j'vas appeler Raoul tout de suite, comme ça, on va en avoir le cœur net. Mais chus sûre qu'y' va dire oui, rapport qu'y' nous avait déjà invités la semaine dernière, même si y' se doutait ben que jamais son père voudrait prendre l'autobus jusqu'à Montréal. Bonyenne que chus contente! Moi, Gisèle Breton, née Veilleux, j'vas aller voir Montréal! Pas pire pour une p'tite fille de la Beauce qui est jamais allée plus loin qu'icitte, en ville à Québec. Poléon est mieux de tenir sa tuque si y' a envie de me faire des misères parce que moi, j'vas... Raoul? Oui, oui, bonsoir... C'est moi, ta mère... Ouais, ça va ben. Non, c'est pas des mauvaises nouvelles. T'es un grand nerveux, mon gars, je l'ai toujours dit. Tu t'inquiètes toujours pour rien... Quoi?... Je le sais qu'y' est tard, mais pour une bonne nouvelle, y' est jamais trop tard. Parce que, tu sauras, ma nouvelle est plutôt bonne... Quoi? Je t'entends mal... Bonyenne, Raoul, laisse-moi le temps de parler pis tu vas comprendre. Imagine-toi don que ta cousine Cécile est icitte avec moi, pis a' nous propose, à ton père pis à moi, de profiter de leur char pour aller passer Noël avec vous autres… Oui, oui, à Montréal… Quoi? Ben, me semble que c'est clair. Ton père Napoléon pis moi… Ouais, c'est comme je te dis. Pis, que c'est que t'en penses, mon Raoul? C'est-tu une bonne nouvelle, ça, ou ben c'est pas une bonne nouvelle?

* * *

Le vingt-quatre décembre combla les vœux de Cécile au-delà de ses attentes. Comme dans les rêves éveillés qui occupaient une large part de ses journées depuis sa visite chez la tante Gisèle, il faisait un temps idyllique pour une fête de Noël. De lourds flocons tombaient depuis le matin, ce qui lui donna envie de pousser un long soupir d'extase à l'instant où son fils, lui, poussait des cris de joie.

— Youppi!

Puis, se tournant vers Cécile, il demanda en rafale:

— Dis, maman, est-ce qu'il neige aussi à Montréal? Et Daniel, est-ce qu'il a une cour en arrière de chez lui? Est-ce qu'on va pouvoir s'amuser dehors ou bien il va falloir rester dans la maison? Parce que moi, tu sais, j'aime bien mieux jouer dehors. Est-ce que matante Marie va laisser Daniel sortir tout seul avec moi, tu penses? Et Daniel, lui, est-ce qu'il aime ça, jouer dehors dans la neige? Parce que s'il n'aime pas ça, je vais lui montrer, moi, comment on peut…

Durant tout cet interrogatoire en règle, Charles, le mari de Cécile, resta posté à la fenêtre de la cuisine. Un café à la main et le nez collé sur la vitre, il auscultait le ciel et les nuages en maugréant sur toute cette route qu'il lui faudrait parcourir dans de telles conditions. Cependant, malgré la température inclémente qui incitait à vouloir rester bien confortablement chez soi, jamais il n'irait proposer à Cécile de remettre le voyage. Depuis deux semaines, elle ne portait plus à terre à l'idée de passer Noël chez son frère. Et il se doutait bien qu'il y avait plus! Sans vraiment comprendre le pourquoi de la chose, il avait vite admis, l'été précédent, qu'un lien privilégié s'était tissé entre sa femme et la jeune Laura. Philosophe de nature et en bon chercheur qu'il était, Charles avait alors conclu que ce devait être une question d'hormones! N'empêche que depuis qu'elle avait proposé, pour ne pas dire imposé ce séjour à Montréal, Cécile ne parlait que de cela, surexcitée comme une enfant, et cette raison était amplement suffisante pour que Charles taise son inquiétude à prendre la route dans ce qui ressemblait à une petite tempête. Cécile avait envie de voir les siens, ce qui était tout à fait légitime, et elle espérait sûrement faire d'une pierre deux coups en allant saluer Laura par la même occasion, ce qui lui semblait tout aussi justifiable.

Heureusement, contre toute attente, le voyage se déroula fort bien, même s'il fut un peu plus long que prévu. Assis à l'avant, Napoléon Breton avait agrippé le rebord du tableau de bord à deux mains dès qu'il s'était installé dans l'auto. Il faut cependant reconnaître que le départ avait été un peu dérapant et qu'on n'y voyait pas à dix pieds tellement il neigeait.

Ce ne fut qu'à l'instant où il aperçut enfin le pont Jacques-Cartier que Napoléon Breton consentit à se détendre un peu.

Les deux yeux grands ouverts, comme ceux d'un enfant devant l'étalage de jouets d'un grand magasin, il en profita alors pour passer toutes sortes de remarques sur la ville immense qu'il découvrait. Mais ce ne fut qu'au moment où il descendit de voiture, sur la rue Baldwin, dans l'est de la ville, tandis que Raoul venait au-devant de ses parents, visiblement heureux de les voir, qu'il admit:

— T'es un bon chauffeur, mon Charles. Merci ben de nous avoir amenés à bon port. J'étais pas sûr pantoute qu'on s'en sortirait vivants rapport qu'y' neige sans bon sens, mais tu y es arrivé. Bravo, mon jeune. Astheure, j'aurai pus peur d'aller en auto. Si j'ai pu arriver jusqu'icitte dans la tempête pis que chus pas mort, m'en vas pouvoir aller voir mes enfants plus souvent. Prochain voyage, Chicoutimi! Mais ça va me prendre un chauffeur, par exemple. Un bon comme toi, fit-il sans détour, fixant Charles droit dans les yeux, parce que l'autobus, moi...

Sur ce, Napoléon se retourna vers son fils.

— Raoul! Ben content de te voir... Prends-moi ça, mon gars. C'est la valise de ta mère. Un peu plus, sacrifice, pis a' l'amenait la maison au grand complet!

Puis avant d'emboîter le pas à sa femme qui se dirigeait rapidement vers la maison, pressée de retrouver ses petits-enfants, il se pencha et glissa la tête par la fenêtre pour saluer Cécile et les siens.

— Merci encore. Ça prenait juste toi, Cécile, pour arriver à me décider. Astheure, c'est fait. Souhaite un beau Noël à Gérard pis Marie. Pis nous autres, on se revoit le vingt-sept au matin. Apparence qu'y' va faire beau. M'en vas peut-être pouvoir profiter un peu plus du paysage!

Malgré une petite mine de rien du tout, Marie accueillit sa visite avec un sourire qui n'était pas feint. Un peu de vie autour d'elle n'était pas pour lui déplaire. Depuis deux mois, elle ne sortait pratiquement plus, les nausées se succédant tout au long de la journée.

— Je peux-tu te dire que j'ai hâte que ça finisse, Cécile? C'est pareil, c'te fois-citte, que quand j'attendais Daniel. Avec un peu de chance, dans une couple de semaines, ça devrait être passé. Astheure, amenez-vous dans la chambre de Daniel. Gérard vous a préparé un lit de fortune. Pour trois nuits, je pense que ça devrait aller.

— Fais-toi pas de soucis pour nous. C'est certain que ça va convenir.

Cécile était tellement heureuse d'être enfin à Montréal qu'elle aurait dormi directement sur le plancher sans la moindre hésitation s'il l'avait fallu!

Tout au long de la journée, elle fut la première à lever le doigt pour se porter volontaire à chacune des courses qu'il fallait faire dans le quartier.

— Du lait, du beurre, un pot de confiture? C'est tout? Pas de problème, je suis déjà partie.

Puis, déçue de ne pas avoir encore rencontré Laura,

quelques heures plus tard, elle commença à provoquer les occasions de sortie.

— Un plant de poinsettias, ça ne ferait pas de tort. Vous ne trouvez pas, vous, que ça manque un peu de couleurs dans la cuisine?

Et encore, quelque trente minutes plus tard:

— Qu'est-ce que vous diriez d'une boîte de boules multicolores pour rehausser l'allure du sapin? Ça va être encore plus beau pour les enfants. Peux-tu me dire, Gérard, par où passer pour retrouver la quincaillerie?

Puis, à peine de retour, elle ouvrait la porte du réfrigérateur.

— Ça prend plus de lait, estima-t-elle malgré la présence de trois pintes encore pleines. Voyons donc, comment ça se fait qu'on y a pas pensé? Demain tout est fermé et Denis est un vrai petit veau.

Tous les prétextes étaient bons pour se précipiter dehors.

Et dès que Cécile mettait un pied sur la galerie, son regard se portait invariablement en oblique jusqu'au fond de l'impasse. Malheureusement, jusqu'à maintenant, la grosse maison grise où habitaient Laura et sa famille semblait déserte.

Les Lacaille auraient-ils quitté la ville pour se rendre dans la parenté? Cécile en avait des palpitations d'inquiétude.

Incapable de résister, sur le coup de quatre heures, alors que la pénombre commençait à envelopper les rues, elle sauta encore une fois sur ses pieds.

— Mon doux! J'allais oublier.

Charles leva les yeux, légèrement dérouté même s'il se doutait un peu des raisons qui poussaient sa femme à agir de la sorte.

— Quoi encore?

— Une plante pour madame Lacaille! Après tout, c'est un peu ma patiente, non? Et je n'ai pas pensé à elle... Je reviens dans quelques minutes.

Charles n'eut pas le temps de souligner qu'elle en faisait peut-être un peu trop, qu'habituellement elle n'offrait pas de cadeaux à ses patients, Cécile enfilait déjà son manteau et ses gants humides.

— Ça ne sera pas long, lança-t-elle depuis le vestibule. Le temps de cette dernière commission et je reviens. Après, promis, je ne bouge plus d'un poil jusqu'à l'heure de la messe de minuit!

Quelques fenêtres éclairées à l'autre bout de la rue provoquèrent un grand sourire et Cécile en oublia ses bottes mouillées. Il y avait finalement quelqu'un dans la grande maison grise!

Enfin, un peu d'espoir.

D'un pas vif, malgré les trottoirs rendus glissants par toute cette neige tombée, Cécile trottina jusqu'à la boutique du fleuriste et acheta le plus gros poinsettia qui restait en magasin. Puis, au risque de se rompre le cou, embarrassée par l'immense plant qu'elle portait à bout de bras devant elle, elle marcha à pas prudents jusque devant la maison de Laura.

Monter le long escalier en colimaçon fut, à lui seul, une véritable expédition.

Ce fut Bernadette qui répondit à son coup de son-nette.

— Mais veux-tu ben me dire...

Elle ne voyait qu'un plant immense. Quand Cécile réussit enfin à glisser la tête à côté des feuilles embal-lées dans le papier cellophane, Bernadette éclata de rire, reconnaissant aussitôt celle qu'Évangéline appelait la Cécile docteur.

— Doux Jésus! Le plant est plus gros que vous... Mais entrez, voyons, restez pas comme ça à vous faire geler sur la galerie.

— Merci...

L'appartement sentait bon la dinde mise à rôtir. D'où elle était, Cécile voyait luire le plancher de bois du corridor. Nul doute, Bernadette avait préparé la maison pour le réveillon de sa famille. Comme des mil-liers de mères l'avaient fait en cette veille de Noël.

Et elle, qu'avait-elle fait de particulier pour tous les siens à part courir les magasins? Cécile se sentit aussitôt coupable et le regret de ne pas être chez elle fut fulgu-rant même si les raisons qui faisaient naître ce regret n'étaient peut-être pas les bonnes.

— Ça sent bon chez vous, madame Lacaille, remarqua-t-elle tout simplement pour briser la glace.

Bernadette l'interrompit d'un geste de la main.

— C'est juste la dinde... Pis mon nom, c'est Bernadette... Je m'appelle Bernadette. Madame Lacaille, c'est ma belle-mère.

Sur cette précision, elle éclata de rire.

— Quand on m'appellera madame Lacaille, c'est que je serai rendue ben vieille. Pis de vous à moé, chus pas pressée.

Les deux femmes se regardèrent un instant, conscientes l'une comme l'autre qu'elles devaient avoir à peu près le même âge. Cette constatation troubla Cécile. Le temps de se dire qu'elle aimerait bien avoir une amie telle Bernadette, puis elle déclara avec un sourire un peu timide:

— Alors, je me reprends, Bernadette. Madame Lacaille est-elle là? Madame Évangéline Lacaille, bien entendu!

Pointant le bouquet, elle expliqua:

— Les fleurs sont pour elle. Un prétexte comme un autre pour prendre de ses nouvelles sans en avoir l'air.

— C'est ben gentil! Mais, pauvre vous, est pas là. Évangéline est allée chez son amie Noëlla pour l'aider à préparer son réveillon. Imaginez-vous don que Noëlla a six enfants, toutes mariés, avec une trâlée d'enfants chacun pis y' vont toutes être chez eux c'te nuitte. La pauvre Noëlla savait pus où donner de la tête quand a' l'a appelé t'à l'heure... J'attends pas la belle-mère avant huit heures, huit heures et demie.

Cécile fut sur le point d'avouer qu'elle avait un présent pour Laura, de demander si elle était là, si elle pouvait la voir. Les mots refusèrent de passer le seuil de ses lèvres. Confier à Évangéline, la grand-mère, qu'elle avait un petit cadeau à offrir à Laura, lui demander quand elle pourrait la rencontrer, ne l'aurait nullement embarrassée. Le dire franchement à la mère était une tout autre chose.

Cécile soupira discrètement. Il était temps de se retirer. Sur une poignée de main et quelques vœux de saison, elle prit congé. Bernadette tint la porte entrouverte jusqu'à ce que Cécile soit arrivée en bas de l'escalier.

— Faites ben attention, vous là, c'est glissant sans bon sens dans les marches. J'attends mon mari pour y demander de mettre du sable... Pis merci encore pour les fleurs, lança-t-elle joyeusement. Comme je la connais, ma belle-mère va ben gros l'apprécier. Pis donnez don mes bons vœux à Marie, tant qu'à y être. Dites-y avec que j'ai ben hâte qu'on recommence à prendre des marches ensemble pis que si d'ici là a' s'ennuie, a' l'a juste à m'appeler.

Cécile repartit le cœur gros. Pourtant, en arrivant devant chez son frère, elle avait retrouvé le sourire. Un sourire un peu tremblant mais sincère.

De quoi se plaignait-elle au juste? D'où lui venait ce vague à l'âme? De l'absence momentanée d'une jeune fille qu'elle appréciait? Ou de l'absence d'une enfant qu'elle ne connaîtrait probablement jamais même si elle était sa fille légitime?

Cécile poussa un long soupir tremblant.

Ce serait peut-être difficile à réaliser, mais sa tante Gisèle avait raison sur un point: Laura serait toujours Laura et Juliette aussi. Dorénavant, elle devrait faire attention de ne pas confondre les deux

Cécile leva les yeux. Derrière la porte rouge, en haut

de l'escalier, il y avait une famille qui l'aimait et l'attendait. Ce soir, c'était Noël et elle avait la chance de pouvoir fêter entourée des siens. Elle repensa au sourire gourmand et intéressé que lui avait offert le petit Denis quand elle avait déposé les cadeaux dans le coffre de l'auto. À cette pensée, son propre sourire s'accentua.

Pourquoi gâcher une si belle soirée? Elle avait encore deux jours devant elle pour voir Laura. Elle trouverait bien quelque chose, quelque prétexte pour la rencontrer.

Et peut-être, comme elle se plaisait à l'imaginer depuis quelques jours, peut-être la verrait-elle ce soir à la messe de minuit?

Sans hésiter, elle attaqua l'escalier d'un pied ferme et quand elle entra dans le logement, elle lança joyeusement:

— Je suis là... Laissez-moi vous dire que ça sent bon ici! J'ai une faim de loup! Toutes mes promenades d'aujourd'hui m'ont creusé l'appétit!

Un éclat de rire venu de la cuisine lui répondit. Son frère Gérard, un des rares à tout connaître de sa vie, se moquait gentiment d'elle.

Quand Cécile et Charles partirent pour la messe de minuit, bras dessus, bras dessous, la neige avait cessé de tomber et le ciel était pailleté d'étoiles. Les branches alourdies ployaient sous la neige fraîche tandis que les trottoirs scintillaient et craquetaient à chaque pas.

N'étant pas de la paroisse et n'ayant pas acheté de billets pour la messe, ils durent se contenter d'un banc dans le jubé. Mais comme Cécile avait une vue prenante sur la masse des fidèles agglutinés en bas, elle en fut heureuse, même si généralement elle n'était pas friande des hauteurs.

La famille Lacaille fut facile à repérer. Elle occupait le troisième banc près de l'allée centrale.

«Pas surprenant, se dit machinalement Cécile. Si je me souviens bien, Laura m'a dit que sa grand-mère habitait le même quartier depuis plus de trente ans. Si c'est comme chez nous, dans la Beauce, l'expression *avoir son nom d'écrit sur le banc* doit s'appliquer à eux!»

Assise bien droite, un brin hautaine et les mains croisées sur ses genoux, Évangéline jetait de petits regards furtifs autour d'elle, saluant parfois une connaissance d'un bref signe de la tête. Puis, après quelques minutes de ce manège, d'un geste autoritaire, elle prit la nuque de son plus jeune petit-fils entre ses doigts pour l'obliger à ramener les yeux vers l'avant de l'église et lui glissa quelques mots à l'oreille. Cécile esquissa un sourire. Ce devait être le petit Charles, un petit chenapan comme son Denis, incapable de rester en place deux minutes, selon Laura. À côté de Charles, Cécile reconnut Bernadette, et le jeune garçon à sa droite devait être Antoine. Laura avait peu parlé de ce jeune frère, ayant seulement confié qu'il était talentueux en dessin.

Discrètement, Cécile tendit le cou, inquiète. Mais où donc se cachait Laura?

Au même instant, la cérémonie commença.

Le curé entra dans l'église par l'allée centrale, flanqué de ses enfants de chœur et précédé d'une dame d'un certain âge qui portait avec une infinie précaution un chérubin de cire. Cette année, les Dames de Sainte-Anne avaient fait les choses en grand. Une tombola particulièrement lucrative avait permis d'acheter des statues grandeur nature pour la crèche.

Finis les bébés brailleurs, les fous rires incontrôlables des rois mages et les moutons récalcitrants!

Le sourire du curé Ferland, malgré son air solennel, en disait long sur son appréciation de la chose. Il serait en parfait contrôle de la cérémonie.

Une fois le bébé Jésus remis à sa mère et bien couché sur la paille, accompagné des chants de la chorale qui venait d'entamer le *Il est né le divin enfant*, le curé gravit finalement les quelques marches qui menaient à l'autel.

Ce fut à cet instant que Cécile aperçut enfin Laura. À demi cachée par un bel homme imposant, qui, sans aucun doute, devait être son père, elle venait de se lever pour le début de la messe.

De cette messe étirée au maximum, Cécile ne retint pas grand-chose. Ses yeux ne cessaient de se tourner vers le troisième banc. Malheureusement, c'est à peine si elle pouvait apercevoir Laura à travers la foule qui se levait, s'assoyait, s'agenouillait et psalmodiait en regardant dans tous les sens.

Quand la cérémonie arriva enfin au traditionnel *Minuit chrétiens*, Cécile souhaita de toutes ses forces que la famille Lacaille n'assiste pas aux trois messes traditionnelles de la nuit de Noël. Dès la bénédiction finale donnée, quand elle vit Évangéline ramasser ses gants et son sac à main pendu au prie-Dieu, elle soupira de soulagement et poussa Charles de l'épaule.

— On se dépêche, chuchota-t-elle. Avec tout le monde qu'il y a ici, on en a bien pour une bonne demi-heure avant d'arriver à sortir. Fonce, Charles, fonce! Marie et Gérard nous attendent pour lever les garçons.

Plutôt grand, Charles arriva à se diriger facilement dans la foule en jouant du coude et en s'excusant aux deux ou trois pas. Tenant Cécile par la main, il la mena rapidement vers la sortie.

Sur le parvis de l'église, des petits groupes se formaient déjà. Les salutations et les souhaits d'usage fusaient joyeusement d'un peu partout. Mais Cécile eut beau tourner la tête dans tous les sens, elle ne vit Laura nulle part. Ravalant sa déception, elle se préparait à retourner chez son frère quand soudain, elle s'entendit héler.

— Ah ben, ah ben! Regarde-moé don ça! Si chus contente! La madame docteur est icitte!

Fonçant droit devant, Évangéline venait vers elle. Ainsi interpellée, Cécile ne put s'empêcher de rire doucement.

— Bonsoir, madame Lacaille. Comment allez-vous? Si vous m'appelez madame docteur, est-ce que ça veut dire que vos jambes vous font encore mal?

Évangéline secoua vigoureusement son chapeau en chat sauvage, la seule fourrure qu'elle n'eût jamais possédée de toute sa vie, offerte jadis par son mari et qu'elle rangeait prudemment dans des boules à mites quand venait le printemps. Une vague odeur de naphtaline se faufila d'ailleurs jusqu'à Cécile qui dut faire un effort considérable pour ne pas élargir son sourire, moqueuse.

— Pantoute. Vos pilules pis votre idée de changer de souliers a toute réglé... Enfin, presque... Ça m'arrive encore d'avoir des élancements, le matin quand je me lève ou ben quand j'exagère un peu, mais c'est pas grand-chose. Je prends un bon bain chaud, dans c'te temps-là, pis ça règle le problème. Faut dire, avec, que je reprends le temps perdu. Vous demanderez à Bernadette! Chus toujours sur la trotte.

— Tant mieux. Et si c'est comme ça, on va laisser le docteur à Québec, d'accord? Ici, je m'appelle Cécile.

Tandis qu'Évangéline haussait les sourcils, estomaquée d'entendre une telle proposition, Charles, de son côté, en profitait pour s'éclipser. Il n'aimait pas particulièrement les présentations et la foule n'avait jamais été un endroit où il se sentait à l'aise. Il n'était pas devenu chercheur pour rien! Pince-sans-rire, il préférait nettement se tenir à l'écart, noter les faits et gestes et se permettre toutes sortes d'observations plus ou moins pertinentes, mais invariablement moqueuses et qu'il n'aurait pas nécessairement voulu divulguer!

Pendant ce temps, Évangéline poursuivait.

— Cécile? Vous voulez que je vous appelle Cécile comme si vous étiez du monde ordinaire? Ben voyons don, vous!

Aux yeux d'Évangéline, la chose était impensable.

Elle fronça les sourcils un moment comme sous l'effet d'une intense réflexion. Réflexion d'une courte durée, cependant, car elle reprit avant même que Cécile puisse ouvrir la bouche.

— Un docteur que j'appellerais par son p'tit nom? demanda-t-elle une seconde fois, pour être certaine d'avoir bien compris. C'est-tu vraiment ça que vous voulez que je fasse, vous là?

— Pourquoi pas? Un docteur, c'est quelqu'un comme tout le monde, vous savez.

— Ouais...

Visiblement, Évangéline avait des doutes. Néanmoins, après quelques mimiques un peu drôles, elle opina.

— Si c'est vous qui le dites, hein, vous devez ben le savoir rapport que vous en êtes un, docteur... Ça fait que j'vas dire... Cécile... Mais c'est ben pour vous faire plaisir... Avez-vous remarqué la crèche? Est belle, hein? C'est grâce à nous, les Dames de Sainte-Anne, si la paroisse a pu s'offrir des belles statues de même... Pis en passant, merci pour les fleurs. C'était pas nécessaire. Mais ça fait plaisir quand même. En donnez-vous à toutes vos malades, des fleurs de même?

Heureusement que la froidure de la nuit avait coloré les joues de Cécile sinon Évangéline n'aurait pas manqué de remarquer la rougeur qui lui monta au visage. Mais, à des lieues des états d'âme de la docteur, Évangéline continua sur sa lancée, fière d'être vue en compagnie d'une dame qui avait autant d'allure. Après ça, personne dans la paroisse ne pourrait dire que les Lacaille étaient des tout-nus! Imperceptiblement, elle haussa et les épaules et le ton.

— Pis vous avez pas à me répondre pour les cadeaux que vous donnez ou pas à vos patients, poursuivit-elle avec une logique implacable. C'est pas de mes affaires. Comme ça, vous êtes venue à Montréal pour fêter Noël?

Pendant ce temps, Cécile avait repris sur elle.

— Comme vous voyez! On est venus célébrer chez mon frère Gérard.

— Ah oui, c'est vrai... Votre frère demeure sur ma rue. Comment ça se fait que j'ai pas pensé à ça avant? Gérard Veilleux, c'est votre frère... Pis, sa femme, elle? Comment c'est qu'a' va, sa femme? D'après Bernadette, qui la connaît ben, a' serait en famille pis ça irait pas fort?

— Rien d'alarmant. Quelques nausées qui devraient cesser bientôt.

— Ah! C'est juste ça? Ben tant mieux... Moé avec, j'avais mal au cœur quand chus tombée enceinte de mes deux gars.

Évangéline étirait volontairement la conversation. Habituée depuis des lustres à observer ses voisins depuis la fenêtre de son salon, elle avait vite remarqué que Cécile jetait des regards nerveux tout autour d'elle. Incapable de s'embarrasser de formules toutes faites, elle alla droit au but.

— Coudon, vous... On dirait que vous cherchez quèqu'un!

Si Évangéline était passée maître dans l'art d'observer, elle avait aussi développé un sens peu commun de l'analyse, sens exacerbé par l'aventure qu'elle avait vécue avec Antoine. Elle se doutait donc que Laura était probablement l'objet de tous ces regards. Pourquoi Cécile la docteur semblait si attachée à sa petite-fille lui échappait totalement, mais il n'en demeurait pas moins qu'elle était certaine de ne pas se tromper de beaucoup en affirmant qu'entre Laura et Cécile, il y avait un petit quelque chose de particulier. Le visible embarras de Cécile lui confirma ce qu'elle pensait, d'autant plus que la docteur avoua:

— Vous avez raison... Je cherche Laura. Je... J'ai un petit quelque chose pour elle, une petite pensée pour son Noël. Tant qu'à venir à Montréal...

— Vous êtes don ben fine, vous! Comme ça, en plus des fleurs pour moé, vous avez aussi pensé à notre Laura? C'est pas mal gentil... Mais...

Évangéline regarda autour d'elle.

— Malheureusement pour vous, est déjà partie. Je vous dirais, comme ça entre vous pis moé, qu'a' l'avait pas ben ben envie de voir du monde, notre Laura.

— Elle n'est pas malade, j'espère?

Au ton alarmé que prit Cécile, Évangéline comprit aussitôt qu'elle avait vu juste. Ne restait plus, maintenant, qu'à savoir en quoi Laura pouvait être aussi intéressante aux yeux de la docteur. Mais ce n'était ni le lieu ni le moment d'aborder le sujet. Évangéline se contenta de hausser les épaules.

— On voit ben que vous êtes docteur, vous! Ben non, Laura est pas malade. Est jamais malade, Laura. A' l'a une santé de fer comme moé pis Bernadette. C'est juste que, voyez-vous, c't'année, c'est à son tour d'aider sa mère pour le service du réveillon. Une année, c'est moé, pis l'autre, c'est elle. Pis si vous ajoutez à ça le fait que Francine, son amie, s'est pas présentée icitte avant la messe comme a' l'avait promis de le faire, Laura est partie vers chez nous tusuite après la bénédiction. Je pense qu'est ben gros déçue que Francine aye faite ça. Mais fallait s'y attendre! Que c'est que vous voulez! Francine, c'est une Gariépy... même si on dirait ben qu'y' sont pas toutes pareils, ajouta-t-elle en gage de gratitude envers Bébert qui, à la lumière de ce qu'elle avait compris l'autre samedi, était probablement l'exception qui confirmait la règle.

À bout de souffle Évangéline se tut enfin. Cécile soupira. Elle n'avait peut-être pas suivi totalement la logique du discours d'Évangéline, mais une chose demeurait, Laura était partie. Cela, Cécile l'avait bel et bien compris.

Encore un coup d'épée dans l'eau. Ce n'était pas ce soir qu'elle verrait Laura. Au fond de la poche de son manteau, la petite boîte qu'elle espérait lui offrir pesa soudainement très lourd.

Sa vie ne serait-elle qu'une suite constante de déceptions?

Machinalement, Cécile regarda tout autour d'elle pour gagner du temps, car une grosse boule d'émotion lui encombrait la gorge, l'empêchant de répondre. Ce fut ainsi qu'elle aperçut son mari qui sautillait sur place pour se réchauffer en faisant de grands signes avec les bras pour attirer son attention. Ce fut plus fort qu'elle: un petit sourire affleura sur ses lèvres. Charles était trop drôle à voir! Maintenant, les deux bras en l'air, il montrait du doigt le poignet où il portait sa montre. Cécile comprit aussitôt le message. Charles avait raison: il était grand temps de partir. Elle revint alors à Évangéline.

— Tant pis! J'aurais bien aimé la voir, mais si...

— Attendez don une menute, vous là! Êtes-vous icitte pour quèques jours?

— En principe, nous partons samedi matin, le vingt-sept.

— Parfait! J'aurais ben aimé ça vous inviter demain, mais c'est pas possible rapport qu'on passe une partie de la journée chez la sœur de ma bru, Monique. Ça fait des mois qu'a' nous a invités. Mais vendredi, par exemple, vous pourriez petête venir nous voir? Dans l'après-midi? Y' va sûrement nous rester quèques bonnes affaires à manger pis ça serait ma façon à moé de vous remercier pour toute ce que vous avez faite.

— Mais je n'ai rien fait!

— Ben non! Les pilules, les souliers, les fleurs. Me semble que c'est de quoi, toute ça. Que c'est de quoi de ben important, à part de ça. Pis vous m'avez rien chargé pour la consultation! Un docteur qui demande pas une cenne, ça court pus les rues de nos jours.

— Mais ça me faisait plaisir, voyons!

— Ben dites-vous ben qu'à moé avec, ça a faite plaisir. Pis à Laura aussi. A' va être ben contente de vous voir.

— Vous croyez?

— Ben quin! Si je vous le dis, c'est que c'est vrai. Quand a' parle de vous, y a de l'agrément dans la voix de Laura. Je sais reconnaître ces choses-là. Ça fait que je vous attends vendredi. On va jaser pis manger des restants. Des bons restants! Astheure, vous allez ben m'excuser, mais Bernadette va s'inquiéter si a' me voit pas arriver pis y a là-bas une p'tite dame que je voudrais ben saluer. C'est une grande musicienne. Elle avec, a' demeure sur notre rue.

De son pouce ganté, Évangéline pointait une grande jeune femme qui discutait avec un homme que Cécile reconnut aussitôt comme étant l'organiste. Évangéline, quant à elle, avait déjà tourné les talons, plantant Cécile sans vergogne. Une Cécile qui ne savait plus si elle devait rire ou pleurer. Bien sûr, elle savait maintenant qu'elle allait voir Laura, mais n'empêche que pour l'instant, elle était déçue que ce soit encore partie remise.

Finalement, le rire l'emporta.

Pourquoi voir des drames là où il n'y en avait pas, comme le disait si justement sa tante Gisèle?

Pourquoi toujours vouloir se battre contre l'inéluctable? Sa vie était ainsi faite, de tristesse, soit, de déceptions, mais aussi de belles tendresses et d'espoirs qui ne mourraient jamais. Un jour, peut-être, aurait-elle cette chance de rencontrer sa petite Juliette...

Sans plus tarder, elle retrouva Charles et, tout comme à l'aller, ils revinrent chez Gérard bras dessus, bras dessous, empressés de réveiller leur fils. Tout au long du chemin, ils discutèrent joyeusement de la nuit qui ne faisait que commencer.

CHAPITRE 5

Y a pas tellement longtemps
Vous vous rappelez au temps du guignol, de la dentelle?
On se saoulait le dedans de pathétique
C'était la belle époque du piano nostalgique

Les vieux pianos
PAROLES ET MUSIQUE DE CLAUDE LÉVEILLÉE

Vendredi 2 janvier 1959

De façon tout à fait innée, Laura n'était pas rancunière. Depuis toujours, les disputes ne duraient jamais longtemps avec elle. Bien entendu, elle n'était pas parfaite et comme tout le monde, elle avait, à l'occasion, de petites journées de bouderie. Qui n'en a pas! Par contre, dès qu'elle reprenait le contrôle sur ses émotions, et ce n'était jamais très long, Laura savait en rire, allant parfois jusqu'à rire d'elle-même, car elle reconnaissait facilement ses torts. Obstinée à l'occasion, «ostineuse» comme le disait Évangéline, quand elle croyait avoir raison, décortiqueuse de situations, d'accord — à faire damner les gens autour d'elle parfois —, mais revancharde, jamais. Des trois enfants de la famille, c'était celle qui avait le caractère le plus facile, et Bernadette, parfois exaspérée, ne se gênait surtout pas pour le faire remarquer quand Antoine ou Charles faisaient des leurs et que leurs querelles résonnaient dans tout le logement.

— Bâtard! Pourquoi c'est faire que vous êtes pas comme Laura, vous autres? Me semble que c'est ben plus agréable quand on oublie les chicanes. Non? Pis vous avez pas le choix: la chambre est à vos deux! Toé, Charles, ramasse tes bebelles quand t'as fini de jouer pis toé, Antoine, essaye don, pour une fois, de te montrer accommodant. Après toute, c'est toé le plus vieux!

Bref, tout cela pour dire que Laura était habituellement d'un commerce agréable, facile à vivre et surtout très fidèle en amitié.

Sauf depuis une semaine!

La défection de Francine lui était restée coincée dans la gorge comme jamais auparavant, et toute la famille Lacaille en écopait!

Ce matin, bien qu'il soit dix heures passées, Bernadette était seule à la cuisine. Tout le monde dormait encore!

Hier, pour le jour de l'An, ils avaient fêté à Saint-Eustache, chez ses parents, et ils n'étaient rentrés qu'aux petites heures du matin malgré le fait qu'ils avaient prévu dormir là-bas. Bernadette avait même emporté une petite valise avec tout ce qu'il fallait pour passer la nuit. Mais, au moment où elle s'excusait pour accompagner Antoine à l'étage des chambres parce qu'il tombait de sommeil, Marcel avait tranché:

— Finalement, je pense qu'on va rentrer chez nous tusuite.

Son regard croisant celui de Bernadette, il avait aussitôt enchaîné:

— On va mieux dormir dans nos lits, avait-il souligné en guise d'explication, sans vraiment se rendre compte qu'il parlait d'une voix traînante.

Une voix légèrement pâteuse qui reflétait éloquemment la quantité de caribou qu'il avait ingurgitée tout au long de la soirée. N'en restait pas moins qu'il était tout à fait conscient du regard sévère que lui lançait Bernadette.

— Pis regarde-moé pas comme ça, Bernadette, je sais de quoi je parle! La boisson, moé, je porte ça facilement. Chus pas comme d'aucuns qui s'endorment sur leur volant! Astheure, greyez-vous! Moé, pendant ce temps-là, j'vas faire chauffer le char. Je vous donne cinq menutes.

Quand Marcel était dans cet état, valait mieux ne pas se mettre en travers de sa route! Bernadette avait obtempéré, priant le Ciel que tout aille bien.

Le retour fut plutôt long, mais heureusement, ils arrivèrent jusque devant la maison sans encombre.

Ce fut ainsi que Bernadette avait éteint la dernière lumière du logement aux alentours de quatre heures avant de se glisser, fourbue, entre ses draps. Ceci ne l'avait pas empêchée de se réveiller à sept heures comme tous les jours. Sachant à l'avance qu'il ne servait à rien d'espérer se rendormir — Marcel ronflait comme un bienheureux —, elle se leva en bâillant et longea le corridor sur la pointe des pieds. Refermant la porte de la cuisine pour feutrer les bruits, Bernadette se prépara alors un café qu'elle sirota paresseusement tout en repensant à la soirée de la veille. Le poste de radio jouait en sourdine un rigodon interprété par Jacques Labrecque.

— Un vieux restant du temps des fêtes, murmura Bernadette, pour qui les festivités cessaient aussitôt le jour de l'An passé.

Chez les Lacaille, on n'avait jamais célébré la fête des Rois avec la traditionnelle galette.

— Faire une galette avec une fève dedans? avait demandé Évangéline quelques années auparavant quand Bernadette, à la demande de Laura, avait suggéré cette idée.

— Oui. Pourquoi pas?

— Toute ce trouble-là pour avoir le droit de se mettre sur la tête une couronne en papier doré? Tu trouves pas, toé, que c'est un peu niaiseux?

Bernadette n'en avait jamais reparlé et elle avait continué de dégarnir le sapin dès le deux janvier de chaque année. C'est ce qu'elle ferait probablement tout à l'heure, quand tout le monde serait levé, ou au plus tard demain.

Pour l'instant, elle se sentait trop lâche pour entreprendre quoi que ce soit à part repenser à la soirée de la veille.

Tout au long de la semaine, elle avait escompté que cette soirée annuelle, attendue par tous, ramènerait le sourire de Laura. Et tel qu'espéré, hier, comme d'habitude, Laura s'était joyeusement mêlée à la bande des cousins et cousines qui ne se voyaient, finalement, qu'une fois durant l'année. Bernadette espérait aussi que grâce à cela, la mauvaise humeur serait oubliée.

Après tout, Laura et Francine n'en étaient pas à une chicane près!

Mais dès que sa fille entra dans la cuisine, l'œil mauvais et les cheveux en bataille, Bernadette comprit aussitôt qu'il n'en serait rien, car Laura avait encore sa mine des mauvais jours. Néanmoins, elle fit celle qui n'avait rien remarqué.

— Bonjour, Laura!

Cette dernière haussa les épaules avec impatience. Pas moyen d'avoir la paix dans cette maison!

— Ouais, c'est ça, bonjour.

Puis elle s'approcha du comptoir, sortit le pain et tira bruyamment le grille-pain vers elle. Bernadette continua son manège et, affichant toujours une bonne humeur exagérée, elle demanda:

— Bien dormi?

Cette fois-ci, la réponse de Laura se résuma à un vague grognement.

Bernadette porta les yeux sur sa tasse, maintenant décidée à ignorer Laura. Si elle voulait bouder, qu'elle boude!

Remuant une cuillère dans sa tasse, Bernadette s'amusa à crever les petites bulles d'air qui remontaient à la surface du café tandis que Laura maugréait contre la lenteur du grille-pain, grommelait que la bouilloire faisait trop de bruit avant de s'en prendre au beurre qui était trop dur. Bernadette fit la sourde oreille. Mais quand Laura osa se plaindre que la confiture était trop sucrée, ce fut la goutte qui fit déborder le vase.

Bernadette éclata.

— Bon, ça suffit, Laura! Je commence à en avoir assez de ta mauvaise humeur. Ça fait une semaine que ça dure, j'en peux pus. C'est toujours ben pas de ma faute si Francine était pas à votre rendez-vous. Pis je te ferais remarquer que c'est pas de la faute à personne ici dedans, non plus. Ça fait que ton boudage, tu peux ben le garder pour quèqu'un d'autre. T'en prendre au grille-pain ou ben à la bombe d'eau bouillante, ça règlera pas ton problème, ma fille! T'entendre chialer après toute tout le temps, tu sauras que ça me tape sur les nerfs... Pis si mes confitures sont trop sucrées à matin, ben, mets du sel, bâtard!

Laura leva les yeux vers sa mère, exaspérée.

— Maudite marde, moman! C'est ben niaiseux, ce que tu viens de dire là!

— Sois polie, Laura Lacaille!

Depuis le corridor, Évangéline avait tout entendu. Se tenant dans l'embrasure de la porte, elle toisait sa petite-fille d'un regard sévère.

— C'est pas une manière de parler à sa mère. Si tu continues, m'en vas être obligée de te laver la langue avec du savon. Comme dans le film de la p'tite Aurore qu'on a vu ensemble y a quèques années!

En temps ordinaire, ce genre de menace, que Laura n'aurait pas vraiment pris au sérieux, aurait désamorcé la crise, et elle aurait probablement été la première à éclater de rire.

Pas ce matin.

Elle lança plutôt la rôtie qu'elle avait à la main dans l'assiette et, passant devant sa grand-mère sans la regarder ni s'excuser, elle fila directement dans sa chambre dont elle claqua la porte.

Bernadette poussa un soupir à fendre l'âme.

— Bâtard que j'haïs ça quand est de même, celle-là!

Traînant ses chaussons sur le prélart, Évangéline s'approcha du poste de radio pour sélectionner une autre fréquence.

— Je sais pas quand c'est qu'y' vont comprendre que la musique du temps des fêtes, c'est beau avant pis pendant le temps des fêtes! Tu trouves pas, toé, Bernadette? Moé, à matin, ça m'achale, les chansons à répondre!

Ne trouvant rien d'autre à la radio, elle tourna vivement le bouton et, dans le silence de la cuisine, elle se dirigea vers la cuisinière pour y prendre l'eau chaude.

— Faut pas t'en faire avec Laura, fit-elle, philosophe, tout en se préparant un café. Ça va finir par passer. C'est l'âge.

— C'est l'âge, c'est l'âge... C'est toujours ça qu'on dit. N'empêche que moé, à son âge justement, je parlais pas comme ça à mes parents.

— Pis moé non plus.

Évangéline s'installa devant Bernadette, de l'autre côté de la table. Le temps d'une gorgée prudente, elle précisa:

— J'aurais ben attrapé une mornifle sur le bord de la tête si je l'avais faite.

Sur ce, Évangéline souffla sur son café avant d'ajouter, avec son inimitable sourire au coin des lèvres:

— Mais ça nous empêchait pas de penser, par exemple, hein, Bernadette? Je peux te garantir que ce que Laura vient de dire, je l'ai pensé. Pis pas rien qu'une fois, à part de ça!

— Tant qu'à ça...

Les deux femmes échangèrent un regard de connivence avant de plonger, chacune de son côté, dans un court moment de silence que Bernadette fut la première à rompre en posant bruyamment les deux mains à plat sur la table.

— Bon! C'est ben beau toute ça, mais moé, j'ai faim... Je vous fais une toast, la belle-mère?

— Envoye don... Ça va me replacer l'estomac. J'sais pas ce que j'ai à matin, mais je me sens toute croche. Faut dire, avec, que j'ai petête un peu abusé du p'tit boire de ton père. Son caribou, y' est pas piqué des vers. Pourtant, d'habitude, j'aime pas ça, les boissons fortes. Mais le caribou de ton père, chus pas capable de le refuser.

— J'crée ben que vous êtes pas la seule. Quand Marcel ronfle de même, c'est qu'y' s'est pas gêné pour lever le coude.

— Ouais, j'sais ça. Je l'entendais jusque dans ma chambre. Viarge, qu'y' peut mener du train, lui, des fois. Je me demande comment tu fais pour arriver à dormir, ma pauvre fille.

Bernadette haussa les épaules.

— Ça doit être l'habitude. Mais la nuit dernière, j'ai eu plus de misère à dormir, par exemple. Je pense que j'étais trop énervée. Je me suis inquiétée en verrat quand on est revenus. Marcel a beau dire qu'y' porte la boisson, chus pas sûre qu'y' dit vrai. Pas tout le temps, entécas. Hier, y' conduisait pas pantoute comme d'habitude, pis ça m'achalait... Pis, que c'est que je mets sur votre toast à matin?

— Des confitures. Je les aime ben, moé, tes confitures. Chus pas comme Laura!

Piquée par l'idée que quelqu'un puisse ne pas aimer ses confitures, Bernadette répliqua du tac au tac.

— D'habitude, Laura avec, a' les aime, mes confitures, vous saurez. A' les mange même à p'tite cuillère. Direct dans le pot! Mais depuis une semaine, est pus la même. Même moé, sa mère, je la reconnais pus. Y a pas à dire, va falloir que ça change, pis vite!

Durant un moment, les deux femmes mangèrent en silence. Puis, d'une voix hésitante, Bernadette demanda:

— Je peux-tu vous demander de quoi, la belle-mère?

— À propos de Laura? fit alors Évangéline comme si cela allait de soi après les derniers mots prononcés.

— Si on veut...

Bernadette se mordilla la lèvre avant de poursuivre.

— Vous trouvez pas, vous, que la docteur exagère un peu? Je comprends pas ben ben ce qu'a' y trouve, à ma Laura. Pas à c'te point-là, entécas. Y avez-vous vu la bague qu'a' y a donnée? On trouve pas ça dans une machine à gommes, un bijou de même. Même mes gages sont pas aussi beaux!

— C'est vrai qu'est pas mal belle, sa bague. La docteur a même pensé à sa pierre de naissance.

— Ben justement. Vous trouvez pas, vous, qu'a' l'en fait un peu trop? Ça m'achale un peu, vous saurez.

Évangéline, qui vouait un véritable culte à Cécile depuis qu'elle avait moins mal aux jambes, prit sa défense.

— Tu sais comme moé que c'te femme-là a jamais eu d'enfant. D'enfant à elle, j'veux dire. Son garçon, c'est un p'tit qu'a' l'a pris à crèche. Petête ben que Laura, c'est un peu comme la fille qu'a' l'aurait voulu avoir.

— Ben justement! A' l'avait juste à se choisir une fille, verrat, si c'est ça qu'a' voulait. Comme ça, a' l'emprunterait pas la mienne.

— Ma grand foi du bon Dieu, Bernadette, si je te connaissais pas comme je te connais, je dirais que t'es jalouse.

— Pantoute! Je le sais ben, que Laura, c'est ma fille, pis qu'a' va toujours le rester... Mais quand même, de le savoir, ça m'empêche pas de penser que la docteur exagère.

— Ben moé, j'ai pour mon dire que si une femme de la qualité de Cécile s'intéresse à une...

— Pasque vous l'appelez, Cécile, astheure? répliqua vivement Bernadette avec une lueur de réprobation dans le regard.

— Ben oui. C'est elle qui me l'a demandé. T'as pas remarqué l'autre jour, quand est venue, que je l'appelais Cécile?

Bernadette pinça les lèvres avant de répondre.

— Non l'autre jour, c'est ma fille que je watchais.

— Pourquoi? Si tu me laisses finir de dire ce que j'avais commencé à t'expliquer, tu vas petête comprendre. Quand une femme comme Cécile, instruite pis ben à sa place, s'intéresse à notre Laura, ben moé, au lieu de m'inquiéter, ça me fait un p'tit velours. Cré maudit, Bernadette, ouvre-toé les yeux! Ça veut juste dire que ta fille, c'est quèqu'un de bien. Ça veut dire, avec, que tu l'as ben élevée. Me semble que c'est clair pis tu devrais être fière de toé. Pis ça veut petête dire, surtout, que ta fille va aller loin dans vie. Aujourd'hui, y en a de plus en plus des femmes qui font de quoi dans leur vie. Y en a de plus en plus des femmes qui font pas juste rester à maison pour élever des p'tits. Avoir une fille pis savoir qu'a' l'a du talent pour les études, j'haïrais pas ça, tu sauras, j'haïrais pas ça pantoute. Pis on dirait ben que c'est le cas de Laura, rapport qu'une femme comme Cécile l'a remarquée. Comme mère, ça devrait te faire plaisir, à toé avec.

— Vous pensez ça, vous?

— C'est sûr que je pense ça. Tu t'en fais pour rien, Bernadette.

— Petête ben... Mais petête pas, non plus. Moé, ce que j'ai remarqué surtout, c'est qu'avec les autres, comme ses cousines pis la docteur, Laura est ben d'adon. Hier, a' l'a ri pis a' l'a dansé comme tout le monde. C'est la Laura que je connais.

— Ouais. Pis?

— Ce que je voudrais savoir, astheure, c'est pour-quoi icitte, avec nous autres, est pas parlable... Des fois je me demande si Marcel aurait pas raison.

— Que c'est que Marcel a à voir là-dedans?

— Rien. Sauf qu'y' se gêne pas pour me dire que la docteur doit y être pour quèque chose, rapport que c'est depuis son voyage à Québec que Laura a commencé à changer. Je pensais qu'a' l'avait fini par comprendre de faire attention dans sa manière d'être pis quand a' nous parle, mais je pense, finalement, qu'a' l'a rien compris en toute. On est probablement pus du monde assez ben pour elle, comme dit Marcel, pis Laura a décidé de nous le faire comprendre en profitant d'une p'tite chicane de rien pantoute pis de la visite de la docteur pour...

— Ben voyons don! La docteur a rien à voir dans toute c't'histoire-là. Si Laura était gentille avec elle, c'est juste que tu l'as ben élevée, ta fille. C'est toute. Pour sa mauvaise humeur, c'est autre chose. J'en suis sûre pis chus vraiment surprise que t'ayes pas compris avant!

— Compris quoi?

— Que c'est à cause des Gariépy que notre Laura est de même! Me semble que c'est clair, non? Francine, c'est une vraie Gariépy, viarge! A' s'imagine que la terre tourne juste pour elle. Y a juste les Gariépy pour faire enrager le monde pis les rendre pas parlables comme Laura depuis un boutte.

— Encore! À vous entendre, on dirait que les Gariépy sont coupables de toute ce qui peut arriver de plate sur notre rue!

— T'es pas loin de la vérité en disant ça, ma fille, pas loin pantoute!

Le sujet était tellement éculé que Bernadette ne se donna pas la peine de répondre même si la curiosité lui brûlait les lèvres. Que s'était-il passé pour qu'Évangéline déteste les Gariépy à ce point?

L'instant d'après, Évangéline se leva de table pour déposer sa tasse et son assiette dans l'évier. Puis elle traversa la cuisine en traînant ses savates.

— Je pense que j'vas aller prendre un bain chaud avant que toute la famille rapplique, déclara-t-elle en soupirant. À matin, j'ai les jambes raides comme ça a pas d'allure. Ça va me prendre une bonne trempette pour me déraidir. Fait que, si je veux avoir la chambre de bain pour un boutte, chus mieux de me dépêcher. C'est comme rien qu'y' doivent toutes être à veille de se réveiller. Merci pour la toast.

Passant tout près de Bernadette, Évangéline posa la main sur son épaule.

— Je pense que tu t'en fais encore une fois pour rien, ma pauvre Bernadette, prit-elle le temps de répéter avant de quitter la cuisine. Dans quèques jours, toute ça va être en arrière de nous autres pis tu vas être la première à en rire. C'est pas grave, que ta fille soye de mauvaise humeur. Ça arrive à tout le monde. Attends quèques jours pis tu vas voir que j'ai raison!

Cette fois encore, Bernadette ne répondit pas.

Après quelques heures de brouhaha intense, de la cuisine à la salle de bain en passant par les chambres, la maison s'était vidée. Marcel était parti faire la tournée de ses amis pour leur souhaiter la bonne année, en compagnie du petit Charles. Évangéline avait décidé de faire une petite visite surprise à Noëlla, et Antoine avait proposé de l'accompagner. Quant à Laura, elle n'était toujours pas ressortie de sa chambre. Probablement s'était-elle rendormie.

La seule amie que Bernadette aurait eu envie de voir était Marie. Un simple regard par la fenêtre du salon l'en avait dissuadée. Trois autos étaient stationnées devant chez sa voisine. Les Veilleux devaient encore avoir de la visite en ce lendemain du jour de l'An.

Bernadette prit alors le journal de l'avant-veille et, s'en servant comme paravent, elle se réfugia dans le fauteuil d'Évangéline. Si elle n'avait personne à visiter, si elle n'avait pas l'énergie de s'attaquer au sapin pour le défaire, elle avait cependant tout ce qu'il fallait pour réfléchir une bonne partie de l'après-midi. Elle ne s'ennuierait pas.

Et Bernadette réfléchissait toujours mieux bien camouflée derrière un journal, à l'abri des regards indiscrets même si, pour l'instant, il n'y avait personne autour d'elle.

Depuis quelques semaines, quand Bernadette pensait à sa famille, ses pensées se tournaient invariablement vers Antoine.

Vers Antoine et sa grand-mère Évangéline.

Il y avait entre eux quelque chose qui n'existait pas avant. Comme une complicité nouvelle qui l'intriguait grandement.

Jusqu'à tout récemment, Évangéline vivait un peu comme si Antoine n'existait pas. Elle appréciait ses dessins, comme tout le monde, savait le remettre vertement à sa place au besoin, mais elle ne s'était jamais vraiment préoccupée de lui. Pas, du moins, comme elle prenait soin de Charles avec qui elle jouait souvent. Et voilà qu'en l'espace d'un samedi, Évangéline avait tout bouleversé dans la vie d'Antoine.

Sans en parler à qui que ce soit au préalable, Évangéline avait trouvé un nouveau professeur de dessin. Puis d'un même souffle, le soir au souper, elle avait justifié sa décision face à Marcel et fait comprendre que son intervention était sans appel et applicable dans l'heure. Plus question qu'Antoine perde son temps chez monsieur Romain.

Pourquoi sa belle-mère avait-elle fait ça? Qu'est-ce qui l'avait poussée à chercher un autre professeur?

Bernadette avait beau tourner et retourner la situation dans tous les sens, elle n'arrivait toujours pas à comprendre. Une chose était certaine, cependant. Derrière son apparente indifférence à l'égard d'Antoine, Évangéline n'avait jamais cessé de veiller sur son petit-fils.

L'idée était réconfortante, même si Bernadette ne voyait vraiment pas en quoi monsieur Romain ne convenait plus. À ce sujet, quand Bernadette osait glisser une question, Évangéline se faisait évasive, parlait blocage des idées et manque d'intérêt.

— Cré maudit, Bernadette? Pourquoi revenir là-dessus? Toé-même, t'as admis que ses dessins étaient moins beaux, depuis un boutte. J'ai juste pensé ben faire en y trouvant un nouveau professeur.

Pourtant, le fait de dire qu'Antoine ne progressait plus avec monsieur Romain n'était qu'une demi-vérité, Bernadette en était persuadée.

N'empêche qu'Évangéline ne devait pas avoir tout à fait tort. Depuis ce fameux samedi, Antoine avait changé. Pas de façon éclatante, certes, puisque Antoine serait toujours Antoine, mais il se mêlait de plus en plus aux conversations et ne s'enfermait plus de façon systématique dans sa chambre.

Et, attitude un peu déroutante, il se joignait régulièrement à Évangéline pour faire les courses, prétextant que les sacs étaient trop lourds pour elle.

En retour, comble de l'aménité, Évangéline l'avait autorisé à inviter son ami Ti-Paul à venir jouer à la maison et elle avait exigé que les enfants l'appellent grand-maman et non plus grand-mère.

— C'est le monde à l'envers, murmura Bernadette, décontenancée. La belle-mère qui accepte un ami chez elle pis qu'y' veut, en plus, qu'on dise grand-moman. Pourtant, me semble que quand Laura est venue au monde, c'est elle en personne qui m'avait dit qu'a' voulait surtout pas entendre le mot «grand-moman»... A' prétendait que ça faisait trop vieux.

Décidément, Évangéline avait vu juste, car Antoine progressait réellement. Des promenades à deux pour faire les commissions aux samedis après-midi où elle entendait son fils rire avec son ami, Bernadette retrouvait peu à peu l'enfant qui était son fils.

— On dirait que mon gars est comme une p'tite chenille. Une p'tite chenille en train de devenir un papillon!

Bernadette fut surprise d'avoir trouvé spontanément une si belle image pour décrire Antoine. Elle la savoura un moment avant que, rassurée au sujet d'Antoine, ses pensées se tournent instinctivement vers le Texas, là où vivait Adrien.

Aux dernières nouvelles, reçues d'Adrien dans une longue lettre pliée en quatre et glissée dans la carte de vœux, la vie avait repris son cours normal et tout semblait être rentré dans l'ordre, du côté de la santé de Maureen. Jusqu'à maintenant, pas de bébé en vue, mais ils gardaient espoir. En post-scriptum, Adrien avait annoncé qu'à l'été, Maureen et lui se feraient construire une maison bien à eux.

Bernadette soupira.

Si elle avait entretenu le fragile espoir de le voir revenir à Montréal pour s'y installer, malgré le fait qu'ils sachent, l'un comme l'autre, que la distance entre eux était leur meilleur allié, cette dernière lettre avait anéanti cet espoir chimérique.

En ce qui concernait Adrien, la vie de Bernadette ne serait donc qu'un long rêve éveillé, entrecoupé de rares et brèves rencontres où les mots espérés étaient le plus souvent remplacés par des regards intenses.

— Moman?

Absorbée dans ses pensées, Bernadette n'entendit pas l'appel de Laura.

— Moman?

Cette fois-ci, la grande feuille de papier journal tressaillit avant qu'un des coins ne soit rabattu. Bernadette jeta un regard sur Laura qui était restée dans l'embrasure de la porte du salon. Apparemment, sa fille voulait lui parler. Quand elle se dandinait comme une enfant...

Bernadette obligea Adrien à se retirer dans l'ombre.

— Oui?

— Je... Je veux m'excuser pour ce que je t'ai dit tantôt. C'était pas très gentil. Tes confitures étaient aussi bonnes que d'habitude. Je sais pas pantoute ce qui m'a pris de te dire ça.

Dans un froissement de papier, le journal fut replié. Bernadette le laissa tomber à ses pieds. Elle n'en avait plus besoin.

— Ben heureuse de te l'entendre dire, ma fille. C'est de la grosse ouvrage, faire des confitures. Surtout quand y' fait chaud comme y' faisait l'été dernier. Pis, c'est pas pour me vanter, mais je pense que mes confitures sont ben bonnes. Pour que ton père se donne la peine de me dire qu'y' les aime chaque fois qu'y' en prend, c'est que c'est vrai... Pis j'accepte tes excuses.

Moé avec, je me suis petête emportée un peu vite. Mais tu pourrais reconnaître, au moins, que t'es pas facile à suivre depuis un boutte.

— Je le sais!

Laura entra dans la pièce et s'installa au bout du divan.

— Je le sais, que je suis de mauvaise humeur, reprit-elle, la mine encore sombre. Inquiète-toi pas, je suis pas niaiseuse. Mais j'avais vraiment pas le choix d'être comme ça.

— Comment ça, pas le choix? On a toujours le choix de son humeur, me semble. C'est pas les autres qui décident à notre place!

— C'est sûr, ça. C'est pour cette raison que j'ai décidé d'être de mauvaise humeur. C'était mon choix, comme tu dis. C'était ça ou ben être triste. J'ai préféré être en colère pis moi, quand je suis en colère, ça me rend de mauvaise humeur.

— Oh! Je vois... C'est une idée comme une autre, ton idée. Comme ça, en passant. Disons, à matin, que j'vas être de mauvaise humeur... T'as ben le droit, après toute. T'as juste pas pensé à nous autres là-dedans. T'as juste pas pensé que c'était le temps des fêtes pis qu'une face comme celle que t'avais, c'est pas ben ben réjouissant pour le monde autour de toé.

— C'est vrai... Mais c'est de la faute à Francine, aussi!

— De la faute à Francine? C'est elle qui est la cause de ton humeur? Eh ben... Ça me fait drôle d'entendre ça. On dirait que tu parles comme ta grand-mère, astheure! Tu serais-tu en chicane avec les Gariépy comme elle?

— Pas avec les Gariépy, juste avec Francine.

— Ah bon! Pis tu peux-tu m'expliquer pourquoi, c'te fois-citte, la chicane dure aussi longtemps? Me semble que d'habitude, après une couple de jours, c'est pas mal réglé, vos p'tites chicanes.

— C'est encore de la faute à Francine.

Laura s'anima. Elle donna un coup de poing dans le coussin à côté d'elle et leva un regard brillant de colère vers sa mère.

— Maudite marde! J'arrive pas à lui parler, à Francine! Ou bien est partie travailler ou bien elle fait dire qu'est occupée. Depuis la nuit de Noël, j'ai pas réussi à lui dire un seul mot. Ça aussi, ça me met en colère pis de mauvaise humeur. On dirait qu'elle a décidé de me bouder, mais je sais pas pourquoi. J'ai rien fait, moi, là-dedans. C'est elle qui est pas venue à la messe comme elle l'avait promis. Pas moi! Pis en plus, j'ai un cadeau pour elle. Ça aussi, tu sauras, ça aide pas à être de bonne humeur, pasque mon cadeau, il est beau pis j'avais très hâte de le donner. Mais t'as raison, moman, j'ai pas à vous en vouloir pour ça. Ni à toi ni aux autres dans la maison. C'est pas de votre faute si Francine est aussi boquée.

— Boquée? Coudon, c'est le temps des expressions de famille, on dirait ben! Là, tu jases pus comme ta grand-mère, tu jases comme mon père quand y' parlait de sa vieille jument entêtée.

L'idée de comparer Francine à un vieux cheval rétif arracha enfin un petit sourire à Laura. Bernadette profita de ce qui semblait une petite ouverture.

— Veux-tu que je te dise, Laura, ce que je ferais, moé, à ta place? J'irais sonner à porte des Gariépy sans téléphoner avant. Comme ça, Francine pourra pas faire dire qu'est occupée. Si t'es là, à porte, avec le froid qu'y' fait, sa mère aura pas le choix de te faire entrer dans maison. Si a' l'a de l'allure, comme de raison.

— Qui ça? La mère de Francine? demanda Laura. C'est sûr qu'a' l'a de l'allure, confirma-t-elle d'un même souffle. Ben de l'allure. La mère de Francine est très gentille.

— Bon, tu vois! Je la connais pas beaucoup, la mère de Francine, rapport que ça serait ben embêtant d'en faire une amie à cause de ta grand-mère, mais le peu que je sais, par exemple, me fait dire comme toé. A' l'a l'air gentille. Alors? Que c'est t'attends?

— Peut-être, oui...

Laura hésita à peine un instant avant de se lever.

— T'as raison, moman! Je m'habille pis je file chez Francine. Pis promis, quand je vais revenir, je vais être de bonne humeur. Même si Francine me dit qu'elle veut plus être mon amie. Au moins, je saurai à quoi m'en tenir.

— Bon! Là, je reconnais ma fille!

Laura se dirigeait déjà vers sa chambre quand Bernadette, incapable de se retenir, lui demanda:

— Pis Cécile, elle?

Laura s'arrêta brusquement. Même si en apparence, cette dernière question n'avait aucun lien avec la conversation qu'elles venaient d'avoir, Laura savait très bien où sa mère voulait en venir. L'oreille collée sur le battant de la porte de sa chambre, elle n'avait rien perdu de la discussion du matin entre sa mère et sa grand-mère. Néanmoins, elle fit celle qui ne se doutait de rien et, revenant sur ses pas, elle demanda:

— Cécile? Pourquoi tu me parles d'elle? Qu'est-ce que Cécile Veilleux a à voir avec Francine?

Bernadette haussa une épaule hésitante, regrettant déjà sa question.

— Pas grand-chose, avoua-t-elle, prudente.

De toute évidence, elle en avait trop dit, ou pas assez, pour que Laura se contente d'une réponse aussi nébuleuse. Bernadette se jeta à l'eau.

— C'est vrai, Cécile a rien à voir avec Francine. Sauf qu'avec elle, t'avais l'air de ben bonne humeur l'autre jour quand est venue... Pourquoi? Pourquoi t'es de bonne humeur avec elle pis pas avec moé? Pis je trouve que pour quèqu'un qui est pas de notre famille, a' t'a donné un sapré beau cadeau... C'est qui, Cécile, pour toé?

— Cécile? Il me semble que je te l'ai déjà dit, non? Cécile, c'est quelqu'un de gentil, de vraiment gentil. Quand je suis avec elle, j'ai toujours envie de m'améliorer. Je sais pas pourquoi, mais c'est comme ça. Mais ça va pas plus loin. Cécile sera jamais ma mère, si c'est ce que tu veux dire. Ma mère, c'est toi pis j'ai vraiment pas envie de changer. Il me semble qu'on en avait déjà parlé ensemble pis je pensais que t'avais compris...

Puis, après une légère hésitation, Laura ajouta:

— Grand-moman avait raison, tu sais, à matin, quand elle t'a dit que tu t'en faisais pour rien.

Ces quelques mots de Laura firent s'envoler les craintes de Bernadette, qui furent aussitôt remplacées par un sentiment de culpabilité vis-à-vis de sa fille. Quand cesserait-elle de douter? D'elle comme des autres...

Bernadette se sentit rougir. Et pour ne pas perdre la face devant Laura, elle reprit ses derniers mots avec une fausse colère dans la voix.

— Comme grand-moman a dit? J'ai-tu ben entendu, moé là? T'es-tu en train de me dire que tu serais le genre de fille à écouter aux portes, coudon?

Laura avait bien vu que sa mère rougissait. Alors, elle décida de jouer le jeu. Affichant un froissement qu'elle était loin de ressentir, elle rétorqua:

— Pantoute. Je suis pas une écornifleuse! C'est toujours ben pas de ma faute si ma chambre est collée sur la cuisine pis que toi pis grand-moman, vous parlez fort quand vous discutez ensemble... Astheure, je vais m'habiller. Je voudrais pas que Francine soit encore partie!

Et pour une fois, Francine n'était pas partie. Laura la trouva installée dans son lit, une revue à la main et fumant une cigarette. Ce fut plus fort qu'elle, Laura plissa le nez de dégoût. Ça empestait vraiment dans la chambre de son amie.

— Comment tu fais pour respirer là-dedans? Maudite marde, Francine! C'est pire qu'au cinéma Beaubien la dernière fois qu'on y est allées! Y a de la boucane partout!

Francine se contenta d'étirer le bras pour entrouvrir la fenêtre.

— Comme ça, ça va moins sentir, même si moé, je trouve pas que ça pue... Pis? Quoi de neuf?

Laura était estomaquée par la nonchalance de Francine. Non seulement elle avait oublié leur rendez-vous et s'était fait porter absente toute la semaine, mais voilà qu'en plus, elle agissait maintenant comme s'il ne s'était rien passé.

Laura jeta un coup d'œil autour d'elle pour trouver une place où s'asseoir. Certaines explications doivent avoir lieu les yeux dans les yeux.

Malheureusement pour elle, le désordre était pire que jamais. Jugeant qu'un peu plus de linge sur le plancher ne changerait rien à l'allure de la pièce, Laura poussa les vêtements empilés sur une chaise et s'y laissa tomber.

— Ce que j'ai de neuf? Rien. Absolument rien, Francine Gariépy, à part le fait que je pense que tu me dois des excuses. Je viens de passer les vacances de Noël les plus plates de ma vie.

— Ouais...

Glissant l'index dans la revue pour garder la page, Francine se tourna sur le côté.

— C'est vrai que j'ai pas été ben fine avec toé.

— Pas fine, tu dis? Le pire, c'est que je comprends même pas pourquoi t'as fait ça. J'ai-tu dit ou fait quelque chose contre toi sans m'en rendre compte?

— Pantoute...

Visiblement, Francine était mal à l'aise.

— J'sais pas comment dire pour que tu comprennes... Bonté divine que c'est dur des fois de trouver les mots... Tu me promets-tu de pas me faire la leçon si je te dis ce qui s'est passé?

Laura souleva un sourcil interrogateur.

— Ouais... C'est-tu si pire que ça?

— Pour moé, non. Mais toé, par exemple, pour ces affaires-là, tu penses pas comme moé. Pis ça me tente pas que t'essayes de me faire entendre raison, comme tu dis. C'est pour ça que je t'ai pas appelée, c'te semaine. J'avais pas envie de me faire faire la morale par toé, Laura Lacaille. Pasque c'est toujours ce que tu fais quand t'es pas d'accord avec moé. Tu prends tes grands airs que j'aime pas pis tu te lances dans des discours que je comprends pas toujours. Fait que j'ai décidé d'attendre. Je me disais que tu finirais ben par retontir chez nous pis que ça serait ben assez vite pour toute t'expliquer.

Laura était mortifiée par les propos de son amie et, sans s'en rendre compte, les lèvres pincées et les sourcils froncés, elle prit ce que Francine appelait ses grands airs.

— Ben là... Je prends des grands airs, moi? Je te fais la morale? Je fais des discours où y a rien à comprendre?

— Ouais, c'est ça que tu fais... Pis, à cause de ça, si tu veux savoir pourquoi chus pas allée à messe de minuit comme j'avais promis, ben y' faut que tu me promettes de pas passer de remarques sur ce que j'vas te raconter.

La curiosité mise à rude épreuve, Laura était prête à promettre la lune. Elle leva les yeux au plafond, compta jusqu'à trois pour se calmer et revint face à Francine.

— Promis... Mais je suis pas si pire que ça, Francine Gariépy. Je passe pas toujours des remarques sur ce que tu fais de pas pareil que moi. Si c'était le cas, on passerait notre temps à se chicaner.

— Mettons... Mais je veux que tu promettes pareil.

— Promis! Me semble que je viens de te le dire!

— O.K...

Francine hésita un moment et se retourna sur le dos pour ne pas avoir à affronter le regard de Laura.

— Si chus pas allée à messe, l'autre soir, expliqua-t-elle, le regard vrillé sur le matelas du lit au-dessus d'elle, c'est pasque mon boss, tu sais, le contremaître que je t'ai parlé une fois? Ben, c'te boss-là, y' m'a invitée à l'accompagner à une soirée chez des amis à lui. Je pensais ben être revenue à temps pour la messe, mais ça a pas été le cas. Pis comme toé t'étais déjà partie pour l'église, ben, j'ai pas pu te prévenir. C'est toute.

— C'est toute? Tu sors avec ton boss, même si c'est juste le contremaître, pis tu t'imagines que j'vas avaler une histoire grosse de même sans dire un mot?

— T'as promis de rien dire, Laura Lacaille! Une promesse, c'est une promesse, sainte bénite!

— Ben voyons donc, toi!

Laura n'en revenait pas. Francine, son amie, qui était à peine plus vieille qu'elle, était en train de lui avouer qu'elle était sortie avec un de ses patrons et elle s'imaginait qu'elle ne dirait rien? C'était mal connaître Laura Lacaille.

— Faire une promesse sans savoir sur quoi on promet, ça compte pas, fit-elle alors d'un petit air dédaigneux.

— Oui, ça compte, tu sauras. Fais-moé pas regretter de t'avoir dit la vérité, Laura Lacaille. Pis ma mère était au courant, si jamais t'avais l'intention de me le demander. Pis c'est pas si grave que ça. J'ai juste passé une bonne soirée avec Patrick. Pis Patrick, ben, y' est pas si vieux que ça. Y' a juste vingt ans.

— Vingt ans? T'es bien sûre de ça? Comment ça se fait qu'un gars de vingt ans soit ton patron, d'abord? Ça se tient pas, ton affaire.

— Oui, ça se tient, tu sauras! Chus pas une menteuse. Patrick, c'est mon boss pasqu'y' est le neveu du grand boss.

— Ah...

Quand bien même Laura aurait voulu faire la leçon à Francine, elle était tellement déconcertée par l'aveu de son amie que les mots lui manquaient. Il lui semblait que, brusquement, l'univers de son amie n'avait plus rien à voir avec le sien et que toute la colère ressentie ces derniers jours venait de se transformer en déception.

Une déception immense, comme un chagrin d'enfant, qui pesait sur sa poitrine et rendait la respiration douloureuse.

C'est pourquoi Laura fut presque reconnaissante envers Francine quand celle-ci lui proposa, d'une voix remplie d'espoir:

— Astheure que tu sais toute, on parle-tu de d'autre chose?

Incapable de parler tant l'émotion lui serrait la gorge, Laura se contenta d'approuver de la tête.

Soulagée, Francine se redressa sur son lit et ouvrit sa revue. Après un dernier regard rempli d'envie, elle la tendit à Laura.

— Regarde dans le coin en bas! Regarde comme c'est swell. C'est un manteau de même que j'aimerais avoir. Ça fait vraiment chic!

Un mannequin, dans une pose alanguie, portait un manteau de fourrure. Du coup, Laura en oublia ce que Francine venait de lui confier.

— Un manteau de fourrure? Tu veux un manteau de fourrure?

Laura n'en revenait tout simplement pas!

— T'es-tu tombée sur la tête, Francine Gariépy? C'est pas de notre âge, un manteau de fourrure, pis ça coûte bien que trop cher. Ni toi ni moi, on a l'argent pour se payer...

— J'ai-tu dit que j'allais m'en payer un?

— Non, mais...

— Laisse-moé finir. Je le sais ben, que toé pis moé, on aura jamais l'argent pour se payer ça. Mais on peut trouver quèqu'un qui, lui, va avoir assez d'argent pour nous l'offrir, par exemple.

— Trouver quèqu'un pour nous l'offrir? Qu'est-ce que t'essayes de dire par là?

Laura avait les yeux grands comme des soucoupes.

— C'est quoi, des idées pareilles? reprit-elle, emportée, sans laisser le temps à son amie de répondre. Maudite marde, Francine, tu viens juste d'avoir seize ans. Viens pas me dire surtout que tu penses déjà à te caser? T'es bien que trop jeune pour ça.

— Chus pas si jeune que ça.

Francine avait l'air offusquée.

— Je te ferais remarquer que ma mère, elle, a' s'est mariée à dix-sept ans. C'est moé dans un an, ça. Pis si je me rappelle ben, ta mère à toé était pas beaucoup plus vieille que ça quand a' l'a marié ton père.

Laura balaya l'objection du revers de la main.

— C'était avant, ça. C'était de leur époque. Pas de la nôtre.

— Ben moé, j'vois pas la différence.

Francine, maintenant assise sur son lit, jeta un regard éloquent sur sa chambre.

— T'as-tu vu dans quoi je dors? Toé-même, tu me l'as dit assez souvent: ma chambre a l'air d'une soue à cochons. Ce que t'as jamais remarqué, par exemple, ben, j'pense que tu l'as jamais remarqué rapport que t'en as jamais parlé, c'est que les affaires qui traînent, c'est pas les miennes. C'est celles de mes sœurs. Moé, je me ramasse, tu sauras. Pis les piles de vaisselle sale dans cuisine, les as-tu déjà vues, en passant? Ouais, hein... Ben moé, j'en ai plus qu'assez de toujours les voir. Quand tu viens chez nous pis que la cuisine est propre, dis-toé ben que c'est pasque chus passée par là. Fait que, surprends-toé pas si t'apprends dans pas longtemps que j'vas me marier. C'est toute ce que je veux, partir d'icitte. Je veux surtout pas moisir dans c'te maison-là encore ben longtemps pis virer vieille fille.

Laura était atterrée. Non seulement Francine ne vivait plus dans le même univers qu'elle, mais elle venait de changer de planète!

Elle regarda son amie sans parler, cherchant les mots qui pourraient lui remettre les deux pieds sur terre. Pourtant, Laura savait fort bien que Francine n'était pas la seule à voir la vie de cette façon. Quelques amies de sa classe avaient même déjà un fiancé! Quant à tenter de la convaincre de reprendre ses études, Laura venait de comprendre que ce projet était définitivement voué à l'échec.

À cette pensée, Laura ferma les yeux un moment, découragée, déçue.

Le mariage...

Cette perspective était tellement loin des préoccupations immédiates de Laura qu'elle était à court d'arguments. Et comme elle n'était pas une fille à parler pour dire n'importe quoi...

Laura se mit à feuilleter machinalement la revue et, découvrant une robe aux ambitions plus modestes que le manteau, elle la montra à Francine avant de se mettre à parler de la mode, sachant qu'en agissant ainsi, elle ferait plaisir à Francine tout en détournant la conversation.

Mais Laura s'en fatigua rapidement. Alors, prétextant avoir à aider sa mère, elle prit congé.

— Ah oui, j'oubliais... J'ai un cadeau pour toi. Je voulais te le donner à la messe l'autre jour, mais t'es pas venue. Pis aujourd'hui, je l'ai oublié, mentit-elle effrontément.

En fait, Laura n'avait rien oublié du tout. C'était délibérément qu'elle avait laissé à la maison la bouteille de parfum choisie avec soin, n'étant plus certaine d'avoir envie de la donner. Présentement, elle s'en servait comme d'un prétexte pour revoir Francine. Parce qu'autrement, elle avait la pénible sensation qu'elles s'éloignaient inexorablement l'une de l'autre.

— Je te rappelle, conclut-elle, une main sur la poignée de la porte. On pourrait peut-être aller au cinéma ensemble...

En arrivant sur le trottoir, Laura prit une profonde inspiration d'air froid puis elle regarda autour d'elle, incertaine d'avoir envie de se retrouver à la maison tout de suite. Sa mère ne manquerait sûrement pas de lui poser toutes sortes de questions auxquelles Laura ne savait pas encore ce qu'elle voulait répondre. Quelques sous au fond de sa poche facilitèrent la décision.

Tournant sur sa gauche, elle se dirigea vers le casse-croûte de monsieur Albert. Une bonne frite avec un coke aiderait certainement à avaler tout ce que Francine venait de lui dire et lui donnerait aussi le temps de se faire une opinion.

C'est en arrivant au coin de la rue qu'elle remarqua une grande jeune fille presque aussi grande que Francine.

L'inconnue avait l'air de chercher quelque chose. Quand elle aperçut Laura, elle fit quelques pas dans sa direction.

— Je m'excuse...

Habituellement peu encline à parler à des étrangers, Laura fut, cette fois-ci, attirée par le parler chantant de l'inconnue.

— Oui? Je peux vous aider? Vous avez l'air perdue.

— Perdue, non. Mais je cherche l'épicerie.

La jeune fille éclata de rire. Un rire franc qui coula agréablement sur le cœur blessé de Laura.

— Je ne suis pas du quartier... Ma tante m'a expliqué le chemin, mais je n'ai rien compris. Je tourne à droite ou à gauche pour me rendre à l'épicerie Perrette? Il faut que je me hâte, car ma tante a dit que monsieur Perrette n'ouvrait que quelques heures aujourd'hui.

— Chez Perrette? On tourne à gauche jusqu'au coin là-bas, indiqua Laura avec le bras. Pis après, c'est encore à gauche. L'épicerie de monsieur Perrette va être de l'autre côté de la rue. Vous pourrez pas la manquer.

— Mon doux! C'est vraiment simple. C'est tante Anne, aussi... Elle a tellement peur que je me perde qu'elle en rajoute...

L'inconnue tendit la main.

— Je m'appelle Alicia.

— Et moi, Laura. Je demeure ici, dans la grosse maison grise au bout de la rue... Mais vous venez de dire votre tante Anne?

— Oui. Anne Deblois. C'est ma tante, c'est la sœur de ma mère.

— Je la connais... En fait, c'est surtout ma grand-mère qui la connaît. Anne, c'est la musicienne, n'est-ce pas?

— En plein ça...

Les deux filles se regardèrent en souriant, un peu surprises de voir qu'elles avaient une connaissance commune.

— Venez, fit alors Laura, se fiant pour une fois à une impulsivité qui ne lui était pas coutumière, surtout avec ceux qu'elle ne connaissait pas. Venez, on va y aller ensemble. Moi, l'épicerie Perrette, je la connais bien. Je dirais même que c'est un peu chez nous, rapport que c'est mon père qui est le boucher de l'épicerie. Et vous? C'est où que vous habitez en temps ordinaire?

— Dans l'ouest. Près de l'hôpital Sainte-Justine. C'est là que mon père travaille. Il est médecin.

À ces mots, Laura haussa imperceptiblement les épaules et, très fière, elle annonça d'une voix qui portait bien:

— Moi, j'ai une amie qui est médecin. Elle s'appelle Cécile. Cécile Veilleux. Son frère demeure sur la même rue que nous autres.

— Une femme médecin?

— Eh oui!

— Chanceuse! Moi aussi, j'aimerais devenir médecin. Je travaille très fort à l'école pour cela parce que mon père m'a dit que ce n'est pas facile pour une femme d'entrer en faculté. Même si lui peut m'aider, je dois avoir de très bonnes notes.

— Vous voulez aller à l'université?

— Pourquoi pas?

— Je ne sais pas, fit Laura, songeuse. C'est quelque chose que j'ai jamais vraiment pensé... Moi, je veux plutôt devenir maîtresse d'école. Ça, par exemple, ça fait très longtemps que j'y pense... Ça y est, on est arrivées. L'épicerie est juste là.

— Alors, merci!

Alicia tendit la main une seconde fois.

— Maintenant, quand je vais revenir chez tante Anne, je saurai que j'ai une amie qui habite sur la même rue qu'elle... On se revoit?

— Pourquoi pas?

Décidément, le parler de cette fille plaisait beaucoup à Laura. Et ses propos aussi. Enfin, quelqu'un qui n'avait pas peur des études! Alors, sans réfléchir, elle lança:

— Et si on échangeait nos numéros de téléphone? On sait jamais, ça pourrait peut-être servir.

Alicia n'hésita pas.

— D'accord! Mais à une condition.

— Laquelle?

— On se dit «tu».

Encore une fois, elle éclata de rire.

— «Vous», c'est bon pour les parents!

— Bien d'accord avec toi. On se dit «tu»... Alors? Tu me le donnes, ton numéro? J'ai une bonne mémoire. Je vais le retenir jusqu'à ce que j'arrive à maison.

— Moi, c'est la même chose... Chez moi, c'est Dupont 4 0224.

— Et moi, c'est Plateau 5 3117.

— On se rappelle, n'est-ce pas?

— Promis. L'école recommence lundi matin... et je t'appelle vendredi soir.

— D'accord. J'attends ton appel. N'oublie pas! Dupont 4 0224...

— Je n'oublierai pas. À vendredi!

Quand Laura repassa devant le casse-croûte, elle hésita avant d'entrer. Il commençait à se faire tard. Mais l'envie d'une bonne portion de frites accompagnées d'une liqueur fut trop tentante pour la repousser.

«Pis, si je m'assois proche de la fenêtre, je vais peut-être voir repasser Alicia, pensa-t-elle en poussant la porte. Je me demande bien où c'est qu'elle a appris à parler de même. J'aime ça, sa façon de dire les choses. J'aime bien ça!»

* * *

En ce samedi vingt-quatre janvier, Évangéline goûtait enfin à un peu de tranquillité chez elle. Antoine, Marcel, Bernadette et Charles venaient tout juste de partir. Ils seraient de retour uniquement vers midi. Quant à Laura, elle dormait encore. C'était sa nouvelle habitude du samedi matin, le sommeil prolongé!

Ajouté à cela, Évangéline n'avait plus d'inquiétudes au sujet d'Antoine, qui n'avait jamais revu monsieur Romain; il n'y avait plus de bouderie chez Laura qui devait, en après-midi, aller au cinéma avec une nouvelle amie, Alicia; finalement, elle avait même droit à un semblant de bonne humeur avec Marcel, et on comprendra facilement pourquoi elle poussa un profond soupir de contentement en s'installant, ce matin-là, dans son fauteuil préféré au salon, avec une tasse de thé bien sucré comme elle l'aimait, pour regarder ce qu'elle appelait «les p'tits bonhommes».

Ceux du samedi matin avaient sa préférence. Évangéline avait un faible avoué pour les personnages de Pépinot et Capucine qui lui rappelaient certains jouets de son enfance.

Pourtant, au matin du dix janvier, quand il s'était vu imposer la corvée d'aller conduire Antoine chez son nouveau professeur, l'attitude de Marcel n'aurait jamais pu laisser présager un tel retournement de situation.

— Calvaire! Voir que j'ai juste ça à faire, moé, le samedi matin, aller mener mon gars à l'autre boutte de la ville. Me semble que ça faisait l'affaire de tout le monde, avant, quand y' allait chez monsieur Romain. Y' pouvait se...

— On reviendra pas là-dessus, Marcel. Je te l'ai déjà expliqué en long pis en large. Antoine apprenait pus rien avec son ancien professeur. Ça, c'est une affaire réglée. Astheure, Antoine va chez madame Émilie, un point c'est toute. Elle, au moins, c'est une vraie artiste qui vend même des peintures. C'est sérieux. Pis t'as pas à te plaindre, rapport que c'est moé qui paye.

— Ouais, parlons-en! Vous payez petête ben les cours, mais qui c'est qui va payer le gaz pour aller mener Antoine, par exemple, hein? C'est moé! Encore moé! On dirait que vous vous rendez pas compte, la mère, que finalement je paye pas mal de choses.

— Ouais, tu payes des affaires, c'est ben certain, je t'ostinerai pas là-dessus, mais c'est juste normal. La vie, mon gars, c'est pas gratis!

— Calvaire! J'ai-tu dit ça? Vous retournez toujours toute ce que je dis contre moé, la mère! Des fois, c'est pas mêlant, on dirait que chus juste le p'tit nèg' qui rame pour faire avancer le bateau sans savoir vers où ce qu'on s'en va! Pis, j'ai surtout pas un calvaire de mot à dire là-dedans!

Évangéline avait haussé les épaules avec indifférence.

— Pis ça? C'est juste normal que ça soye l'homme de la maison qui rame pour faire avancer le bateau, comme tu dis. Je comprends pas que tu voyes les affaires autrement. Nous autres, Bernadette pis moé, on

fait ben l'ordinaire ici dedans sans rien te demander...
Tu passes ton temps à chialer, Marcel. Y a jamais rien
qui fait ton affaire. T'en rends-tu compte, au moins?

— C'est pas vrai ça. Je passe pas mon temps à chialer.
Mais quand c'est le temps de dire les choses, par
exemple, chus comme vous, j'ai pas la langue dans ma
poche. C'est toute. Chus pas pire qu'un autre.

— Mais t'es pas mieux non plus!

— Maudit calvaire!

— Ben c'est ça. Blasphème tant que tu veux, ça
changera rien au fait qu'astheure, le samedi matin, tu
dois aller mener Antoine à ses cours. On reviendra pas
là-dessus, crois-moé!

Marcel leva les yeux au ciel en soupirant.

— Pis dire qu'à part le dimanche, comme de bien
entendu, j'avais juste le samedi matin comme détente,
remarqua Marcel avec une conviction presque touchante. Pasque vous saurez, la mère, que c'était une
sorte de détente, pour moé, faire la commande avec
Bernadette pis le p'tit. Astheure, c'est fini.

Évangéline avait dévisagé son fils sous la forêt de ses
sourcils, plus broussailleux que jamais tant elle les
fronçait.

— Ah ouais? fit-elle, dubitative. Faire la commande,
c'était une détente? C'est nouveau ça. Me semble, au
contraire, que tu disais que tu trouvais ça long, attendre
dans le char que Bernadette finisse? A' prenait toujours
trop de temps, selon toé... Ben là, mon gars, tu vois, j'ai
pensé à toé. T'auras pus à poireauter dans le char. À

partir d'à matin, tu laisses ta femme su' Steinberg, avec le p'tit ou pas, tu choisiras, pis après tu remontes Saint-Laurent pour un boutte, pis tu tournes à droite sur Gouin, pis tu vas vers l'est. Avec l'adresse que j'vas te donner, tu peux pas te tromper, y' paraît que la rue est ben facile à trouver. Madame Anne m'a toute ben expliqué pis a' l'a toute ben écrit sur son papier. Une fois rendu, tu laisses Antoine à son cours, tu reviens su' Steinberg pis tu finis de faire la commande avec Bernadette. Sans vous presser, comme de raison, pour qu'Antoine aye le temps de suivre son cours. Mais ça devrait pas être un problème, vu que tu viens de me dire que t'aimais ça, faire la commande. Pis après, ensemble, vous retournez chercher Antoine. C'est pas ben ben compliqué, comme tu vois. Toé qui passes ton temps à dire que t'aimes ça chauffer, que t'aimes ça te promener en char, me semble que ça devrait faire ton affaire, un samedi matin qui ressemble à ça. Faire du char pendant une couple d'heures, me semble que c'est plein d'agrément pour un gars comme toé, Marcel. Je vois vraiment pas de quoi t'as à te plaindre.

La logique inattaquable du discours d'Évangéline avait laissé Marcel bouche bée. Il avait tourné les talons sans répondre et ce matin-là, il était parti en bousculant tout le monde, leur disant de se dépêcher.

Cependant, au retour, il avait eu l'honnêteté d'avouer à sa mère qu'elle avait peut-être eu raison.

— C'était pas si pire que ça, après toute. Vous finissez toujours par avoir le dernier mot, pis ça m'achale souvent. Mais, calvaire, c'te fois-citte, vous aviez raison. J'ai ben aimé mon samedi matin.

À la lumière de cet aveu, Évangéline n'avait pas proposé de payer l'essence.

C'est ainsi que depuis trois semaines, le samedi matin, Évangéline avait le droit de regarder la télévision sans se presser, seule au salon, dégustant à petites gorgées gourmandes un bon thé chaud.

La journée était sombre, trop douce pour la saison. L'annonceur de la radio, au déjeuner, avait même prédit un peu de pluie pour la fin de la journée. Habituellement, Évangéline détestait la pluie en hiver parce qu'elle finissait toujours par geler et rendre les trottoirs impraticables. Mais pas aujourd'hui. Après plus d'une semaine de froid cinglant où elle avait rongé son frein, incapable de sortir, elle pourrait enfin, en après-midi, rendre visite à madame Anne pour la remercier de tout ce qu'elle avait fait. Depuis trois semaines, Antoine revenait de son cours débordant d'enthousiasme et même Marcel avait admis que ses dessins étaient moins sombres, plus soignés.

— J'y connais pas grand-chose, mon gars, mais c'est sûr que c'te dessin-là, je le trouve à mon goût. Le portrait d'un char, c'est ben intéressant... Comme ça, avec ton nouveau professeur, t'as le droit de dessiner des chars? Hé ben... Est pas mal smatte, elle!

Mon gars...

Antoine avait levé un regard radieux.

Marcel avait dit *mon gars* en s'adressant à lui. Jamais

Évangéline n'avait vu autant de fierté dans le regard d'un enfant.

C'était donc un peu de tout cela dont elle voulait s'entretenir avec la musicienne. Lui dire merci, surtout, d'avoir eu le courage de lui parler. Car ça devait prendre plus que de l'audace pour oser s'immiscer dans la vie de simples voisins. N'empêche que c'est à partir de là que tout avait changé pour Antoine.

— Comme le jeu de dominos que j'ai vu l'autre soir au programme anglais que j'aime ben. Le *Ed* quèque chose... Juste un p'tit coup de pouce pis toute dégringole!

Quand Évangéline se présenta enfin à la porte de madame Anne, comme elle s'entêtait à l'appeler par respect pour la grande musicienne qu'elle était à ses yeux, le ciel était de plus en plus lourd. La pluie an-noncée ne devrait plus tarder.

Évangéline observait justement le ciel, regrettant de ne pas avoir pris son parapluie, quand Anne ouvrit la porte.

— Madame Lacaille! Quelle belle surprise!

Évangéline fronça les sourcils. La voix de madame Anne avait un petit quelque chose de différent. Comme une pointe de sarcasme qu'Évangéline ne comprenait pas.

— Si je dérange, faut le dire, fit-elle prudemment, ne sachant trop si elle devait entrer ou retourner chez elle.

C'est alors que du fond de la maison, elle entendit une voix nasillarde.

— Anne? Veux-tu bien me dire ce que tu fais si

longtemps à la porte? J'ai froid, moi! Tu sais que je n'ai pas tout mon après-midi à te consacrer et on a certaines choses importantes à régler.

Évangéline recula aussitôt d'un pas, mal à l'aise.

— Oh! Vous avez de la visite. Je savais pas... je m'escuse. Je pense que j'vas revenir une autre fois.

— Mais non! Allez, entrez, ce n'est que ma mère... Justement, on parlait de vous.

Et cette fois-ci, la voix d'Anne avait une intonation sardonique qui intrigua grandement Évangéline.

Et qu'est-ce que la mère d'Anne, qu'Évangéline ne connaissait ni d'Ève ni d'Adam, pouvait avoir à dire sur son compte?

Curieuse, Évangéline se hâta d'accrocher son manteau pour suivre Anne qui se dirigeait déjà vers la cuisine.

Elle n'eut aucune difficulté à reconnaître la mère d'Anne dans la femme qui était assise à la table. La ressemblance était frappante. Mêmes traits anguleux, mêmes mains aux longs doigts fins, même port de tête un peu altier. Mais alors que chez Anne, Évangéline avait toujours trouvé une belle fierté dans le geste de redresser le menton, chez la femme qui la détaillait présentement sans la moindre retenue, le même geste ressemblait à de la prétention. Aux coins amers qui soulignaient sa bouche, elle devina aussitôt que cette femme-là ne devait pas rire souvent, et aux vêtements coûteux qu'elle portait, elle en déduisit qu'elle devait être à l'aise financièrement.

Et, comble de l'élégance, la mère d'Anne portait un camée bleu pervenche au col de sa chemise de soie blanche.

Un camée...

C'était là le seul bijou qu'Évangéline eût souhaité posséder sans jamais avoir les moyens de se l'offrir.

Elle retint un soupir d'envie et pencha imperceptiblement la tête, se morigénant intérieurement de ne pas avoir mis sa plus belle robe. Maintenant qu'elle connaissait bien madame Anne, Évangéline s'était contentée de passer un chandail propre sur sa chemise et sa jupe de tous les jours, sans faire les frais d'une grande toilette.

Ne sachant trop quelle attitude adopter, un peu crispée, Évangéline resta dans l'embrasure de la porte et jeta un rapide coup d'œil en direction d'Anne qui sembla comprendre son appel muet. Elle prit aussitôt les devants.

— Madame Lacaille, entrez, voyons! Venez que je vous présente ma mère. Blanche Deblois.

— Gagnon, ma fille. Je m'appelle Blanche Gagnon. Aurais-tu oublié que j'ai repris mon nom de jeune fille?

Puis, tournant la tête à demi vers Évangéline, elle ajouta pour expliquer cette étrangeté:

— Même si je n'étais pas d'accord, je vis séparée de mon mari. Que voulez-vous, c'est un irresponsable qui nous a abandonnées, les filles et moi... C'est uniquement pour me faciliter la vie que j'ai dû reprendre mon nom de jeune fille... Alors, c'est vous, madame Lacaille?

— On dirait ben...

Évangéline fit les quelques pas qui la séparaient de la table et tendit la main.

— Évangéline Lacaille, c'est ben moé. Heureuse de faire votre connaissance.

Blanche regarda les doigts déformés par l'arthrite qui se tendaient vers elle puis elle détourna les yeux. De plus en plus mal à l'aise, Évangéline ramena la main contre sa cuisse.

— Maintenant, je saisis un peu mieux pourquoi tu as fait appel à ta sœur, Anne, déclara Blanche tout en balayant quelques graines imaginaires sur la table. On n'a qu'à regarder pour comprendre... Comme toujours, tu as abusé de la situation. Pauvre Émilie!

— Comment ça, pauvre Émilie?

Au ton qu'elle employait, Évangéline comprit tout de suite qu'Anne commençait à s'échauffer. Ce qu'elle ne comprenait pas, par contre, c'était ce qu'elle-même venait faire là-dedans. Anne n'avait-elle pas dit, un peu plus tôt, que la discussion tournait autour de sa personne? Curieusement, juste à entendre le ton geignard et dédaigneux de cette Blanche Gagnon, Évangéline pressentit qu'elle n'aimerait pas ce qui allait suivre.

— Que je sache, je ne lui ai pas tordu le bras, à Émilie, pour qu'elle accepte de donner des cours, poursuivit Anne, toujours sur un même ton agressif.

Blanche hocha la tête avec commisération.

— Tordre le bras! Qu'est-ce que c'est que cette

expression? Pauvre Anne, tu n'en feras jamais d'autres! Toujours les grands mots, avec toi! N'empêche que tu aurais dû te méfier, ma fille. Des gens comme... comme cette madame Lacaille, il faut apprendre à s'en éloigner. Ce sont des rapaces.

À ces mots, Évangéline détourna la tête pour que sa bonne oreille ne perde rien de la conversation même si elle trouvait désagréable d'entendre parler d'elle à la troisième personne comme si elle n'était pas là et qu'elle ne comprenait rien à ce que la mère d'Anne disait. Des rapaces? Qui ça? Où ça? Et quel était le rapport avec les cours de dessin dont madame Anne venait de parler?

— Et toi, poursuivait Blanche, tu as fait exactement ce qu'il ne fallait pas et en plus, tu as entraîné ta sœur dans tes missions de sauvetage de l'univers. C'était évident qu'Émilie ne dirait pas non. Avec sa générosité habituelle...

Anne ferma les yeux d'exaspération.

— Tu ne penses pas que tu exagères un peu? Et puis, Émilie n'est pas aussi généreuse que tu te plais à le croire. Si elle avait voulu dire non, elle l'aurait fait.

— Pas dans l'état où elle se trouve! Allons donc, Anne! Ta sœur vient d'accoucher. Toute femme normalement constituée a besoin de repos après un accouchement, tout le monde sait cela. Tu n'as même pas eu la décence d'attendre un peu.

— Pourquoi attendre? De toute façon, c'est Émilie elle-même qui a fixé la date du début des cours. Elle devait bien savoir ce qu'elle faisait, non?

De mot en mot, Évangéline cernait le nœud du problème. Maintenant, elle n'avait plus aucun doute. Les deux femmes parlaient des cours qu'Antoine suivait chez madame Émilie. Mais quand elle leva le doigt pour demander une explication, Blanche fit comme si elle n'existait pas et Anne, toute à sa colère envers sa mère, ne semblait pas la voir.

— Justement! Avec la grande fragilité émotive d'une femme qui vient d'accoucher, ta sœur n'a peut-être pas pris le temps de tout analyser. Donner des cours de dessin à un étranger, c'est tout un contrat. Je ne crois pas que ta sœur savait dans quoi elle s'embarquait en acceptant de faire la charité à ce jeune Antoine.

Le mot frappa Évangéline de plein fouet.

Charité...

Faire la charité à Antoine...

De la main, fébrile, elle fit signe à Anne de ne pas intervenir et cette fois-ci, la jeune femme en tint compte. Que l'on parle d'elle comme si elle n'était qu'un meuble dans la pièce, passe encore. C'était peut-être ainsi que les gens du grand monde agissaient normalement entre eux. Évangéline n'en savait rien et curieusement, pour l'instant, elle n'avait même pas envie de savoir. Mais personne, pas plus Blanche Gagnon qu'une autre, ne viendrait l'attaquer dans son intégrité. Discréditer son petit-fils, c'était aussi la discréditer, elle. Jamais Évangéline n'avait été aussi mortifiée de toute sa vie.

Elle vrilla son regard dans celui de Blanche et, les deux mains sur la table, elle se pencha vers elle.

— Charité? J'ai-tu ben entendu, moé là? Avez-vous dit charité? M'en vas vous en faire, moé, de la charité...

Méprisante, Blanche avait détourné les yeux.

— Pis regardez-moé quand je vous parle, viarge! C'est de même qu'on fait quand on sait vivre!

Évangéline bouillait de rage.

— Vous saurez que j'ai jamais demandé la charité à personne, moé, madame. Jamais. Même si je me suis retrouvée veuve ben jeune avec deux gars à élever, je me suis débrouillée tuseule. J'étais petête pauvre, dans c'te temps-là, ben pauvre, mais j'avais de la fierté. Ouais, madame, de la fierté.

— Et alors? En quoi cela est-il censé m'intéresser?

Évangéline avait les yeux exorbités.

— Ben, vous aviez juste à pas m'insulter si vous vouliez pas que je vous parle. Astheure, que ça vous tente ou pas, vous allez m'écouter jusqu'au boutte!

Blanche esquissa une moue de condescendance. Cette femme était d'une vulgarité! Et dire que sa fille la fréquentait.

Prenant son mal en patience, Blanche baissa les yeux sur la table en poussant un soupir suffisamment long et bruyant pour attiser la colère d'Évangéline.

— Même quand j'avais le cœur défaite à cause de la mort de mon Alphonse, je me suis pas laissé abattre, vous saurez. Je me suis retroussé les manches, pis j'ai travaillé. Savez-vous ce que ça veut dire, c'te mot-là, vous? Avez-vous juste essayé de travailler une seule fois dans votre vie? Avec des mains soignées comme les vôtres, chus pas sûre. Pas sûre pantoute. Fait que venez pas me faire la leçon icitte, vous là.

Le temps de reprendre son souffle, à peine une fraction de seconde où personne n'eut la chance de placer un mot, et Évangéline poursuivait sur le même ton.

— Regardez-les ben, les mains que vous avez pas osé serrer t'à l'heure. Sont pas ben belles, je le sais, mais si sont de même, mes mains, toutes croches pis pleines de veines bleues, c'est pasque j'ai cousu des nuittes de temps pour arriver à m'en sortir. Pis j'ai réussi, vous saurez. Tuseule. Pis j'en suis fière, vous saurez! Astheure, mes deux gars sont ben établis dans vie. Sont mariés, y' ont des bonnes jobs pis des familles. Pis savez-vous quoi? Ben en plus, j'ai une maison qui m'appartient. Que c'est vous dites de ça? La grosse maison grise au boutte de la rue, ben, c'est à moé. Je l'ai payée moé-même, une cenne après l'autre, à la sueur de mon front, comme y' disent dans Bible, sans jamais rien demander à personne. J'ai du bien, moé, madame. Chus pas dans rue comme d'aucuns. J'ai petête pas des beaux habits comme vous, pis des bijoux pour faire mon jars, mais j'ai une maison qui m'appartient, par exemple. Pis pour moé, vous saurez, c'est ben plus important. Une maison, c'est du solide, tandis que des guenilles, ça finit toujours par user... Pis, au cas où vous le sauriez pas, les cours de dessin, ben, je les paye à votre fille Émilie. Le prix qu'a' m'a demandé, à part de ça, sans rien bargainer. Fait que, venez pus jamais parler de charité devant moé. Jamais. Vous pouvez vous la garder pour vous, votre charité. Apparence, de toute façon, que vous en avez besoin. Maigre à faire peur comme vous êtes, vous devez pas manger à votre faim tous les jours.

À ces mots, Blanche se redressa et à son tour elle planta son regard acéré dans celui d'Évangéline.

— De quel droit, vous permettez-vous de...

— J'ai tous les droits, vous saurez. Quand on insulte mon p'tit-fils en le traitant de miséreux, c'est moé qu'on insulte. Du monde comme vous, j'ai passé ma vie à en rencontrer. Je cousais pour eux autres. Mais des pincées comme vous, par exemple, j'en ai pas rencontré souvent. Mes clients, au moins, y' étaient polis, même si des fois y' faisaient leur frais.

Évangéline dut s'arrêter, le souffle lui manquait. Sidérée, Blanche l'observa un moment puis elle tourna la tête vers Anne, espérant une répartie bien sentie en réponse à l'insolence de cette femme de mauvais goût.

Même si les relations n'avaient jamais été au beau fixe entre elles, Anne n'allait sûrement pas laisser sa mère se faire insulter de la sorte!

Mais Anne ne la regardait même pas.

Blanche toussota, s'agita sur sa chaise, mais rien n'y fit. Anne persistait à se taire, comme emmurée dans une profonde léthargie.

Blanche porta alors les mains à son front, sentant poindre une migraine de première. Elle aurait dû se contenter du téléphone, aussi. Ça lui apprendrait à faire la politesse d'une visite. Elle aurait dû s'en douter.

Toutes ses rencontres avec Anne se terminaient ainsi, soit par une chicane, soit par une crise de larmes. Et voilà qu'en plus, maintenant, sa fille s'était trouvé une alliée! Ça promettait!

Blanche soupira.

Mais alors qu'elle allait parler, parce qu'il fallait bien que quelqu'un se décide à le faire, Évangéline la précéda. Cette dernière aussi s'était tournée vers Anne, surprise de ne pas l'entendre répliquer. Après tout, elle venait d'insulter sa mère même si elle le méritait. Évangéline fit un pas dans sa direction, s'éclaircit la voix.

— Astheure, madame Anne, vous allez ben m'excuser, fit-elle sur un ton neutre, mais j'vas m'en aller. J'ai pus rien à faire icitte.

— Il n'en est pas question.

Évangéline leva les yeux vers Anne, décontenancée.

— Ben là...

— Il n'est pas question que vous partiez.

La voix d'Anne était cassante, autoritaire.

— Si quelqu'un doit partir d'ici, ce n'est pas vous, madame Lacaille...

Puis, sur un ton nettement plus doux, elle ajouta:

— S'il vous plaît.

À ces mots, Blanche se leva, frémissante de rage. Jamais elle n'avait été humiliée de la sorte! Déjà que les propos de cette femme sans éducation l'avaient choquée, il fallait, en plus, qu'elle endure le mépris de sa propre fille. Qu'avait-elle espéré en venant ici? Qu'Anne et elle allaient enfin se comprendre, qu'elles allaient, de concert, voir au bien-être d'Émilie? Ça lui apprendrait aussi à vouloir être magnanime.

— Toujours aussi insignifiante! lança-t-elle en inspirant bruyamment, sachant à l'avance qu'il ne servirait à rien d'essayer d'argumenter. Préférer une étrangère, une hystérique de surcroît, à sa propre mère. On aura tout vu. Après ça, tu oses me dire que je ne te comprends pas! Il y a de quoi, non? C'est toi qui ne comprends jamais rien. Laisse, je connais l'endroit, précisa-t-elle en balayant l'air devant Anne comme si elle voulait l'effacer. Appelle-moi simplement un taxi, je vais l'attendre à la fenêtre du salon. Mais dis-toi bien, ma fille, que si jamais il arrivait quoi que ce soit de fâcheux à ta sœur, à ma petite Émilie, je t'en tiendrai personnellement responsable.

Blanche respirait bruyamment tout en se frottant les tempes.

— Pour l'instant, c'est tout ce que j'ai à dire. Dépêche-toi pour le taxi, je ne me sens pas très bien.

Anne ne fit pas un geste pour tenter de retenir Blanche, ne dit aucun mot de réconfort. Elle se contenta de se rendre au téléphone pour appeler un taxi comme sa mère le lui avait demandé.

Quant à Évangéline, elle attendit que la porte d'entrée se soit refermée, que les pas dans l'escalier se soient tus et que le bruit du moteur du taxi se soit éloigné avant d'ouvrir la bouche. Maintenant que sa colère était tombée, elle regrettait un peu ses paroles.

Jamais elle ne se serait excusée auprès de Blanche Gagnon. Celle-ci méritait tout ce qu'elle lui avait dit. Mais l'avoir fait en présence d'Anne, dans sa propre cuisine, c'était autre chose.

— Je m'escuse, madame Anne. C'est pas pantoute ce que j'espérais en venant icitte. Je voulais juste vous remercier pour ce que vous avez fait pour mon p'tit Antoine. Mais là, je sais pus trop si c'est une bonne affaire, c'tes cours-là.

Anne poussa un profond soupir avant de répondre. De toute évidence, elle semblait soulagée. Cependant, Évangéline aurait bien été en peine de dire pourquoi.

— Pourquoi dites-vous ça, madame Lacaille? Pourquoi pensez-vous que les cours ne sont pas une bonne chose? À cause de tout ce que Blanche a dit?

— Ben... un peu. Vous trouvez pas, vous, qu'y a de quoi s'inquiéter? La santé de votre sœur est-tu si fragile que ça?

— Allons donc! La santé de ma sœur est aussi bonne que la mienne. Il n'y a que dans la tête de Blanche qu'elle est fragile.

— Ah... Vous êtes ben sûre de ce que vous avancez là, vous?

— Certaine. Si Émilie n'était pas en bonne santé, elle n'aurait pas eu trois enfants en pas cinq ans, en plus de son aîné qu'elle a adopté!

— Ouais... Tant qu'à ça... Ben, je m'escuse auprès de vous, d'abord. J'aurais pas dû parler de même à votre mère devant vous. Ça se fait pas.

— Oh oui, ça se fait! La preuve, c'est que vous l'avez fait. Et dites-vous bien que si j'avais senti que vous dépassiez les bornes, je vous aurais arrêtée. Mais avec Blanche, je crois qu'on ne peut jamais dépasser les bornes. C'est habituellement elle qui le fait.

Évangéline allait de surprise en surprise. Non seulement madame Anne ne lui en voulait pas, mais, en plus, elle semblait l'approuver pour tout ce qu'elle venait de dire.

— Je m'escuse de dire ça, mais c'est surprenant la façon que vous parlez de votre mère. Pis en plus, vous l'appelez par son p'tit nom avec un drôle de ton. Jamais je tolérerais que mes gars m'appellent Évangéline. Me semble que c'est juste une question de respect.

Anne ébaucha un sourire ambigu.

— Vous venez de le dire, madame Lacaille. C'est une question de respect... Un jour, peut-être, je vous raconterai... En attendant, jamais je ne vous reprocherai ce que vous avez dit.

— Vous trouvez pas que j'ai exagéré? Me semble que...

— Faites-vous-en pas avec ça, madame Lacaille, interrompit vivement Anne. Blanche a eu ce qu'elle méritait... Et voulez-vous que je vous dise quelque chose?

— Ouais... Quoi?

— Bien, ça faisait longtemps que j'espérais que quelqu'un allait réussir à la mettre à sa place. Moi, quand je veux le faire, je finis toujours par perdre mes moyens pis je me tais. Alors que vous...

— Comme ça, vous m'en voulez pas? demanda Évangéline, incrédule.

— Pas le moins du monde! Et comme je connais ma mère, elle va profiter de l'occasion pour s'offrir une bonne petite migraine et faire damner ses deux frères avec qui elle vit. Quand elle va juger que son mal de tête a assez duré, elle va se plaindre à tout le monde que je suis une mauvaise fille et dire que j'ai des amies infréquentables. Elle va sûrement appeler mes deux sœurs, aussi, pour se lamenter un peu, lesquelles vont me téléphoner à leur tour pour savoir ce qui s'est vraiment passé. Charlotte, l'aînée, va probablement en rire, elle aussi. Émilie, je ne sais pas. Avec Émilie, c'est toujours difficile de savoir. Elle s'est toujours bien entendue avec Blanche, ce qui est et restera à jamais un mystère pour moi. Mais la réaction d'Émilie ne me fait pas peur. À part me passer un savon, si jamais elle décidait de m'en passer un, Émilie ne peut pas grand-chose contre moi. Dans quelques jours, quand Blanche va estimer qu'elle a fait correctement son devoir de mère envers moi, elle va tout oublier. C'est toujours ce qu'elle fait.

— Hé ben... Je m'escuse encore de vous dire ça, mais c'est une drôle de mère que vous avez là. C'est la première fois que j'en vois une de même... Mais vous êtes bien certaine que les cours ne dérangent pas votre sœur? Pasque si c'est le cas, m'en vas...

— Vous ne ferez rien du tout! Émilie est une grande fille, malgré ce qu'en pense Blanche, et elle a pris sa décision sans la moindre insistance de ma part. Au contraire! Elle me disait justement cette semaine qu'Antoine et son aîné, le petit Dominique, s'entendaient à merveille et que finalement, c'était une bonne idée, ces cours-là. Elle en profite pour se reposer des plus jeunes.

Visiblement, Évangéline était soulagée.

— Ah ouais? Ben, si vous le dites.

— Oubliez ça, voulez-vous? Avec un peu de chance, vous ne reverrez jamais Blanche de toute votre vie... Et si je nous faisais du thé? Pendant ce temps-là, vous allez me parler d'Antoine! Comme ça, il aime ses cours?

— Aimer? C'est pas le mot! Il compte les jours de la semaine pour arriver au samedi. C'est pas mêlant, je retrouve le p'tit gars d'avant. M'en vas y dire de venir vous montrer ses dessins. Vous allez voir! Pis le pire, je pense, c'est que même son père a l'air fier de lui. Pis ça, c'est petête le plus gros changement dans maison. Un changement qui fait du bien à tout le monde, j'vous en passe un papier!

CHAPITRE 6

Vendredi 11 septembre 1959

Dès le réveil, ce matin, Évangéline eut envie de s'asseoir sur la galerie, face à sa rue qu'elle aimait toujours autant. Non seulement parce qu'il faisait beau, mais aussi parce qu'elle avait besoin de réfléchir. C'est pourquoi, avant de s'installer, elle précisa à Bernadette qu'elle voulait rester seule un moment.

— Avec toute ce qui s'est passé c'te semaine, j'ai de quoi jongler pour un boutte. Ça te choque pas, toujours, que je veuille rester tuseule? De toute manière, je serais pas ben ben agréable à jaser.

— Pantoute, la belle-mère, pantoute! J'vas en profiter pour aller voir Marie. Petête que ça va y tenter de venir se promener avec nous autres. Y' fait tellement beau! Charles pis moé, on a décidé d'aller au parc. Me semble que quand l'école recommence, la vie est moins compliquée. Entécas, moé, j'ai l'impression de recommencer à souffler un peu pis j'ai du temps de lousse pour faire ce que j'aime. Pis la fille de Marie, la p'tite Nicole, est tellement belle. Vous rendez-vous compte? A' l'a déjà trois mois... Bâtard que le temps passe vite! Pendant que Daniel pis Charles vont jouer, j'vas petête avoir l'occasion de la prendre un peu dans mes bras, si a' dort pas, comme de raison. Je m'ennuie de ça, un bebé.

Évangéline lui lança un regard inquiet.

— Tu viendras toujours ben pas me dire que t'en voudrais un autre?

Bernadette éclata de rire.

— Pas de danger! J'en ai assez à faire de même. Mais ça m'empêche pas de trouver ça beau, par exemple.

— Ben là, tu me rassures. C'est pas que j'aime pas les enfants, comprends-moé ben, mais je vois pas pantoute où c'est qu'on aurait pu le mettre. Surtout si c'est un autre gars. La maison est ben assez pleine de même.

— Ben d'accord avec vous. Astheure, allez tusuite vous assire dehors. Profitez-en pendant qu'y' fait encore chaud. M'en vas finir la vaisselle tuseule.

Évangéline ne se le fit pas dire deux fois. Attrapant par le col son vieux chandail élimé mais si confortable, celui qui traînait toujours sur le dossier d'une chaise ou le bras d'un fauteuil, elle traversa le long couloir en enfilant malhabilement les manches. Puis elle ouvrit la porte et avant même de sortir, elle prit une très longue inspiration.

— Ça commence à sentir l'automne, analysa-t-elle pour elle-même, le nez levé haut devant elle pour humer l'air.

Puis, après avoir refermé la porte derrière elle, Évangéline se laissa tomber sur une des deux chaises berçantes en bois qui restaient en permanence sur le perron avant de la maison du début du mois de mai jusqu'à la fin d'octobre.

Évangéline croisa les bras sous son opulente poitrine et du bout du pied elle donna une petite impulsion à la chaise qui commença à osciller lentement.

Quand elle disait avoir bien des choses à penser, ça commençait, bien entendu, par l'été qui s'achevait.

Un été sans histoire, hormis le fait que Laura avait travaillé au casse-croûte pour se faire un peu d'argent de poche avant de retourner à Québec, chez la docteur, pour une petite semaine de vacances.

De son côté, Adrien avait envoyé la photo de sa nouvelle maison. Une belle maison de bois qu'il avait appelée une *log house*... Évangéline ne savait pas trop ce que voulaient dire ces mots, mais elle aimait bien la maison qu'elle avait sous les yeux.

Depuis, elle méditait régulièrement le projet d'aller le visiter, comme il le lui avait proposé.

Antoine, pour sa part, avait pu dessiner à son aise, sans reproches d'aucune sorte quant au fait qu'il n'allait jamais dehors. À l'instant où Marcel avait appris que pour deux semaines, son fils remplacerait Bébert comme pompiste, il avait commencé à le regarder d'un autre œil. À force de le voir chez lui pour dessiner des autos, Jos Morin avait décidé de lui faire confiance, et c'était suffisant aux yeux de Marcel pour avoir un début de considération pour Antoine.

Comme madame Anne l'avait prédit, Évangéline n'avait pas revu Blanche, à son grand soulagement. Par contre, c'est tout le reste de sa famille qu'elle avait connu.

Comme Blanche avait décliné l'invitation à se joindre à leur célébration annuelle de la Saint-Jean-Baptiste à cause d'une violente migraine, Anne avait tellement insisté pour qu'Évangéline soit des leurs que celle-ci s'était jointe à la famille Deblois. C'est ainsi qu'elle avait rencontré le père d'Anne, Raymond. Un bel homme, un peu comme elle se plaisait à imaginer son Alphonse aujourd'hui. Elle gardait donc un excellent souvenir de lui. Habituée depuis longtemps à analyser les gens qu'elle rencontrait, Évangéline avait vite compris qu'il n'était pas l'irresponsable que Blanche avait laissé entendre. Raymond et Antoinette, sa compagne, formaient un couple harmonieux, même si Évangéline avait rapidement compris que cette femme-là était dans la vie de Raymond depuis bien plus longtemps que les quelques années dont on parlait. Il n'y avait qu'à regarder Jason, le fils d'Antoinette, pour le comprendre. Raymond et lui étaient d'une ressemblance frappante. Mais comme Évangéline, Antoinette et Raymond étaient sensiblement du même âge, ils avaient vite sympathisé et les sujets de conversation avaient été suffisamment nombreux pour éviter les indiscrétions.

— Ouais, ça a été un bel été... Surtout le défilé des p'tits chars. Noëlla a eu une bonne idée d'aller voir ça... Viarge que le temps passe vite. Dire qu'on verra pus jamais de tramways dans les rues. C'est pus à mode qu'y' disent...

Évangéline poussa un long soupir.

— Ouais, malgré toute, ça a été un bel été. Jusqu'à c'te semaine, marmonna-t-elle, se berçant de plus belle.

Ce disant, elle faisait surtout référence au décès du premier ministre, que personne n'aurait pu prévoir.

Au matin du huit septembre, quand elle avait machinalement tourné le bouton du poste de radio, comme elle le faisait tous les jours en entrant dans la cuisine, et qu'elle avait entendu l'annonceur de la radio dire: «l'honorable Maurice Duplessis est décédé hier soir à Schefferville; il semblerait que ce soit une embolie qui l'ait emporté», Évangéline en avait presque eu le souffle coupé.

Il lui avait même fallu s'asseoir un moment avant d'être capable de traverser l'appartement d'un bout à l'autre pour venir frapper à la porte de la chambre de Marcel et Bernadette.

— Êtes-vous réveillés, là-dedans? C'est important. Dans le radio à matin, y' viennent de dire que Duplessis est mort!

La voix ensommeillée de Marcel lui avait alors répondu.

— Calvaire, la mère, c'est-tu pour ça que vous vargez de même sur notre porte? Êtes-vous sûre d'avoir ben entendu? Hier, Duplessis était à Schefferville pour voir les mines. Y' nous l'ont montré dans tivi. Y' avait pas l'air malade pantoute.

— Ben justement, c'est à Schefferville qu'y' est mort. De je sais pas trop quoi, par exemple. J'ai pas ben entendu. Envoye, lève-toé, viens écouter ça.

— J'arrive, la mère, j'arrive.

La politique était probablement le seul et unique sujet sur lequel Évangéline et Marcel s'entendaient à merveille.

— Pis ouvrez don la tivi, en passant. Petête qu'y a quèque chose de spécial, rapport que c'est pas tous les jours qu'un premier ministre meurt de même. Allez dans le salon. Je passe dans chambre de bain pis j'vas vous rejoindre.

Mais, ce matin-là, Évangéline avait bien entendu et hier, le dix septembre, Maurice Duplessis avait été enterré à Trois-Rivières.

Évangéline n'en revenait pas encore.

Depuis quinze ans, Maurice Duplessis était la référence politique au Québec. On l'aimait ou pas — c'était un choix parfois familial, parfois éclairé —, mais, qu'on le veuille ou non, il faisait partie de la vie d'un peu tout le monde, comme le soleil et la pluie, comme l'hiver et l'été.

Et voilà qu'il était mort.

Et il était à peine plus âgé qu'Évangéline.

Voilà ce qui la bouleversait tant. Maurice Duplessis était à peine plus âgé qu'elle et il venait de mourir. C'était une nouvelle qu'Évangéline avait reçue de façon très personnelle, d'autant plus qu'être premier ministre n'avait pas mis Duplessis à l'abri de ce contretemps imprévu, ce qui, à ses yeux, était une aberration.

— Cré maudit, on peut pus se fier à rien, ronchonna-t-elle. Me semble que d'habitude, les premiers ministres, ça vit plus vieux que ça. Y' ont toute dans leur vie pour que ça soye facile. Entécas, plus facile que pour du monde comme nous autres. Y' avait rien pour avoir une mort subite de même, Duplessis. Rien en toute! Y' avait même pas de famille pour s'inquiéter, viarge! Non, c'est ben certain, on peut pus se fier à rien, de nos jours!

Comme elle le faisait régulièrement depuis l'annonce de ce décès inattendu, Évangéline jeta un regard inquiet sur ses mains, ses jambes, ses bras. Elle respira profondément, plusieurs fois, et écouta les battements de son cœur.

À première vue, rien de suspect.

Mais probablement que Duplessis non plus n'avait rien vu de suspect sinon il aurait consulté un médecin. Ça devait être facile, pour lui, de voir un médecin, et sûrement qu'il ne chargeait pas trop cher, car, après tout, c'était le premier ministre. De toute façon, les journalistes l'avaient précisé à plusieurs reprises, tant à la radio qu'à la télévision: c'était une mort subite.

Alors, si un premier ministre était mort comme ça,

sans préavis, allait-elle, elle aussi, mourir bientôt d'une mort subite?

L'éventualité la terrorisait. C'est pour cela qu'elle voulait être seule, aujourd'hui. Évangéline voulait penser à la mort. À la sienne, à celle des autres.

Jamais, jusqu'à ces derniers jours, elle n'avait envisagé bien concrètement qu'un jour, elle pourrait mourir. Bien sûr, le curé Ferland en parlait régulièrement dans ses sermons, tonnait de sa voix de stentor qu'il fallait se tenir prêt, et, en bonne chrétienne, Évangéline était prête. Elle se confessait régulièrement, ne manquait jamais la messe du dimanche, y allait même parfois en semaine depuis que ses jambes allaient mieux, communiait au moins une fois par semaine et faisait ses prières tous les soirs. Son dossier dans le grand livre de Saint-Pierre n'était pas ce qui l'inquiétait. C'était tout le reste.

C'était l'idée, effarante à ses yeux, de tout quitter. Elle n'était pas prête. Elle n'avait pas du tout envie que ça finisse maintenant.

Portant les yeux loin devant elle, Évangéline sentit une larme couler. Elle l'essuya maladroitement, renifla.

Elle ne voulait pas s'en aller, quitter sa rue, laisser les siens. Pas tout de suite, pas maintenant.

Pourquoi la mort de Duplessis l'affectait-elle à ce point, alors qu'au décès de son Alphonse, elle ne s'était pas sentie personnellement interpellée?

Évangéline regarda autour d'elle, inquiète, comme si la réponse allait surgir à l'improviste.

Pourtant, Dieu seul pouvait savoir à quel point elle avait souffert de se retrouver seule quand son mari était décédé. Mais son Alphonse était mort par accident. Aux yeux d'Évangéline, c'était différent, même si c'était là aussi une mort qu'on n'avait pas prévue. Un accident, ça n'arrivait pas tous les jours, bien que maintenant, avec toutes ces automobiles dans les rues, ce soit plus fréquent. Mais pas pour elle. Évangéline ne faisait rien qui puisse l'amener à avoir un accident. Alors qu'une mort subite...

Évangéline poussa un profond soupir. Il lui restait encore tellement de choses à faire avant de pouvoir dire qu'elle était prête à s'en aller. À commencer par mettre un peu d'ordre dans son passé.

Depuis quelques jours — était-ce encore à cause de la mort de Duplessis? —, Évangéline avait longuement pensé à ses parents.

Une seule question lui revenait en refrain dans la tête, lancinante: étaient-ils encore de ce monde?

Cessant brusquement de se bercer, sourcils froncés, Évangéline fit un rapide calcul. Si elle ne se trompait pas, son père devait avoir quatre-vingt-quinze ans et sa mère quatre-vingt-douze. Se pouvait-il qu'ils soient encore de ce monde?

Du bout du pied, Évangéline donna un coup sur le plancher et la chaise reprit son mouvement de balancier.

Elle osait croire qu'ils étaient encore en vie, malgré le grand âge qu'ils devaient avoir aujourd'hui. Certaines rancunes, même celles qui ont la carapace dure, celles que l'on entretient pour les voir durer toute une vie sans le moindre répit, même ces rancunes-là ne pouvaient résister à la mort d'un père ou d'une mère. La grande Georgette, l'aînée de la famille, qui avait bouleversé sa vie, aussi bête et méchante soit-elle, n'aurait pu lui faire cela.

Évangéline ferma les yeux, revit clairement la ferme de son enfance.

Si elle avait toujours trouvé difficile la vie qu'on y menait, si elle avait farouchement envié ses deux sœurs aînées d'avoir pu s'en échapper quand elles étaient parties travailler chez les notables du village, elle s'ennuyait parfois du rythme lent d'une vie campagnarde.

Et surtout, Évangéline s'ennuyait des animaux. C'était là une chose qu'elle n'avait jamais dite parce qu'elle ne parlait jamais de son enfance. Ce que Marcel appelait avec mépris ses manies de vieille fille, quand elle déposait un bol de lait sur le perron arrière pour les chats de la ruelle, était, encore aujourd'hui, le lien fragile qu'elle entretenait avec les siens, avec son passé.

Sans ouvrir les yeux, Évangéline esquissa un sourire.

Que d'heures passées à la grange à caresser les quatre moutons que son père tondait, deux fois l'an, pour récupérer la laine que sa mère lavait, cardait, filait et tricotait! Cela donnait des tuques et des foulards qui piquaient le cou, certes, mais ils la gardaient bien au chaud quand elle devait aller faire des courses au village. Il y avait quelques poules, aussi, et elles étaient sous sa responsabilité. Elle devait les nourrir, les ramener au poulailler quand venait le soir pour les protéger des renards qui rôdaient parfois, et récupérer les œufs tous les matins même quand elle devait se lever à six heures pour ne pas être en retard à l'école... Si faire le ménage et le lavage avait toujours été des corvées quand elle était jeune, s'occuper des animaux était un plaisir.

À ses yeux, les quelques années où son existence s'était déroulée entre la grange et l'école avaient été les plus belles de son enfance... Car elle aimait vraiment l'école, la petite Évangéline, et si cela n'avait été de ses parents, elle aurait bien voulu poursuivre ses études plus longtemps. Malheureusement, on avait eu besoin d'elle à la maison et dès la troisième année, elle avait quitté l'école du rang d'à côté pour donner un coup de main à sa mère qui n'y arrivait pas toute seule.

— Je jure sur tous les saints du ciel que si un de mes p'tits enfants veut faire des études, m'en vas y voir, murmura-t-elle, les yeux toujours fermés. Pis c'est pas Marcel ou Bernadette qui vont m'en empêcher.

Elle imaginait déjà Laura avec la grande robe des finissants et le drôle de chapeau carré sur sa tête comme elle en avait admiré, un jour, dans la vitrine de monsieur Audet, le photographe de la rue d'à côté. Oui, elle aimerait bien qu'au moins un de ses petits-enfants fasse de grandes études. Ce serait sa revanche à elle sur l'injustice qui faisait qu'elle ne savait pas mieux lire ou écrire.

Évangéline échappa un grand bâillement. Le pied qui tapait le bois de la galerie se fit plus léger, la chaise se mit à ralentir puis, tout doucement, elle cessa de balancer...

Un cri strident fit sursauter Évangéline. Une main sur la poitrine pour calmer son cœur emballé, elle ouvrit les yeux. Elle avait dû dormir un bon moment, car maintenant, les ombres étaient longues et traversaient la rue d'ouest en est. Quelques garçons avaient envahi la rue, juste devant chez elle, là où il n'y avait jamais d'autos stationnées avant cinq heures.

Avec la rentrée des classes, commençait invariablement, année après année, la saison du hockey.

Le premier réflexe d'Évangéline fut de claquer la langue dans un petit bruit sec d'irritation. Encore devant chez elle! Comme si la rue n'était pas assez longue pour s'installer ailleurs.

Mais comme elle allait se relever pour signifier aux enfants de s'éloigner, une voix d'homme lui fit tourner la tête. En diagonale, à grandes enjambées, Gérard Veilleux s'approchait des enfants. Le vendredi, il finissait toujours de travailler plus tôt. Il portait à bout de bras devant lui deux grands cadres de bois garnis de cordage, et à quelques pas derrière, le petit Daniel essayait de le rattraper.

— Tenez, les jeunes! J'ai fait ça durant l'été. Je trouvais que vous faisiez pitié, l'hiver dernier, avec vos caisses de beurre vides pour marquer vos buts.

Des cris de joie saluèrent son arrivée à l'instant où,

finalement, Évangéline se rassit sans rien dire. Puis une voix encore haut perchée demanda à Gérard s'il voulait jouer avec eux.

— Allez, m'sieur Veilleux! Dites oui.

— J'aimerais ben ça, mais je peux pas, rapport à Daniel qui est trop p'tit encore pour jouer. Mais je peux vous regarder, par exemple. Pis si je vois quèque chose de pas correct, j'vas vous le dire. Saviez-vous ça, que j'étais le capitaine de mon équipe quand j'étais jeune? Mais par chez nous, en campagne, on jouait juste l'hiver. Pis pas sur une belle patinoire comme celle du parc. Non! Nous autres, on jouait sur un bout de la rivière gelée. Pis? Qui c'est qui décide pour les équipes?

— C'est Paulo!

— Ben, mon Paulo, m'en va te montrer comment c'est qu'on fait pour avoir deux équipes solides. C'est juste de même qu'on peut avoir vraiment du fun quand on joue au hockey: avoir deux équipes de forces égales. Tu commences par choisir le...

Les jeunes buvaient ses paroles et Évangéline, toute agressivité disparue, en faisait autant. Il lui semblait entendre son mari quand il se joignait aux jeunes de l'époque. Tous les soirs après le souper, il ressortait avec Adrien et Marcel pour jouer au hockey. Homme réservé et de peu de mots, il devenait intarissable quand il était avec les enfants. Marcel, qui devait avoir deux ou trois ans, grimpait alors sur le plus haut banc de neige et, le visage rempli de fierté, il ne quittait pas son père des yeux. À son tour, quand il rentrait enfin pour se coucher, il devenait intarissable. Bientôt, lui aussi jouerait au hockey comme les grands. À lui aussi, son père dirait comment tenir son bâton et marquer des buts, comme il le faisait avec Adrien.

— Hein, maman, papa va me dire quoi faire quand j'vas être assez grand ? Quand j'vas être grand comme Adrien ?

Mais quand le petit Marcel avait été en âge de jouer, son père n'était plus là et il avait dû apprendre à jouer tout seul, à la dure école des grands...

Pour une seconde fois, Évangéline écrasa une larme au coin de sa paupière. Mais qu'est-ce que c'était que cette sensiblerie depuis quelques jours ?

— Cré maudit ! V'là que je ramollis, astheure. Comment ça se fait qu'une bande de p'tits morveux me fait c't'effet-là ? Chus pas de même d'habitude.

N'empêche qu'elle regardait les enfants qui couraient dans la rue avec un attendrissement inhabituel dans le cœur. Une tendresse qu'elle avait pourtant déjà ressentie jadis quand, désœuvrée, elle se joignait à son mari et aux quelques parents qui regardaient les enfants s'amuser à grands cris.

Comment Alphonse disait-il encore ?

— Regarde-moé c'te belle jeunesse. Faut leur faire ben attention, ma belle Line, ben attention.

C'était ainsi qu'il l'appelait. Ma belle Line...

— C'est eux autres, un jour, qui vont nous remplacer. Faudrait pas qu'y' se mettent à toute gâcher ce qu'on va avoir essayé de faire... Pis pour ça, pour en faire des hommes fiables, faut en prendre soin, de c'tes jeunes-là. Ben soin.

Quand il se sentait volubile, comme il l'était parfois quand il parlait des enfants, Alphonse posait toujours son bras autour des épaules d'Évangéline et il regardait droit devant lui, au loin, comme s'il y voyait déjà l'avenir.

À ce souvenir, Évangéline croisa les pans de son chandail sur sa poitrine, émue, revoyant clairement cette scène maintes fois répétée.

Et elle, qu'est-ce qu'elle répondait à Alphonse quand il lui parlait ainsi?

Subitement, Évangéline s'en souvint comme si c'était hier. Elle lui disait, en appuyant la tête contre lui, elle lui disait qu'il n'y avait qu'à les aimer pour que les enfants grandissent droit comme des chênes.

— Regarde-les, mon homme! Y en a pas un qui est méchant là-dedans. Si y' le deviennent, ça sera juste de notre faute...

Puis Alphonse était parti, trop vite, et Évangéline avait fait ce qu'elle avait pu. Non qu'elle n'avait pas aimé ses fils — toute sa vie avait été centrée sur eux —, mais le temps avait manqué pour le leur dire.

Évangéline soupira. Peut-être bien qu'elle aurait pu faire mieux. Elle ne le savait pas. Chose certaine, elle pouvait se reprendre avec ses petits-enfants. D'autant plus qu'elle n'avait pas à les élever, qu'elle n'avait pas à travailler pour les nourrir. Aujourd'hui, Évangéline Lacaille avait tout son temps.

En écho à ses pensées, elle vit apparaître Antoine au coin de la rue. En compagnie de son ami Ti-Paul, il semblait deviser joyeusement.

— Une bonyenne de différence avec l'an dernier, murmura-t-elle.

Elle eut alors une petite moue de contentement, consciente qu'elle y était pour quelque chose. Antoine s'épanouissait, devenait plus loquace, osait exprimer ses opinions. Elle voyait bien que Bernadette continuait de se poser des questions, mais elle ne lui dirait rien. La promesse faite à Antoine les avait rapprochés et jamais elle ne le trahirait. Si un jour Antoine choisissait de parler, ce serait son droit. Ce ne serait jamais le sien.

Puis, au détour d'une ruelle, ce fut Bébert qu'elle vit apparaître. Il se dirigea droit sur Antoine et Ti-Paul, et après une brève discussion qui de loin paraissait enflammée, les deux gamins laissèrent tomber leurs sacs sur le trottoir et suivirent Bébert qui venait de se joindre au groupe des joueurs.

Évangéline fit une grimace non équivoque quand elle vit Gérard, tout souriant, tendre la main à Bébert.

Comment pouvait-on s'entendre avec un Gariépy?

Elle n'eut cependant pas le loisir d'approfondir la question, car, l'instant d'après, c'est Antoine qu'elle regardait, les yeux grands ouverts. Son petit-fils était en train de prendre un bâton de hockey et, aidé de Bébert, il s'enlignait avec les autres garçons.

Évangéline en porta la main à sa bouche pour retenir le cri de surprise qui lui monta spontanément aux lèvres, regrettant que Marcel ne soit pas là pour tout voir.

Sans y mettre un grand enthousiasme, Antoine joua quand même une bonne demi-heure avant de dire qu'il était fatigué. Ti-Paul sur les talons, il retourna sur ses pas pour chercher son sac d'école et quand il passa devant sa grand-mère pour entrer dans la maison, il déclara, non sans une certaine pointe de fierté dans la voix, comme s'il venait d'accomplir l'exploit du siècle:

— T'as vu? J'ai joué au hockey. C'est moins pire que je pensais. J'vas petête même recommencer. Mais juste sur l'asphate, par exemple. Y' est pas question que je jouse sur la glace... Je pense que ça va faire plaisir à popa. Astheure qu'y' regarde mes dessins, je peux ben essayer les choses que lui, y' aime...

Puis se tournant vers son ami, il ajouta:

— Viens vite, Ti-Paul. On va se débarrasser de nos devoirs. Comme ça, j'vas avoir toute mon temps pour dessiner en fin de semaine. Quand je reviens de chez madame Émilie, ça me tente toujours de dessiner!

— Pis de jouer au hockey avec, hein, Antoine? C'est ça que t'as dit, t'à l'heure. Tu vas recommencer à...

— Ben oui! C'est ça que j'ai dit. Promis, on va jouer au hockey avec! Envoye, grouille-toé, Ti-Paul!

Avec un large sourire, Évangéline regarda la porte se refermer.

Enfin! Son petit Antoine avait *enfin* l'air heureux.

Elle reporta alors les yeux sur la rue, scrutant l'intersection. Avec un peu de chance, Marcel ne devrait plus tarder.

— J'ai-tu hâte d'y dire ça, un peu! Antoine qui veut essayer de jouer au hockey! On aura tout vu.

Puis, replongeant dans ses souvenirs, elle resta immobile un moment. Un long moment d'intériorité d'où elle revint en hochant vigoureusement la tête.

— Ouais. M'en vas dire à Marcel qu'Antoine s'est essayé au hockey. Chus sûre que ça va y faire plaisir. Pis après, m'en vas y parler de comment c'était quand son père vivait. Petête ben que ça va donner quèque chose. Pourquoi pas? N'importe quel gars doit aimer ça, entendre parler de son père. Je me demande comment ça se fait que j'y aye pas pensé avant.

Évangéline se sentait maintenant le cœur tout léger.

Mais qu'est-ce qui lui avait pris, tout à l'heure, d'avoir des idées aussi sombres? Duplessis était mort, c'était bien triste pour lui, mais ça voulait dire aussi qu'il y aurait peut-être des élections bientôt.

Évangéline poussa un soupir de contentement.

Il était grand temps que les libéraux reviennent au pouvoir. De cela aussi elle avait envie de discuter avec Marcel.

Un petit spasme de plaisir lui chatouilla l'estomac. Rien de tel qu'une période électorale pour réveiller les esprits et chasser les pensées sombres.

Quant à elle, allons donc! elle n'allait pas mourir tout de suite. Le bon Dieu ne permettrait jamais ça. C'était évident comme il faisait beau aujourd'hui! Il lui restait encore trop de choses à faire et trop de gens dont il fallait s'occuper pour craindre un départ précipité.

Rassurée, Évangéline se cala dans le fond de sa chaise et, donnant un vigoureux coup de talon sur le plancher, elle recommença à bercer ses pensées.

* * *

— Ah! La mère! Vous êtes là... Avez-vous vu dans gazette, à matin?

Fébrile, brandissant à bout de bras un journal replié, Marcel venait de faire son entrée dans la cuisine à une heure où habituellement il était encore au travail. Évangéline leva les yeux de la citrouille qu'elle finissait de peler et de couper en petits morceaux pour en faire de la compote. Au déjeuner, Bernadette lui avait promis d'en faire une soupe et une tarte.

— Non, j'ai rien vu dans le journal d'à matin rapport que j'ai pas eu le temps encore de le regarder, encore moins de le lire. Pis, veux-tu ben me dire ce que tu fais icitte à c't'heure-là, toé?

Marcel balaya la question du revers de la main.

— J'ai laissé le comptoir de la boucherie au p'tit nouveau... Y avait pas grand-chose à faire...

Puis, étalant le journal sur la table, il lança:

— Tenez, la mère! Regardez-moé ça...

En première page et en gros plan, on voyait une tête masquée. Évangéline y jeta un coup d'œil distrait avant de reporter son attention sur sa citrouille.

— Que c'est tu veux que je regarde à part une face de Mardi gras en retard? L'Halloween, c'est déjà passé.

C'était samedi soir. C'est pour ça que je peux récupérer ce qui reste de bon dans citrouille sans que Charles se mette à crier. Ta femme veut faire une tarte. C'est ben le seul agrément que je vois à l'Halloween, moé!

Impatient, Marcel claqua la langue contre son palais avant de soupirer en levant les yeux au plafond.

— Calvaire, la mère! L'Halloween! Ça prend ben une femme pour dire une niaiserie pareille! Pensez-vous qu'y' mettrait une face de clown dans le journal juste pour ça? Ça a rien à voir avec l'Halloween, c'te face-là, voyons don. Ça l'a à voir avec le hockey.

— Le hockey?

Évangéline leva un regard sceptique.

— T'es ben sûr de ton affaire, toé là? Oublie pas que ça t'arrive des fois de te tromper quand tu lis. De toute façon, depuis quand les joueurs se déguisent pour jouer au hockey? À part leur gilet pis leurs pads, comme de raison.

— Ben justement! Vous venez de le dire! On a pas besoin de se déguiser pour jouer au hockey! C'est sérieux, le hockey, c'est pas un amusement... C'est le pissou à Jacques Plante, aussi! C'est lui qui a décidé de...

— En dessous du masque, là, ça serait Jacques Plante? interrompit Évangéline, de plus en plus sceptique. T'es-tu ben sûr de ce que t'avances, toé là?

— Puisque je vous le dis!

Déposant son couteau sur la table, Évangéline s'empara du journal pour le rapprocher. Elle le souleva d'une main.

— Je connais pas grand-chose au hockey, fit-elle toujours aussi dubitative, mais chus pas niaiseuse pour autant pis je sais que Jacques Plante, c'est un gardien de but.

Maintenant, elle tenait le journal à bout de bras pour ne manquer aucun détail. Elle hocha négativement la tête.

— Tu dois sûrement te tromper, mon gars, analysa-t-elle. Ça se peut juste pas, ce que tu viens de dire. Pis veux-tu savoir pourquoi je dis ça? C'est pasqu'y' pourrait jamais voir la poque avec c't'affaire-là dans face, ton Jacques Plante, pis sa job, justement, c'est de voir la poque pour l'arrêter.

Satisfaite de son explication, Évangéline reposa le journal sur la table et revint à sa citrouille.

— Au lieu de dire des niaiseries pis de me faire perdre mon temps, Marcel Lacaille, t'aurais mieux fait de rester à boucherie même si y avait pas tellement d'ouvrage. Quand on veut, on peut toujours trouver de quoi à faire.

— Ça, la mère, ça vous regarde pas.

Marcel avait repris son journal en bougonnant.

— À boucherie, c'est moé qui décide de toute, vous saurez. Si je veux prendre une couple d'heures de lousse, c'est juste de mes affaires. C'est moé le boss. La plus belle preuve de ça, c'est que monsieur Perrette a rien dit quand y' m'a vu partir à deux heures et demie. Pis je me trompe pas, non plus, quand je dis que c'est Jacques Plante qui se cache en dessous de c'te masque-là.

Monsieur Perrette a passé sa calvaire de journée à parler juste de ça avec les clients pis les fournisseurs.

— Hé ben...

Évangéline ne voyait rien à ajouter. De toute façon, le hockey, c'était un sujet de conversation pour les hommes, pas pour elle. Ça ne l'empêcherait surtout pas de dormir, de savoir que Jacques Plante s'était déguisé en espèce de fantôme à la face toute blanche pour jouer sa dernière partie.

C'était sans compter l'emportement de Marcel qui, lui, avait décidé d'aller au fond de la question. Se tirant une chaise, il s'installa à la table, devant sa mère, après avoir accroché son manteau près de la porte.

— Je sais pas à quoi y' a pensé, mais avec c't'affaire-là dans face, on peut dire adieu à la coupe Stanley, calvaire!

Tout en parlant, Marcel avait soulevé un coin du journal et contemplait, visiblement mécontent et perplexe, le portrait de celui qu'il avait admiré jusqu'à aujourd'hui. Présentement, par contre, il ne savait plus du tout s'il pourrait, un jour, accorder à nouveau sa confiance à un gardien aussi peureux.

Comprenant qu'elle n'y échapperait pas et que, tant qu'elle serait à la cuisine, le hockey serait l'unique sujet de conversation, Évangéline relança Marcel.

— Pourquoi c'est faire que tu dis ça? Pourquoi tu penses que c'est fini, la coupe Stanley pour les Canadiens?

— C'est ben clair. Vous l'avez dit vous-même.

Y' verra jamais arriver la poque. Y' sera pus jamais capable de l'arrêter!

— Ben, pourquoi c'est faire qu'y' a décidé de porter ça, d'abord? C'est sûrement pas un cave, ton Jacques Plante. Y' doit ben avoir une raison pour avoir fait ça!

À ces mots, Marcel se rembrunit. Il lâcha un soupir presque déchirant.

— C'est sûr qu'y' avait une raison, fit-il d'une voix renfrognée. Y' venait de se faire casser le nez.

— Casser le nez? Ben voyons don, toé!

— Ouais. Par une poque, justement. En fin de période hier à New York. Y' a juste eu le temps d'aller à clinique pour se faire recoudre avant que le match recommence. C'est là qu'y' a dit à Toe Blake — lui, c'est son coach — qu'y' reviendrait jouer juste si y' pouvait porter son masque. Entécas, c'est ce qui est écrit dans gazette d'à matin. Pis venez pas me dire que j'ai mal lu, calvaire, j'ai dû relire c'te boutte-là au moins dix fois!

Malgré tout ce que Marcel venait de lui raconter, Évangéline avait encore certains doutes.

— C'est Jacques Plante en personne qui a dit à son coach qu'y' voulait porter un masque? demanda-t-elle pour être certaine d'avoir bien compris.

Mais, fidèle à ses habitudes, Évangéline ne laissa pas la chance à Marcel de lui répondre et elle enchaîna aussitôt:

— Comment y' a fait pour y dire ça? Y' avait un masque avec lui? Même si je connais pas ça, le hockey, — tu me le dis assez souvent pis t'as pas tort — me semble que c'est la première fois que je vois une affaire de même pour un joueur. On dirait vraiment un masque de Mardi gras.

— C'est sûr que vous pouvez pas l'avoir vu, la mère. Un: vous écoutez jamais le hockey à tivi, pis deux: Toe Blake a jamais voulu que son gardien porte ça durant les matches. Y' est pas fou, lui! Mais ça doit ben faire quatre ans maintenant que Jacques Plante l'a inventé, son masque. Mais y' le portait juste durant les pratiques à cause du coach qui voulait pas en entendre parler durant les matches.

— Y' portait ça durant les pratiques? Eh ben... Pis pourquoi c'est faire qu'y' portait ça durant les pratiques, ton Jacques Plante?

— Pasqu'y' était écœuré de recevoir la poque dans face, c't'affaire! Calvaire, la mère, on dirait que vous le faites par exprès pour rien comprendre!

— Sois poli, Marcel Lacaille. C'est pas une manière de parler à sa mère. N'empêche que c'est une saprée bonne raison pour vouloir porter un masque, tu trouves pas, toé? Recevoir une poque en pleine face, ça doit faire mal, non?

— Petête, ouais. Mais c'est sa job, non? Y' avait juste à être ailier ou ben défense si y' avait peur des poques. Mais laissez-moé vous dire que c'est pas avec ça dans face qu'y' va faire peur aux autres équipes, par exemple! Déjà que nous autres, les Canadiens français, on se fait traiter de *pea soup* par les Anglais. Que c'est ça va être, astheure?

— C'est juste ça, ton problème? T'as peur de ce que les Anglais vont dire?

— Ça, ouais, pis le fait aussi qu'on pourra pus jamais gagner la Coupe. C'est important pour nous autres, la coupe Stanley. Après toute, le hockey, c'est notre sport national. Les Américains, eux autres, c'est le baseball.

Évangéline avait fini de couper sa citrouille. D'un geste vif, elle replia le vieux journal où elle avait mis les détritus.

— Arrête don de t'énerver avant le temps! lança-t-elle en se relevant. Depuis que t'es p'tit que t'es de même, viarge! Toujours en train de chialer sur toute. Attends don avant de te choquer. Garde ça pour le printemps prochain si jamais tes Canadiens gagnaient pas... En attendant, hier, y' ont-tu gagné?

— Ouais. Y' sont même revenus de l'arrière pour gagner.

— Bon! Tu vois ben que j'ai raison. Pauvre Marcel! Tu changeras ben jamais. Toujours à prévoir le pire. Toé, quand la patience a passé, t'étais pas là, c'est sûr!

— À qui je ressemble, vous croyez?

Évangéline glissa un regard malicieux en direction de son fils.

— Un à zéro pour toé, Marcel! Là-dessus, c'est à moé que tu ressembles, pas de doute là-dessus. Pasque ton père, lui, y' était ben calme, ben réservé. Y' disait jamais un mot plus haut que l'autre.

Marcel retint son souffle. Les occasions où Évangéline lui avait parlé de son père étaient tellement rares que, pour un instant, il en oublia le hockey.

— Pourquoi c'est faire que vous me dites ça, la mère? Pourquoi c'est faire que vous me parlez de popa comme ça? C'est rare que vous en parlez.

— Je le sais.

Évangéline soupira bruyamment.

— Faut croire que c'est resté sensible, ben sensible, pis que c'est pour ça que j'en parle pas trop.

Évangéline prit une profonde inspiration avant de poursuivre.

— Pour l'instant, ton père a rien à voir avec le match d'hier... Tu me ressembles, c'est sûr, mais moé, par exemple, je sais quand y' faut savoir attendre. Ça sert à rien de se garrocher quand on sait pas ce qui nous attend. Pis pour ce qui est des Anglais, fais don comme moé. J'ai passé une grosse partie de ma vie à dépendre d'eux autres quand je cousais. Mais moé, je préférais dire que j'en profitais. Quand ma couture était finie, j'y pensais pus. Y' ont leur vie pis nous autres, on a la nôtre. Pis si tu veux mon avis, si on a envie que ça aille ben, on est mieux de pas trop mélanger ces affaires-là pis de pas trop penser non plus... Bon! C'est ben beau toute ça, mais faut que je fasse bouillir la citrouille. C'est comme rien que Bernadette va rappliquer pour faire sa tarte pis sa soupe. Y' arrive trois heures et demie.

Évangéline avait sorti un chaudron et y avait déposé ses cubes de citrouille. Après avoir mis un peu d'eau dans la casserole, elle alluma le rond de la cuisinière tandis que Marcel continuait de discuter.

— N'empêche que moé, j'haïs ça quand je me fais traiter de peureux pis de *pea soup*, répliqua-t-il, toujours buté sur son histoire de hockey.

— Encore? Reviens-en, Marcel Lacaille! Quand ben même t'en parlerais jusqu'à la semaine prochaine, ça changerait rien au fait qu'hier, Jacques Plante a porté un masque pour finir la partie de hockey. Astheure, va falloir vivre avec les conséquences.

— Ben, je les aime pas, moé, les conséquences, comme vous dites. J'ai entendu le monde parler aujourd'hui à l'épicerie, pis vous saurez que chus pas le seul à penser comme ça. Même Ben Perrette est ben d'accord avec toute ce que j'ai dit.

— Oh! Si Ben Perrette est d'accord...

Évangéline se sentait moqueuse. Elle rajouta:

— Y a pas à dire, si ton boss est d'accord, c'est que tu dois avoir raison. C'est moé qui comprends rien.

— En plein ça.

— En attendant, prends ça!

D'un geste vif, Évangéline avait attrapé le paquet de vieux journaux un peu juteux qui traînaient sur la table, contenant les restes de la citrouille.

— Va me porter ça dans le corps à vidanges dans cour! Ces cochonneries-là, ça pourrit ben vite pis ça pue trop pour laisser ça dans poubelle de la cuisine.

Marcel prit le paquet du bout des doigts.

— Pas besoin d'attendre que ça pourrisse pour puer. Juste l'odeur qui sort du chaudron me lève le cœur, fit-il en jetant un regard dégoûté vers la cuisinière. Vous venez de le dire, c'est de la cochonnerie, c'est juste bon pour les cochons. Vous êtes ben sûre que c'est ça qu'on mange à soir?

— Ouais... On est pas encore assez riches pour jeter du manger, Marcel Lacaille. Même si t'aimes pas ça, à soir, c'est ça qu'on mange.

Du bout d'une fourchette, Évangéline vérifia la cuisson des cubes de citrouille qui ramollissaient à vue d'œil dans l'eau bouillante.

— C'est juste une question d'habitude, Marcel, poursuivit-elle. Pis c'est ben pasque t'es capricieux que t'aimes pas ça. Avec un peu de muscade pis de cannelle, comme le fait Bernadette, la tarte à citrouille, c'est pas piqué des vers pantoute! Cré maudit! Au lieu de passer ton temps à te plaindre sur toute, tu devrais te compter chanceux d'avoir une femme qui cuisine ben de même.

Tout en parlant, Évangéline continuait de brasser les cubes pour accélérer le processus de compote.

— Savais-tu ça qu'aux États, c'est même un plat recherché? C'est ton frère qui me disait ça quand y' est venu passer une couple de mois avec nous autres. La tarte à citrouille, là-bas, c'est quasiment un dessert national, tu sauras, comme nous autres, on a notre ragoût de pattes!

Ce fut au moment où elle se retourna vers la cuisine qu'Évangéline prit conscience qu'elle parlait dans le vide. Marcel s'était éclipsé sans faire de bruit.

— Le maudit verrat! Des fois, on dirait que je l'ai pas élevé, celui-là!

Sans hésiter, Évangéline se dirigea vers la porte entrouverte que Marcel s'était bien gardé de fermer pour ne pas être entendu. Elle glissa la tête dans l'entrebâillement, jeta un regard circulaire dans la cour et, apercevant son fils près du hangar, là où il rangeait la grosse poubelle de fer-blanc, elle lança, visiblement courroucée:

— Voir que ça a de l'allure, Marcel Lacaille, s'en aller de même quand quèqu'un est en train de nous parler! T'es juste un malappris, tu sauras! J'espère ben que t'es pas de même avec tes clientes pasque la boucherie, a' fera pas long feu.

Parler contre sa boucherie était probablement la pire insulte que l'on pouvait lancer à Marcel. Il leva un regard furieux vers sa mère.

— Mêlez pas la boucherie à vos idées, la mère. Ça a rien à voir avec le fait que toute ce que vous étiez en train de me dire, je le savais déjà. J'étais là quand Adrien en a parlé. C'est même surtout à leur fête, la «Tanksgiving», qu'y' mangent ça, les Américains, fit-il, arrogant, fier d'avoir su se rappeler ce mot compliqué. Pis c'est pas une raison pour me faire aimer la citrouille. Pis c'est pas une raison pour mettre ma boucherie en doute. Ça vous regarde pas, ce qui se passe à boucherie. Pas pantoute. À part le fait que c'est elle qui nous fait vivre, ma boucherie. Fait que...

— Ça suffit, Marcel. Pas besoin de me crier après pis d'ameuter le quartier au grand complet. J'ai juste dit que si t'es aussi air bête avec tes clientes que tu l'es avec moé, ça marchera pas longtemps. Y' me semble que...

— Pas longtemps? Pas longtemps?

Marcel était hors de lui.

— Ça fait au-delà de quinze ans que chus boucher, au cas où vous l'auriez oublié. Pis j'ai de plus en plus de clientes. Le monde vient même des quartiers voisins pour acheter ma viande, vous saurez. Fait que, laissez faire ce qui vous semble pis pensez don pour une fois avant de parler, maudit calvaire!

— Marcel! Arrête de blasphémer pis sois poli!

— Ouais, c'est ça... C'est toujours ce que vous dites quand vous savez pus quoi dire... Arrête de blasphémer, sois poli... J'en ai assez entendu pour à soir. Vous direz à Bernadette que j'vas souper à taverne. Là au moins je me ferai pas étriver pour des niaiseries.

— Envoye, fais don ça, Marcel Lacaille. Comme ça, nous autres, on se fera pas rabattre les oreilles par ton maudit hockey. Pis on sera pas obligés d'endurer ton air de beu pasque t'aimes pas ce qu'y a sur la table.

Et sur ces quelques mots, Évangéline claqua la porte, ce qui fit rappliquer Bernadette à la cuisine, inquiète.

— Bâtard, la belle-mère, que c'est qui se passe ici dedans? Pourquoi c'est faire que vous avez claqué la porte fort de même? Mais je vous regarde, vous là! Vous avez pas l'air ben ben d'adon.

Évangéline haussa les épaules en soupirant.

— C'est encore Marcel. Tu sais comment c'est qu'y' peut être des fois, air bête pis pas parlable...

— Marcel?

Machinalement, Bernadette tourna la tête vers l'horloge avant de revenir à sa belle-mère, sourcils froncés.

— Marcel? Que c'est que Marcel faisait icitte au beau milieu de l'après-midi? Y' était pas malade, toujours?

— Ben non...

Un éclat de malice traversa le regard d'Évangéline.

— Je dis ça mais chus pas sûre... Quand y' est question de hockey, ma grand foi du bon Dieu, on dirait que ton mari a pas toute sa tête. C'est petête une sorte de maladie en fin de compte.

— Le hockey? Je vous suis pas, moé là. C'est à cause du hockey que Marcel était icitte au lieu d'être à job?

— On dirait ben...

— Comment ça?

Évangéline balaya l'air devant elle du plat de la main.

— C'est une longue histoire que j'vas te raconter t'à l'heure en mangeant. Pour l'instant, la compote est prête. Pis en passant, quand y' a vu qu'on mangeait de la citrouille, Marcel a décidé d'aller à taverne.

Ce fut au tour de Bernadette de hausser les épaules en soupirant.

— Pauvre Marcel! Comme si je savais pas qu'y' haït ça. Vous avez pas tort quand vous dites qu'y' est ben que trop prime, des fois.

— Tu vois ben que j'ai raison!

— Ouais... Tout ça pour dire que j'y avais gardé des carrés aux dattes. Un beau gros morceau juste pour lui pasque c'est son dessert préféré. Tant pis. J'en connais un qui se fera pas prier pour le manger à sa place. Depuis un boutte, Antoine a pus de fond. C'est pire encore que l'an passé. C'te fois-citte, par exemple, c'est sûrement l'âge qui le rattrape. Hier, quand vous étiez à grand-messe, j'ai été obligée de rallonger le bord de ses pantalons gris d'école. Bâtard! À peine deux mois que l'école est commencée pis y' étaient déjà à marée haute...

— C'est juste normal à son âge. Avec Adrien, c'était encore pire, je pense! Y' a même fallu, une année, que je pose des rallonges à ses culottes tellement y' grandissait vite.

— Je sais ben que c'est normal. Pis je vous avouerais que ça me fait plaisir de le voir aller de même... Bon, la tarte astheure. Vu que Marcel est pas là, on va en profiter pour manger de bonne heure. Comme ça, j'vas avoir le temps de faire la vaisselle pis de donner le bain à Charles pis j'vas pouvoir écouter *Les belles histoires des pays d'en haut* sans manquer un boutte comme d'habitude... Bon, que c'est ça encore?

Un coup de sonnette avait retenti à la porte avant de l'appartement.

— Attendez-vous quèqu'un? demanda Bernadette.

— Pantoute... Occupe-toé de la tarte pis moé, j'vas aller voir qui c'est qu'y' est là... C'est petête le réparateur de parapluies. L'autre jour quand y' est passé, j'y ai donné le noir avec des lignes grises. Y' avait deux baleines de cassées... Je reviens dans deux menutes pis j'vas t'aider à préparer le souper.

Ce ne fut qu'au moment de mettre la tarte au four que Bernadette prit conscience qu'Évangéline n'était toujours pas revenue. Le temps de se laver les mains en se disant que les enfants ne devraient plus tarder, car la noirceur commençait à tomber, et Bernadette empruntait le long corridor pour aller voir ce que faisait sa belle-mère. Du coin de l'œil, elle aperçut le petit Charles qui jouait bien sagement dans sa chambre.

— Ben voyons don, murmura-t-elle en s'arrêtant brusquement. Que c'est qu'y' fait là, lui? À c't'heure-citte, d'habitude, y' écoute *Bobino*...

Elle fit demi-tour.

— Coudon, mon homme, t'aurais-tu oublié que c'est l'heure de ton programme?

Charles tourna la tête vers sa mère.

— Je le sais que c'est l'heure. Tu me l'as dit l'autre jour. Quand y' commence à faire plus noir dans ma chambre, c'est le temps d'écouter *Bobino*. Mais aujourd'hui, grand-moman est avec de la visite dans le salon.

— De la visite? Chez nous? Quelle sorte de visite?

Charles haussa les épaules en signe d'ignorance avant de retourner à ses jeux. Au même instant, la porte d'entrée se referma. Curieuse, Bernadette se hâta vers le salon. Assise dans son vieux fauteuil de velours cramoisi tout élimé, Évangéline fixait le vide devant elle. Seule une petite lampe posée sur la télévision projetait une faible clarté dans la pièce envahie de pénombre.

— Ça va-tu, la belle-mère?

Évangéline tourna lentement la tête vers Bernadette.

— Ça va.

— Vous êtes ben sûre de ça? Vous êtes toute pâle. Pis, qui c'était à porte, t'à l'heure? Charles m'a dit que vous aviez de la visite.

Bernadette fit quelques pas dans le salon.

— De la visite? Ouais... On pourrait dire ça comme ça. Même si c'est pas le genre de visite que je me serais attendue de recevoir.

— Pas des mauvaises nouvelles, toujours?

Évangéline haussa les épaules et Bernadette remarqua qu'elle tremblait légèrement.

— Ni bonnes ni mauvaises, annonça étrangement Évangéline tout en soupirant. Du moins, pour le moment...

— Ben, qui c'était d'abord? Pasque là, je vous suis pas pantoute.

Évangéline resta silencieuse, comme si elle cherchait ses mots ou qu'elle n'avait pas entendu la requête de Bernadette. Celle-ci haussa le ton.

— Sans vouloir être indiscrète, je peux-tu savoir qui c'est qui était chez nous? C'était-tu la musicienne?

Évangéline esquissa un sourire empreint d'une grande douceur qui surprit Bernadette.

— Non. Mais c'était une dame d'à peu près son âge, par exemple. Une dame que je connaissais pas avant aujourd'hui.

— Une étrangère? Coudon, c'est ben mystérieux votre affaire!

Tout en parlant, Bernadette avait pris place sur le divan, de plus en plus curieuse.

— Non, c'est pas une étrangère non plus. C'est pas pasqu'on connaît pas quèqu'un que c'est un étranger pour autant.

— Ben là...

Évangéline se redressa sur son fauteuil.

— Je le sais. C'est pas facile à comprendre. Moé-même, j'ai encore les sens toutes revirés... Disons que je savais que c'te personne-là existait sans l'avoir jamais rencontrée. Ça m'a fait tout un choc de la voir. Disons aussi qu'a' s'appelle Angéline Bolduc. Si tu sais que moé, je m'appelle Évangéline Bolduc de mon nom de fille, tu vas petête mieux me suivre. Angéline Bolduc pis Évangéline Bolduc, ça se ressemble pas mal.

— Ouais, c'est vrai que ça se ressemble. Ça fait même un peu bizarre. Mais je vois toujours pas ce que...

Évangéline interrompit Bernadette d'un petit geste de la main.

— Non, c'est pas bizarre. Compte tenu des circonstances, c'était juste normal que ça soye de même pis ça fait juste apporter des réponses à un paquet de questions que je me suis toujours posé.

Évangéline hocha la tête en observant un court moment de silence que Bernadette s'abstint de briser. Sans y comprendre quoi que ce soit, celle-ci sentait que le moment était important pour Évangéline. Cette dernière se décida enfin à lever les yeux vers elle.

—Viens, Bernadette, viens t'assire un peu plus proche. Je pense qu'y' est temps que je te raconte de quoi... Ouais, à toé je peux ben en parler rapport que t'es comme une fille pour moé. Même que j'aurais dû le faire ben avant aujourd'hui. Les souvenirs auraient petête été moins lourds à porter. Après, quand je t'aurai toute dit, j'aimerais ben gros que tu me dises ce que t'en penses. Ouais, ben gros.

À suivre...

Tome 4

Bernadette
1960-

NOTE DE L'AUTEUR

Je sais, je sais, j'avais dit que le tome quatre serait celui d'Adrien. C'est ce que j'avais annoncé à tous ceux et celles que j'ai rencontrés lors du Salon du livre de Montréal et au cours de toutes ces rencontres en bibliothèques que j'ai faites à l'automne. Et je le croyais vraiment. Je jugeais que ce personnage aurait ainsi la place qui lui revenait, suivant immédiatement le livre d'Évangéline. Après tout, Évangéline et Adrien s'aiment bien, se complètent bien. Mais quelqu'un voyait la situation d'un autre œil, et laissez-moi vous dire que j'ai eu droit à un accueil particulièrement frisquet quand je me suis installée à l'ordinateur pour terminer le livre d'Évangéline, prévoyant déjà que la suite serait dédiée à Adrien. Bernadette m'attendait de pied ferme. Pas question pour elle de passer son tour. Du moins, c'est ce que j'ai cru percevoir dans l'œil noir de colère et d'impatience qui s'est posé sur moi.

Qu'est-ce que Bernadette avait de si important à me dire pour s'imposer de la sorte? Ça lui ressemblait si peu!

Jusqu'à ce moment-là, j'avais toujours estimé que Bernadette était une femme plutôt effacée. Elle avait toujours été, à mes yeux, une femme menant une vie assez banale, qu'elle abordait de manière terne, d'autant plus qu'elle n'osait jamais rien dire. Pas plus à son mari qu'à ses enfants, Bernadette Lacaille n'avait la hardiesse d'exprimer ce qu'elle pensait sauf pour les généralités du quotidien, et encore! Cette façon d'être m'agaçait un peu, je l'avoue. J'admettais quand même qu'elle était une bonne mère. Les émotions qu'elle éprouvait pour ses enfants étaient sincères, tendres, mais elle manquait d'énergie, de caractère. Alors, pourquoi, ce matin-là, me regardait-elle avec cet air furibond? Je le répète, son attitude m'a irritée, agacée, et de façon tout à fait délibérée, je lui ai tourné le dos. Si Bernadette avait vraiment l'intention de prendre la place d'Adrien pour être le pivot du quatrième tome, il faudrait qu'elle apprenne à exprimer ce qu'elle ressentait, ce qu'elle pensait, sinon nous n'arriverions à rien, elle et moi.

Je l'ai boudée le temps de faire la première correction du tome trois. Une semaine. Une longue semaine à sentir sa présence dans mon dos tandis que je travaillais. Pas facile de se concentrer dans de telles conditions.

Puis, j'ai laissé passer la fin de semaine et j'ai lu pour me changer les idées. Un excellent livre, d'ailleurs, d'un nouvel auteur: *Seul le silence*, de R.J. Ellory. Ça m'a fait du bien. Quand je lis, j'oublie tout autour de moi.

Cependant, ce matin, je n'ai plus le choix, il faut que je tranche. Mon éditrice attend ces quelques pages pour vous les offrir à la fin du tome trois. Finies la lecture et l'évasion facile, il faut que je travaille. Finie aussi la bouderie, car je dois me tourner vers Bernadette pour savoir ce qui m'attend.

Le temps d'une profonde inspiration qui ressemble un peu à un soupir, et je repousse ma chaise, je la fais tourner... Voilà, c'est fait. Je ne m'étais pas trompée, Bernadette m'attendait. En fait, j'ai l'impression qu'elle n'a pas bougé d'un iota depuis tous ces jours. Nos regards se croisent, se soutiennent un long moment. Le bleu des yeux de Bernadette est toujours aussi sombre, mais alors que je n'y voyais qu'impatience et colère, il y a de cela une semaine à peine, ce matin, c'est de la détermination que je peux y lire. Une détermination aussi profonde, aussi intense que l'amour qu'elle ressent pour ses enfants. Je suis la première à baisser les paupières, à détourner la tête.

Je viens de comprendre.

Bernadette a raison et toute la place lui revient. N'est-elle pas, finalement, le pivot de cette famille? Le lien qui unit chacun des membres de cette histoire? D'Adrien à Évangéline, de Marcel aux enfants, c'est elle qui rassemble tout ce beau monde. Elle ne connaît ni rancune ni ressentiment. Alors, depuis la confession d'Évangéline au sujet des Gariépy, elle aimerait bien mieux connaître Francine et ses parents. Et il y a Alicia, la fille aînée de Charlotte. Cette nouvelle amie de Laura ne ressemble à personne qu'elle connaît. Cette jeune fille au parler chantant vient d'un monde tellement différent du sien que ça l'intrigue et l'effraie un peu. Et s'il fallait que Laura soit malheureuse à cause de toutes ces différences? Déjà qu'à côtoyer Cécile, Laura avait changé... Et puis, il y a Antoine... Que s'est-il passé pour qu'Antoine soit si proche de sa grand-mère tout d'un coup? Autre mystère que Bernadette voudrait bien percer. Elle s'est juré d'apprendre ce qui s'est réellement passé. Puis il y a Évangéline qui n'a toujours pas donné suite à la visite de cette nièce qu'elle ne connaissait pas. Qu'attend-elle pour le faire?

Rien n'a plus d'importance, aux yeux de Bernadette, que le bonheur de ses enfants, de sa famille. Elle y consacre toute sa vie au détriment parfois de son propre bonheur, de sa propre vie. Et pour l'instant, elle a l'impression que si elle ne dit rien, ne fait rien, certaines choses ne seront pas exactement ce qu'elles devraient être et ce serait dommage.

Oui, Bernadette a raison. Ce livre lui appartient, il était même plus que temps de lui laisser toute la place. Je reviens donc face au clavier, je m'installe, et par-dessus mon épaule, Bernadette regarde l'écran avec moi. Ensemble, elle et moi, nous allons retourner en 1960. Les élections provinciales s'en viennent et toute la maisonnée vit au rythme de la fébrilité un peu échevelée de Marcel et d'Évangéline.

P.-S. Tout comme dans les tomes précédents, vous retrouverez au fil des pages certains personnages de mes autres séries. Cécile et les siens des *Années du silence* tout comme Anne, Émilie et leur famille des *Sœurs Deblois* seront au rendez-vous. Bonne lecture!